周啸天 —— 编著

幽幽蜀道情

Youyou Shudao Qing

四川人民出版社

图书在版编目（CIP）数据

幽幽蜀道情 / 周啸天编著. -- 成都：四川人民出
版社，2025.1. -- ISBN 978-7-220-13812-6

Ⅰ. I211

中国国家版本馆 CIP 数据核字第 2024KZ6560 号

YOUYOU SHUDAOQING

幽 幽 蜀 道 情

周啸天　编著

责任编辑	刘姣娇
装帧设计	张迪茗
责任校对	刘　静
责任印制	周　奇

出版发行	四川人民出版社（成都三色路 238 号）
网　　址	http://www.scpph.com
E-mail	scrmcbs@sina.com
新浪微博	@四川人民出版社
微信公众号	四川人民出版社
发行部业务电话	(028) 86361653　86361656
防盗版举报电话	(028) 86361653
照　　排	四川胜翔数码印务设计有限公司
印　　刷	成都蜀通印务有限责任公司
成品尺寸	145mm×210mm
印　　张	10.25
字　　数	250 千
版　　次	2025 年 1 月第 1 版
印　　次	2025 年 1 月第 1 次印刷
书　　号	ISBN 978-7-220-13812-6
定　　价	58.00 元

历代名人咏四川 (序)

周啸天

四川是中国西南大省。四川地处长江上游，素以天府之国而闻名于世。

川中成都平原，或称四川盆地，沃野千里，物产丰饶。川北剑门蜀道，由北而南，自古以来，为中原入蜀的必经之路。川南万里长江，由西向东，直通三峡夔门，古往今来，是蜀人出川的主要通道。

四川之山水雄奇幽秀，无论剑门夔门，无论陆路水路，俱称形胜，皆为奇观。省区之四周或为崇山峻岭，或为高江急峡，实为天然屏障。因此，四川在地理上具有高屋建瓴、雄视东南之势——章太炎取"重江复关，自为区域"八字以尽之。

以四川之地利，进可攻退可守，故历代英雄失势者则据之以偏安一隅，得天时者则因之而成帝业。

四川古称巴蜀。自宋代设益、利、梓、夔四路，称四川。元代创立行省，亦以四川为名。巴蜀史前文明独一无二，令人叹为观止。金沙遗址留下了古蜀的徽记——已被采用作国家文化遗产标志的太阳神鸟，光芒四射，炫人眼目。旋转的白日，拖着十二道光焰，图形分割之精妙，堪称几何学的奇观。

秦汉之巴蜀接连出现两个永垂不朽的郡守，带来了万世长传的福音。李冰筑都江堰，缔造了成都平原千年的富庶。文翁开石室，奠定了巴蜀文化与学术的传统。

唐宋之剑南西川嘉惠了李、杜、苏、陆四大诗人，李、苏生于本土，杜、陆来自他方，围绕在其周围，则有数不清的蜀中与入蜀的文学之士。日月之行，若出其中；星汉灿烂，若出其里。

剑门蜀道是一条诗歌之路。长江三峡是另一条诗歌之路。

如果说中国是一个诗国，四川就是当之无愧的诗歌大省。

现代四川，风起云涌。一大批扭转乾坤、彪炳史册的人物，诞生于四川。其人数之众多，影响之卓著，超越了往古任何时代：有世纪伟人邓小平以及朱德、陈毅等，有一代文宗郭沫若、巴金以及李劼人、沙汀、艾芜等，还有艺术大师张大千等。二十世纪的四川人，其成就是跨时代的，无与伦比的。

四川的名山胜水与历史文化，激荡了一代又一代作家的灵魂，激发了一代又一代诗人的灵感。古往今来，数不清的入蜀与出蜀的文人墨客，留下了数不清的关于四川的歌咏。

在漫长的历史岁月里，许多足不出户的人，正是通过这些作品，认识了四川山水的美丽，感受了四川人文底蕴的深厚。

让我们穿越漫长、广袤的时空，对四川做一次"自然——人文"的审美巡旅吧。

让更多的人认识四川，熟悉四川，热爱四川吧。

前言

　　四川古称巴蜀，重江复关，自为区域。这是一片神奇的土地。

　　在地理上，四川处于中国第二、三阶梯的过渡地带，北有秦岭，东北有大巴山，西北为川西高原，南有横断山脉，中部是成都平原、四川盆地，长江横贯全境，东部有川东丘陵。自然山川雄奇幽秀，风光独特，物种珍异，这里是国宝大熊猫的故乡。

　　早在三千多年以前，四川产生过灿烂的古蜀文明，秦汉时代号称天府之国，三国时代建立过与中原、东吴相鼎立的蜀汉政权；它是道教文化的发源地，区域内的峨眉山为佛教名山；川酒、川茶、川菜、川剧等，是四川地域性文化的结晶和品牌，早已名扬四海，走向世界。

　　中国是一个诗国，四川则是当之无愧的诗歌大省。蜀中地灵人杰，这里是初唐文宗陈子昂、盛唐诗仙李白、宋代词豪苏东坡、新诗巨擘郭沫若的故乡；又是唐代大诗人杜甫、高适、岑参、元稹、李商隐，宋代大诗人黄庭坚、陆游、范成大等居官或流寓之地。自古文人多入蜀，剑南蜀道、嘉州峨眉一线以及长江三峡自古以来就是诗歌之路。而世世代代的读者，大都是通过历代诗词了解四川的历史文化和自然风光的。

1958 年，毛泽东在成都会议期间曾调阅相关图书，圈阅唐宋及明代诗人歌咏四川的诗词，并于 4 月 20 日写下两段眉批："诗词若干首——唐宋人写的有关四川的一些诗和词"、"诗若干首——明朝人写的有关四川的一些诗。其中有咏曹操一首，不关四川，放在咏刘备一首之后，因连类而及。"从这即兴的批语中，可以感觉到老人家阅读兴致之高。

本书从大量方志、总集、别集和其他图书中，辑录古今歌咏四川的诗词联语千余首，旨在使读者通过含英咀华，而神游巴山蜀水。全书以山川道路为大纲，共分五卷：剑门蜀道卷一、天府成都卷二、川西奇观卷三、峨眉川江卷四、川东夔门卷五；以名山、胜水、古城、名人、风俗等具体事项为条目，条目又分两级，一级条目以编号形式呈现，二级条目以链接形式呈现，条目之下，系以诗词联语。纲举目张，期在条贯畅达。

本书由四川大学文学与新闻学院教授、鲁迅文学奖诗歌奖得主周啸天编撰。参与工作、提供信息、校对文字、核查资料的人员有叶红、吴闻莺、邓彬彬、董志刚、傅玉杰、高芸芸、郭雪婷、李蓉、刘华、刘杰、刘莉、刘馨、潘晓凌、屈济荣、尚文静、唐文婷、文然、吴周强、朱宝等。

2005 年编撰

2018 年修订

目录

剑门蜀道 /卷一/

天府成都 /卷二/

川西奇观 /卷三/

峨眉川江 /卷四/

剑门蜀道 卷一

关中与巴蜀横隔着秦岭

古人入蜀的

唯一通道

就是横穿秦岭的

川北蜀道

……

关中与巴蜀横隔着秦岭，古人入蜀的唯一通道，就是横穿秦岭的川北蜀道。这条道上峰峦叠嶂，壑谷幽深，水流湍急，关隘雄奇。

若要从为数众多的蜀道诗歌中推出一首压卷之作，则非李白《蜀道难》莫属。《蜀道难》不但是蜀道诗歌的压卷之作，也是李白的成名作。这首诗一问世，就被四明狂客贺知章赞为谪仙人之诗，被天宝时代的诗评家殷璠叹为奇之又奇，认为它是自屈原以来，亘古未有之绝唱。

噫吁嚱，危乎高哉！蜀道之难难于上青天。蚕丛及鱼凫，开国何茫然！尔来四万八千岁，不与秦塞通人烟。西当太白有鸟道，可以横绝峨眉巅。地崩山摧壮士死，然后天梯石栈相钩连。上有六龙回日之高标，下有冲波逆折之回川。黄鹤之飞尚不得过，猿猱欲度愁攀援。青泥何盘盘，百步九折萦岩峦。扪参历井仰胁息，以手抚膺坐长叹。问君西游何时还？畏途巉岩不可攀。但见悲鸟号古木，雄飞雌从绕林间。又闻子规啼夜月，愁空山！蜀道之难难于上青天，使人听此凋朱颜。连峰去天不盈尺，枯松倒挂倚绝壁。飞湍瀑流争喧豗，砯崖转石万壑雷。其险也如此，嗟尔远道之人胡为乎来哉！剑阁峥嵘而崔嵬，一夫当关，万夫莫开。所守或匪亲，化为狼与豺。朝避猛虎，夕避长蛇，磨牙吮血，杀人如麻。锦城虽云乐，不如早还家。蜀道之难，难于上青天，侧身西望长咨嗟！

（唐·李白《蜀道难》）

　　诗人从神话传说、史前时代、自然地理及社会政治等多个维度、全方面地歌咏蜀道。"蜀道之难难于上青天"构成诗中的旋律，一篇之中，三复斯言。诗人淋漓尽致地渲染蜀道之难的同时，也以石破天惊的感叹，淋漓尽致地赞美着蜀道之奇。诗人笔下蜀道境界之惊险神秘、之奇丽壮阔，充分展示了一种崇高之美。

壹　朝天峡

朝天峡或称明月峡，在四川广元市北郊约三十公里处。地处嘉陵江上游，旧有朝天关，关下为峡，峡长约四公里，宽约一百米，江流有声，断岸百尺，谷深两千米。

朝天峡是嘉陵江上游峡谷，为蜀道第一扼塞——剑门蜀道的起点，也是李白《蜀道难》聚焦的一个部位。大唐安史之乱发生，玄宗皇帝仓皇幸蜀，当地官员于此见驾，故地以朝天为名。

明清时人始取李白"遥瞻明月峡，西去益相思"（《窜夜郎于乌江留别宗十六璟》）诗意，改名明月峡，或称之朝天明月峡。

千百年来为了中原与西蜀的交通建设，古今劳动者流尽血汗，于一峡之中，留下了六条道路，它们分别是嘉陵水道、纤夫鸟道、先秦栈道、金牛驿路、川陕公路、宝成铁路。

因此，朝天峡被称为中国交通史博物馆。同时，它也是一座内容丰富的中国文化博物馆，它以交通道路为载体，集中了先秦、秦汉、三国、唐宋、明清、民国、新中国各个历史时期的文化于一身。

朝天峡中保存最为完好、最具代表性的古蜀道遗迹——先秦古栈道遗迹被誉为"古今交通的活化石"而扬名中外。

这条古栈道，开凿时间早，栈道规模大，石孔数量多，保存最完好，形制结构合理，在中国古栈道遗迹中堪称首屈一指。

今天，朝天峡古栈道已成为国家级风景名胜区剑门蜀道的一级景区之特级景点（1982），省级重点文物保护单位（1991），四川省科普教育基地（2002）。

悠悠风旆绕山川，山驿空蒙雨似烟。

路半嘉陵头已白，蜀门西更上青天。

（唐·武元衡《题嘉陵驿》）

离思茫茫正及秋，每因风景却生愁。

今宵难作刀州梦，月色江声共一楼。

（唐·雍陶《题嘉陵驿》）

双壁相参万水深，马前猿鸟亦难寻。

云容杳杳断鸿意，风色萧萧行客心。

山若画屏随峡势，水如衣带转岩阴。

生平来往成何事？且倚钩栏拥鼻吟。

（宋·文同《题朝天岭》）

一过朝天峡，巴山断入秦。

大江流汉水，孤艇接残春。

暮色愁过客，风光惑榜人。

明年在何处？杯酒慰艰辛。

（明·费密《朝天峡》）

落日半山坳，掩映栗叶赤。

行客早知休，前溪多虎迹。

（明·杨慎《题朝天岭》）

朝天一览锦绣中，晴云旭日光曈曈。

犹忆日观峰上立，决眦海门扶桑东。

（清·张赓谟《朝天晚霞》）

自古襟喉地，隘天势更加。

闻铃仍带雨，筹笔欲生花。

云暗疑无栈，江深别有槎。

不因天设险，何以控三巴。

（清·杨潮观《题朝天峡》）

冷冷鳌背雨，萧瑟似秋残。

石迤临江仄，山风扑马寒。

丰碑何代祭，神物此中蟠。

愁望嘉陵棹，飞鸟下急湍。

（清·张问陶《题金鳌岭》）

【链接一】七盘岭

从汉中沿汉水西行至大巴山边缘的古沔县（今陕西省汉中市勉县），由沔县西南行至五丁峡、五丁关，到宁强县之南牢固关，这里是川陕交界处，有一深涧，过此即为七盘岭，岭有石磴七盘而上。一名五盘岭。岭上有关，故又名七盘关。岭在今四川广元东北、陕西褒城的西南，一路风光，颇富山林之美。

独游千里外，高卧七盘西。

晓月临窗近，天河入户低。

芳春平仲绿，清夜子规啼。

浮客空留听，褒城闻曙鸡。

（唐·沈佺期《夜宿七盘岭》）

五盘虽云险，山色佳有馀。仰凌栈道细，俯映江木疏。地僻无网罟，水清反多鱼。好鸟不妄飞，野人半巢居。喜见淳朴俗，坦然心神舒。东郊尚格斗，巨猾何时除。故乡有弟妹，流落随丘墟。成都万事好，岂若归吾庐。

（唐·杜甫《五盘》）

平旦驱驷马，旷然出五盘。江回两岸斗，日出群峰攒。苍翠烟景曙，森沉云树寒。松疏露孤驿，花密藏回滩。栈道溪雨滑，畲田原草干。此行为知己，不觉蜀道难。

（唐·岑参《早上五盘岭》）

【链接二】筹笔驿

过七盘关即可达筹笔驿，或称朝天驿、神宣驿，在今广元市北。相传三国时蜀汉丞相诸葛亮出兵伐魏，曾驻此筹划军事，故又名筹笔驿。

猿鸟犹疑畏简书，风云常为护储胥。

徒令上将挥神笔，终见降王走传车。

管乐有才终不忝，关张无命欲何如。

他年锦里经祠庙，梁父吟成恨有余。

（唐·李商隐《筹笔驿》）

三分天下魏蜀吴，武侯崛起赞訏谟。

身依豪杰倾心术，目对云山演阵图。

赤符运衰终莫挽，皇纲力振命先殂。

出师表上流遗憾，犹自千秋激壮夫。

（唐·薛逢《题筹笔驿》）

抛却南阳为主忧，北征东讨费良筹。

时来天地皆同力，运去英雄不自由。

千里山河轻孺子，两朝冠盖恨谯周。

惟余岩下多情水，犹解年年傍驿流。

（唐·罗隐《筹笔驿怀古》）

运筹陈迹故依然，想见旌旗驻道边。

一等人间管城子，不堪谯叟作降笺。

（宋·陆游《题筹笔驿》）

当年神笔走群灵，千载风云护驿亭。

今日重过吊陈迹，只余愁外旧山青。

（清·王士禛《题筹笔驿》）

筹笔驿前风雨秋，天惊石破鬼神愁。千载精神一支笔，先生妙机谁与谋？想见当时争汉土，笔锋破处天无主。大星未坠五丈原，光芒尽向毫端吐。运筹帷幄胜良平，孟德英雄非项羽。有时掷笔墨花飞，散作王师如时雨。山川万里掌握中，笔到神奇空朽腐。吁嗟乎，三足鼎兮今非故，犹想先生神远举。读书万卷不著书，笔力千钧延坠绪。曹氏父子能文章，对此亦应颜色沮。

（现代·刘咸荥《筹笔驿》）

【链接三】龙门阁

过筹笔驿，有地下水一道，从龙门山之龙洞伏行七点五公里入嘉陵江，此即《禹贡》书中所说的潜水。龙门山距广元市北五十公里，亦称葱岭，山有龙门阁，为蜀汉所建。阁东侧山峦原有红墙碧瓦的庙宇，掩映在树木丛中，民国时因修建川陕公路而废毁无存；近新设栈道，以便游人登临。

❧　相关诗词：

龙门非禹凿，诡怪乃天功。西南出巴峡，不与众山同。长窦亘五里，宛转复嵌空。伏湍煦潜石，瀑水生轮风。流水无昼夜，喷薄龙门中。潭河势不测，藻葩垂彩虹。我行当季月，烟景共春融。江关勤亦甚，巇崿意难穷。势将息机事，炼药此山东。

（唐·沈佺期《过蜀龙门》）

侧径轻青壁，危梁透沧波。汗流出鸟道，胆碎窥龙过。骤雨暗溪口，归云网松萝。屡闻羌儿笛，厌听巴童歌。江路险复永，梦魂愁更多。圣期幸典郡，不敢嫌岷峨。

（唐·岑参《题龙门阁》）

飘然醉袖怒人扶，个里何曾有畏途。
卷地黑风吹惨澹，半天朱阁插虚无。
阑边归鹤如争捷，云表飞仙定可呼。
莫怪衰翁心胆壮，此身元是一枯株。

（宋·陆游《风雨中过龙门阁》）

剑外烟花春可怜，寻芳遥坐翠微烟。
君侯未放郎官醉，更上清溪载酒船。

（元·任瀚《题龙门阁》）

诸水如游龙，曲折赴龙洞。雷霆争荡潋，愤怒声相哄。人从背上行，乍觉鳞鬣动。造次出之而，阴风生暗恐。横梁高于墉，跨天俨成蝀。马蹄惧即脱，羊肠抱孤恸。不敢此暂停，去去催我鞚。犹闻远滩鸣，汹汹隔山送。

（清·李调元《题龙门洞》）

万山互回环，嶙峋阻绝涧。群流争一窟，水石相哄战。晦明霾白昼，神物时隐见。创辟知鬼工，俯瞰目亦眩。在昔闻龙门，平生未及见。禹工不到处，宇宙多怪变。巨石结构牢，允矣终古奠。

（清·彭端淑《题龙门阁》）

【链接四】飞仙阁

　　过潜水洞至飞仙岭，上有飞仙阁，三面绝岭，一线相通。此地相传为仙人徐佐卿成仙之所。过飞仙岭，经千佛崖，即可抵广元城。

❤　**相关诗词：**

　　土门山行窄，微径缘秋毫。栈云阑干峻，梯石结构牢。万壑欹疏林，积阴带奔涛。寒日外澹泊，长风中怒号。歇鞍在地底，始觉所历高。往来杂坐卧，人马同疲劳。浮生有定分，饥饱岂可逃。叹息谓妻子，我何随汝曹。

（唐·杜甫《飞仙阁》）

　　飞仙阁上玄珠侣，千佛崖前巴字水。

　　夜来取水涤玄珠，剑舞幽关鹤鸣垒。

　　我家本是乘虚人，芒鞋初试杖藜春。

　　振衣忽到凌风馆，不傍桃花空问津。

（明·杨慎《题飞仙阁》）

　　入峡只一舍，峰峦更逼仄。人担虎豹忧，江带鼋鼍色。巍巍飞仙阁，高际入无极。飞甍照山光，荡漾何崱屴。上有连云愁，下有沉潭黑。蛇蟠九曲湾，鸟道一竿直。舟梯不在地，白日忽西侧。艰哉徒旅人，跋涉无时息。却羡荡舟子，凌波如鸟翼。

（清·李调元《题飞仙阁》）

【链接五】桔柏渡

　　桔柏渡，在距广元二十三公里的嘉陵江上，地处嘉陵江和白龙江的合流处，扼嘉陵江要冲，是剑门蜀道上一处很重要的关口。其地多生桔柏——所谓桔柏，实际上就是柏树，因为在夕阳之下，那里的柏林会呈现出一片橘红的颜色，所以被称为桔柏。

❥　相关诗词：

　　　高江临桔柏，山势逼关门。
　　　古驿荒烟合，孤城斜日昏。
　　　巴歌伤落魄，渝酒慰离魂。
　　　戎马中原地，崎岖忆故园。

（唐·姚合《桔柏渡》）

　　　梦断人初起，天寒酒易消。
　　　白沙千里月，黄叶半江潮。
　　　水木迷青鸟，风霰敝黑貂。
　　　横流能涉险，渔子不须招。

（宋·唐乐宇《桔柏渡》）

　　　桔柏古时渡，江流今宛然。
　　　名存巴子国，诗有杜陵篇。
　　　鸬鹚冲烟散，鼋鼍抱日眠。
　　　分留余物色，朗咏惜高贤。

（明·杨慎《桔柏渡》）

二水依然绕县流，唐家仙吏古无俦。

榷茶独喜焚明诏，腰笏何妨引画舟。

碑下耕农应堕泪，桑阴蚕妇不知愁。

咸通旧史孙樵笔，常使行人重利州。

（清·张问陶《桔柏渡怀何易于》）

贰 广元市

广元是中国历史上唯一的女皇帝武则天的出生地，古称利州，在四川盆地北缘，嘉陵江上游，北连秦岭，南接剑门，扼古金牛道之咽喉，历来为兵家必争之地，为川北之门户，蜀门之重镇。

广元在西周时已有邦国，春秋战国时为开明氏蜀王分封的苴侯所在地。秦惠文王十一年（前327），秦并苴侯建葭萌县。东晋改兴安县，西魏称利州，元世祖至元十四年（1277）改称广元路，继置广元府，明洪武二十二年（1389）改称广元县，1985年建广元市。

❧ 相关诗词：

澹然空水带斜晖，曲岛苍茫接翠微。

波上马嘶看棹去，柳边人歇待船归。

数丛沙草群鸥散，万顷江田一鹭飞。

谁解乘舟寻范蠡，五湖烟水独忘机。

（唐·温庭筠《利州南渡》）

神剑飞来不易销，碧潭珍重驻兰桡。

自携明月移灯疾，欲就行云散锦遥。

河伯轩窗通贝阙，水宫帷箔卷冰绡。

他时燕脯无人寄，雨满空城蕙叶凋。

原题注：感孕金轮所。

（唐·李商隐《利州江潭作》）

王孙旧读五车书，手把山阳太守符。

未驾朱轓辞辇毂，却分金节佐均输。

人才自古常难得，时论如君岂久孤。

去去便看归奏计，莫嗟行路有崎岖。

（宋·王安石《送王詹叔利州路运判》）

足迹初来剑北州，试登危栈瞰江流。

万山西接地穷处，一水东归天尽头。

欲访崤函无健马，相忘楚汉付青鸥。

丈夫要了中原事，未分持竿老钓舟。

（宋·李曾伯《利州栈道》）

短堠荒林外，山田细路分。

牛耕天半石，人袖眼前云。

城市烟霞老，蚕桑妇子勤。

秀才真好客，招我夜论文。

（清·张问陶《广元道中》）

重寻赵家路，谁是利州民。

桑海天行道，贪廉碑记文。

船夫来广货，樵子带秦音。

长揖皇泽寺，岂宜轻妇人！

（现代·滕伟明《广元》）

【链接一】千佛崖

千佛崖又称北佛龛，在今广元市北二点五公里嘉陵江东岸，属首批国家重点文物保护单位（1961）。龛窟从南到北全长四百一十七米，高四十五米。其摩崖造像，始凿于南北朝，以后隋、唐、宋、元、明、清各代续有开凿，造像以唐代为多。

❤ **相关诗词：**

重岩载清美，分塔起层标。蜀守经涂处，巴人作礼朝。地凝三界出，空见六尘销。卧石铺苍藓，行塍复绿条。岁年书有记，非为学题桥。

原序：题利州北佛龛前重于去岁题处作。

（唐·苏颋《千佛崖》）

绝壁悬崖阁道连，惶惶全蜀几更年。

三千佛诵华严偈，五色云开宝座莲。

剑石野僧镌梵像，嘉陵江月印心禅。

不须更种菩提树，享灭无生了万缘。

（元·葛湮《题千佛崖》）

穿凿知何代，羊肠忽坦然。

崖端落红雨，佛顶生青烟。

水鸟衔鱼过，山僧枕石眠。

根尘既幽绝，岂厌车马喧。

（明·方清《题千佛崖》）

是身如云影，飘缥任西东。偶随花雨来，忽到梵王宫。百千万亿佛，雕镵何玲珑。藻井缀花鬘，五色垂葱芏。金手挥军持，列坐金莲中。粗细排金粟，坏钵烂碧空。斗法露龙象，状貌一一工。似自天竺见，疑为鹫岭逢。其余诸小崖，尽矴矍昙容。时觉银草动，恍惚来香风。面壁虽逼仄，力仗慈航通。始悟心相灭，千江明月同。吁嗟我非佞，偶遇缘觉聪。回看鹿苑远，仙唱高穹窿。

（清·李调元《题千佛崖》）

【链接二】凤凰山

凤凰山即广元市东山，相传武则天出生时有凤凰飞来。唐宋时为游览胜地，山顶旧有宝峰亭、柏轩，山中有桐轩、竹轩、山斋、闲燕亭、会景亭，山脚有巽堂、绿净亭等亭堂胜迹。今由市政府筹款修建了凤凰楼，备极壮观。

兹轩最洒落，历历种琅玕。正昼簿书稀，萧萧风雨寒。翠阴琼
宴坐，疏韵承清欢。锦箨裁夏扇，玉笋供春槃。晴蜗潜叶底，暝雀
投林端。幽兴遇物惬，高怀随处安。且免一日无，何须千亩宽。

（宋·司马光《题竹轩》）

筑室城市间，移柏南涧底。山林夙所尚，封植聊自寄。崎岖脱
岩石，拥塞出梦翳。上承清露滋，下受寒泉惠。秋来采霜叶，咀嚼
有馀味。苦涩未须嫌，愈久甘如荠。

（宋·苏辙《柏轩》）

绿净亭前小曲池，微风不动水涟漪。
古人即此观为政，想见清明不敢欺。

（宋·李英《绿净亭》）

利州城起凤凰麓，凤距嶙峋高矗矗。
半翼舒来列宝屏，巅有灵渊漾轻縠。
阵阵霜风秋波盈，楼头帘卷新镜明。
天边月晦无明月，偏向宝峰池中生。

（清·张赓谟《宝峰夜月》）

【链接三】雪峰寺

雪峰寺故址在广元城区东坝，寺后山腰有二大石屹立。相
传古时有樵夫常歌于石上，风雨不辍，其人虽殁，而后歌声出

于石中，民间传为灵异。雪峰樵歌，也成为广元八景之一。

❦ 相关诗词：

　　一个樵夫正伐柯，天花落处满山河。
　　轻轻斧断云根巧，短短蓑披雪片过。
　　重担两头肩上压，新词一曲口中歌。
　　前村有酒将薪换，烂醉归家乐趣多。

（明·刘崇文《石樵夫歌》）

　　雪峰峰头风雪急，屹然双石如人立。
　　依稀柴担晚归来，时有歌声石内出。
　　元仲当年兴何豪，雪里买樵立断桥。
　　我欲日日策杖至，倾尊大白浮山椒。

（清·张赓谟《雪峰樵歌》）

　　雪峰仙境望嵯峨，旧有樵夫石上歌。
　　断续声分通古径，两肩烟雨任销磨。

（现代·梁清芬《雪峰樵歌》）

【链接四】葭萌关

　　葭萌关即今昭化，在广元市境内。秦置葭萌县，晋改为晋寿县，隋复置葭萌县，元初置昭化县。中华人民共和国成立后仍设昭化县，1953 年并入广元。

❤ **相关诗词：**

初离蜀道心将碎，离恨绵绵；度日如年，马上时时闻杜鹃。

三千宫女皆花貌，妾最婵娟。此去朝天，只恐君王宠爱偏。

（后蜀·花蕊夫人《采桑子·题葭萌驿》）

江头日暮痛饮，乍雪晴犹凛。山驿凄凉，灯昏人独寝。　　鸳机新寄断锦，叹往事、不堪重省。梦破南楼，绿云堆一枕。

（宋·陆游《清商怨·葭萌驿作》）

乱山围一县，哀柝下初更。

近郭双江合，扁舟万里情。

浪翻寒月影，风急夜潮声。

何限人间事，茫茫恨未平。

（清·王士禛《题昭化县城》）

果是名山不产金，试将矿窦问遥岑。

稚儿牵犊觅芳草，小妇亲蚕适柘林。

石确都开禾黍地，树材犹有栋梁心。

吾民相率只勤俭，如此黄金自可寻。

（清·李元《益昌南沿有平田号黄金坝即故晋寿城址》）

【链接五】苍溪

苍溪县在四川盆地北缘秦巴山脉南麓、嘉陵江中游。苍溪山川秀美，名胜众多，有临江古寺、青山观、瓦口隘、红军渡、烈士陵园等。特产有苍溪雪梨、中华猕猴桃、红心果及丰富的中药材。

❦ 相关诗词：

风驭忽泠然，云台路几千。

蜀门峰势断，巴字水形连。

人隔壶中地，龙游洞里天。

愿言回驭日，图画彼山川。

（唐·宋之问《送田道士使蜀过苍溪》）

苍溪县下嘉陵水，入峡穿江到海流。

凭仗鲤鱼将远信，雁回时节到扬州。

（唐·元稹《流寓苍溪寄扬州兄弟有感》）

骑驴夜到苍溪驿，正是猿啼叶落时。

三十五年如电掣，败墙谁护日题诗。

（宋·陆游《梦至苍溪》）

观风北历到江边，木叶红黄草尚芊。

天静忽闻求友雁，日斜犹棹下滩船。

拥资巨贾年年集，供馔佳肴色色鲜。

真个苍溪风致好，满城扶得醉人还。

（明·杨瞻《苍溪馆》）

孩童甘雪梨，华发过苍溪。

县古江山壮，城新屋宇齐。

沙留杜老迹，塔映红军旗。

桑下真堪恋，何年寄一枝。

（现代·徐无闻《过苍溪》）

沧江激浪诉西征，铜像凌云说壮行。

三万健儿齐赴敌，几人得见会苍城。

（现代·赵洪银《苍溪红军渡》）

叁 皇泽寺·武则天

广元市城西一公里处嘉陵江右岸乌龙山下旧有川主庙，始建于北魏晚期，武则天称帝后，将川主庙改名为皇泽寺。此寺以佛祖与帝王共祀，属国务院公布的第一批全国重点文物保护单位（1961）。

武则天（624—705）本唐高宗皇后，后称帝，改国号为周，名曌。武则天之父在唐贞观初任都督于利州，因此她生于此地。武则天十四岁时入宫为才人，唐太宗死，入感业寺为尼。高宗即位，复召入宫，拜昭仪，进号宸妃，永徽六年（655）立为皇后。高宗死，武后临朝称制，后于天授元年（690）称帝。

皇泽寺依山取势，寺院古朴典雅，气势巍峨，保存着从北魏时期至清代的丰富的摩崖石刻造像，今存六个窟群，五十个龛窟，大小佛像一千两百零三躯，大部分为盛唐时期的作品，分布在寺中则天殿石龛、迎辉楼石龛、大佛楼石窟、中心柱石窟、五佛亭石龛内。

大佛楼龛窟是皇泽寺的主体龛窟，保存造像比较完整。无论布局还是造像，都堪称蜀中唐代造像之冠。正中大佛高五点一一米，两旁二侍者、菩萨各高四点四米，大佛后侧浮雕为护法神。左边阿难菩萨脚下刻有一男供奉人，身着唐朝官服，头戴双翅纱帽，合掌半跪，态度虔诚。

则天殿正中龛内有武后石刻坐像，左壁有宋庆龄的题词，文曰："武则天是中国历史上唯一的女皇帝，封建时代杰出的女政治家。"殿内还有五代后蜀王孟昶广政二十二年（959）石碑，文曰："大蜀利州都督府皇泽寺唐则天皇后武氏新庙记。"

❧ 相关诗词：

瓦官寺里定香熏，词客曾劳记锦裙。

今日兰桡碧潭上，玉溪空自怨行云。

(清·王士禛《利州皇泽寺则天后像》)

山水英灵气宇恢，嘉陵钟毓信奇哉。

溯从委政称雄起，曾向更衣养晦来。

爱士不兴文字狱，知人能任栋梁材。

休言秽迹污青史，大德难将一青该。

(清·夏金声《游皇泽寺见武后像有感率成》)

登车一吾岂寻常，两见才人改异装。

产禄漫思嗣假子，儿孙终竟是真王。

故乡花草留脂泽，野殿炉烟蒸粉香。

太息桑条犹有曲，慈心何止负文皇。

广元皇泽寺，石窟溯隋唐。

媲美同伊阙，鬼斧似云岗。

三省四通地，千秋一女皇。

铁轨连西北，车轮日夜忙。

（现代·郭沫若《题皇泽寺》）

肆　剑门关

"剑门天下险。"剑门关是蜀道上的雄关险隘，国家级风景名胜区（1982）。

四川古为内海，白垩纪地壳运动使海水下跌，海底岩石隆起为砾岩山体，剑山七十二峰就是这样形成的。大小剑山于此对峙，是为剑门。

剑门在剑阁县北三十公里，距广元市四十五公里。这一带山脉东西横亘百余公里，七十二峰绵延起伏，高入云霄。陡壁断处两山相峙，如剑之立，如门之置，形势险要，是称剑门。

剑门乃大自然鬼斧神工所造，三国蜀相诸葛亮命人垒石砌门，建关设尉，从此便有剑门关之古迹。两厢石壁高一百五十多米，长五百多米，上宽一百余米，下宽五十多米，其势易守难攻。故李白诗曰:"剑阁峥嵘而崔嵬,一夫当关,万夫莫开!"

剑门关楼原为三层翘角式箭楼,阁楼正中悬一横匾,书"天下雄关",顶楼正中的匾额题"雄关天堑"。原楼于1935年修筑川陕公路时拆毁,仅存石碑。现在的关楼是1992年在原关楼旧址上重新修建的一座更为壮观的仿古式关楼。

剑门关峰绝岩危,路险峡深,松柏苍翠,怪石嶙峋,险中有秀,险中有幽。夏秋两季的清晨,山间云雾翻腾,群峰出没云海之中,若隐若现,景象壮观。秋冬之交,丝雨缥缈,重崖叠嶂处于雾雨之中,如诗如画,令人神往。

❧ 相关诗词:

岩岩梁山,积石峨峨。远属荆衡,近缀岷嶓。南通邛僰,北达褒斜。狭过彭碣,高逾嵩华。惟蜀之门,作固作镇。是曰剑阁,壁立千仞。穷地之险,极路之峻。世浊则逆,道清斯顺。闭由往汉,开自有晋。秦得百二,并吞诸侯。齐得十二,田生献筹。矧兹狭隘,土之外区。一人荷戟,万夫赵趄。形胜之地,匪亲勿居。昔在武侯,中流而喜。山河之固,见屈吴起。兴实在德,险亦难恃。洞庭孟门,二国不祀。自古迄今,天命匪易。凭阻作昏,鲜不败绩。公孙既灭,刘氏衔璧。覆车之轨,无或重迹。勒铭山阿,敢告梁益。

(晋·张载《剑阁铭》)

剑阁横云峻,銮舆出狩回。

翠屏千仞合,丹嶂五丁开。

灌木萦旗转,仙云拂马来。

乘时方在德,嗟尔勒铭才。

(唐·李隆基《幸蜀西至剑门》)

惟天有设险，剑门天下壮。连山抱西南，石角皆北向。两崖崇墉倚，刻画城郭状。一夫怒临关，百万未可傍。川岳储精英，天府兴宝藏。珠玉走中原，岷峨气凄怆。三皇五帝前，鸡犬各相放。后王尚柔远，职贡道已丧。至今英雄人，高视见霸王。并吞与割据，极力不相让。吾将罪真宰，意欲铲叠嶂。恐此复偶然，临风默惆怅。

（唐·杜甫《剑门》）

剑阁迢迢梦想间，行人归路绕梁山。

明朝骑马摇鞭去，秋雨槐花子午关。

（唐·杨凝《送客入蜀》）

身上征尘杂酒痕，远游无处不销魂。

此身合是诗人未？细雨骑驴入剑门。

（宋·陆游《剑门道中遇微雨》）

喜看顶峰不老松，剑门依然天下雄。

云来悬壁齐天峻，雷过枫林满地红。

漫吊古碉忆古事，徐行新路颂新功。

远游骚客今何在？不见蹇驴细雨中。

（现代·马识途《过剑门》）

胜景雄州毓地灵，人文世代有耆英。

街沿衙署成弧势，路转溪桥作几形。

三合波光如白练，四围山色压青城。

剑门远矗斜阳外，七十二峰如列屏。

（现代·夏顺均《晚登剑城后山即景》）

陡使西方白帝惊，荆诸相顾噤无声。

此番剑影真如雪，血冷风腥万里行。

（现代·徐炯《剑阁遇雪》）

【链接一】姜维祠

　　姜维祠又名姜公祠、姜平襄侯祠。炎兴元年（263），汉中失守，蜀将姜维曾守剑门关。关左侧崖壁，从侧面看就像一尊天然的武士像，当地人称之"姜维神像"。

❥　相关诗词：

　　秦时古道汉时关，骑驴不成安步攀。
　　翼城百里栈梯急，细雨千峰意态闲。
　　姜维营盘谈远志，诸葛桥畔换新颜。
　　更喜翠云廊上柏，长把美丽献人间。

（现代·王歆《游剑门蜀道》）

伍　翠云廊

　　翠云廊是一条由数以千计的古柏构成的极为壮观的绿色

长廊。

翠云廊以剑门关为中心，东南至阆中，西南至梓潼，北走昭化、广元。从南到北，由西向东，八千余株千年古柏夹道参天，全长三百余里，号称"三百里程十万树"。

宛如一条蜿蜒的绿色的巨龙，翠云廊沿着起伏的山峦，跨越深涧沟壑，盘曲在剑阁古驿道上。它是世界罕见的人工植造的古老行道树群体，故被誉为世界奇观、蜀道灵魂，是剑门蜀道风景名胜区的重要景点。

前人种树，后人乘凉。翠云廊古柏不是一次栽植而成，而是历代不断栽植而成的。在历史上，这里曾经有过六次大规模的植树。

第一次是秦代，由于修筑阿房宫，在蜀中大量伐木，作为一种补偿措施，同时为了显示天子威仪，秦始皇倡导在驿道两旁种植松柏。因此，后来人们把这些驿道旁的古柏称为"皇柏"。

第二次是蜀汉，张飞为巴西（今阆中）太守，倡导士兵及百姓沿驿道种树，蜀中军民同心协力完成了这次义务植树的任务。因此，后人也把翠云廊古柏称为"张飞柏"。

第三次是东晋，剑阁人在驿道两旁大量种植松柏，谓之"风脉树"。今日翠云廊直径为一米七八左右的古柏，大抵种植于此时。

第四次是唐代，由于杨贵妃酷嗜川南荔枝，须由快马传送，为保持荔枝鲜味，玄宗下令当地百姓沿途种植柏树，使翠云廊粗具规模。所以这条通道又被称为"荔枝道"。

第五次是北宋，宋仁宗曾下诏令："自凤州至利州，剑门关直入益州道路，沿官司道两旁，每年栽种土地所宜林木。"此次种植树木，延伸到了整个蜀道。

第六次是明朝，正德年间（1506—1521），剑阁知州李璧（字白夫）对南至阆中、西至梓潼、北至昭化的官道进行整治，并沿路大量补植柏树，形成了翠云廊的宏伟规模。这些柏树被后人称为"李公柏"。

❖ 相关诗词：

剑门路，崎岖凹凸石头路。两旁古柏植何人，三百里程十万树。翠云廊，苍烟护，苔花阴雨湿衣裳，回柯垂叶凉风度。无石不可眠，处处堪留句。龙蛇蜿蜒山缠互。传是昔年李白夫，奇人怪事叫人妒。休称蜀道难，莫错剑门路。

（清·乔钵《翠云廊》）

华阴有古柏，传自犹龙李。其傍汉晋物，历劫剩无几。吴中有古柏，过客必称美。清奇与古怪，其数止四耳。今我来剑阁，深入翠云里。巨者五六围，小亦如桐梓。高柯耸轮囷，低枝互牵倚。或焦讶中空，或结成连理。旁生荔偶似，倒出榕可拟。古质坚如钢，清阴碧如绮。剑州有贤令，爱护戒伤毁。屈指逾万本，一一木牌纪。蜀汉传自今，消沉几年圯。爝火看兴亡，韶华委流水。后凋见贞心，奇观叹止矣。

（清·俞陛云《翠云廊歌》）

梓潼初过驰车忙，古柏苍森夹道旁。
谁护万章经浩劫，参天留与壮蜀疆。

（现代·周北溪《翠云廊道中即景》）

是处霜皮挹清芬，参天黛色感斯人。
岂惟天骄留遗爱，更遣葱倩见赤心。
叠嶂千盘添生气，故道百里绕幽深。

剑阁持尔存保障，长看直节当风云。

剑南路，多古柏，垂叶交柯日能隔。后人种树懒于前，旧树渐减新不益。剑南路，尽铺石，横宽直密两可趋。今人修路勤于古，移去石级盛泥涂。君不见石牛堡、路新治，雨后舁夫常惴惴，大呼谁何作恶詈。柳池驿，柏犹浓，伏天行客忘饥渴，剑阁至今祠李公。古人笃实复宏大，功业常留千载外。今人建设纷相夸，建设未闻闻破坏！

（现代·刘咸炘《剑南路》）

陆 拦马墙

拦马墙在广元凉山乡，距剑阁县城十七公里。其地有五丁庙，相传是五丁力士开山处，这个传说，为李白《蜀道难》增添了光怪陆离的色彩。

拦马墙是古代陆地交通安全设施的实物遗存，有十分珍贵的考古研究价值和历史价值，也是剑门蜀道风景名胜区的重要景点。

相传蜀汉猛将张飞出征中原，因信使失蹄坠崖，为了避免事故再度发生，贻误军机，遂令将士在驿道险要处筑墙拦马，以确保行军的安全。

拦马墙分为土墙与石墙——土墙以卵石砌成外层，中间筑以泥土；石墙以大青石砌成，用石灰加糯米作黏合剂，建筑牢固美观，上涂白灰以为警示。墙高超过一米，宽约零点八米，长度不一，视险道情况而定。

拦马墙一带古柏夹道成荫，是蜀道最为靓丽的、独具特色的景观。此处古柏高耸入云，疏密有致，苍翠挺拔，老干虬枝，各具情态，粗者须十人以上方能合抱，或称"状元柏"，或称"关刀柏"，或称"观音柏"，或称"石牛柏"，或称"淌肠柏"，或称"七仙女树"，等等，巧立名目，不一而足。

【链接一】清凉桥

清凉桥是一座青石桥。相传蜀相诸葛亮为北伐曹魏，以图中原，于建兴五年（227）修筑此桥，兼设馆舍驿站。

因此处为古战场遗址，或称"鬼门关"，后人附会建有望乡台、奈何桥、阴阳界、鬼门关、龙游夜雨等景点。

❧ **相关诗词：**

剑门中断古梁山，桥号清凉水石潺。

忽听大风枝上吼，云深疑有老龙还。

(清·陈韦《清凉桥》)

柒　七曲山大庙

七曲山大庙在四川盆地西北部的梓潼县七曲山上，是文昌帝君的发祥地，故又称"帝乡"。现为全国重点文物保护单位（1996）和国家森林公园（1994）。

七曲山大庙始建于东晋，初名亚子祠，是为纪念晋人张亚子的，他后来被追封文昌帝君。南宋绍兴十六年（1146）高宗赵构敕令按王宫格局在此修建全国第一座文昌宫。经历代维修重建，现存古建筑群二十三处，俱为元、明、清三代旧物。大庙古柏森森，虽多历年代，仍保持宏伟壮观的王宫气势。

在天象中，北斗魁星附近有文昌六星，其中司禄星主文人功名利禄，司命星主人年寿，民间信仰十分流行。文昌帝君是"文昌星神"与四川地方"梓潼神"相结合的产物，为学问、文章、科举士子的守护神，在道教神系中地位甚高。

农历二月初三为文昌帝君诞辰，也是七曲山大庙的庙会，近年来不少台、港、澳同胞和海外华人陆续到大庙敬香，香火极盛。

该庙天尊殿为明洪武中期所建，在大庙最高处，海拔八百六十二米，外形为单檐歇山式，内部为侧脚穿斗木结构。其设计相当科学，具有高度的抗震性能，可谓别出心裁，巧夺天工。

❧　相关联语：

中天星彩腾奎壁

此地人文射斗牛

（清·陈钟祥《文昌宫奎星阁联》）

秉烛非避嫌，此夜心中惟有汉

华容岂戴德，当年眼底已无曹

（清·程春海《七曲大庙关羽殿联》）

捌　青莲乡·李白

　　青莲乡在四川江油市，是诗仙李白的出生地。李白（701—762）字太白。少年游学，除儒家经典而外，广览诸子百家，并好剑术，对当时流行的道教也有浓厚兴趣。他在二十五岁时离开蜀地，漫游天下。天宝初，李白受玄宗征召入京，供奉翰林，后因权贵谗毁，赐金还山。安史乱中，为永王李璘辟为幕僚，后被牵累入狱，长流夜郎，中途遇赦。晚年流寓当涂而卒。李白今存诗近千首。在他的山水诗中，最为动人的形象是长江、大河与蜀道山川，这些诗篇生动再现了祖国河山面貌，表现了诗人的独特个性及其对家乡的热爱。

　　李白是中国诗史中最伟大的浪漫主义诗人，其追求理想与自由、反抗权贵的精神，其惊天地、泣鬼神的艺术冲击力，对后世影响极大。他的诗歌早已被翻译为多种文字，远越重洋，产生了世界性的影响。

　　李白故里在七曲山大庙正西宝成铁路线上的江油市青莲乡。青莲乡本作清廉乡，《宗书》言清廉乡因古昌明境内的廉泉而得名。青莲花出西竺，梵语谓之优钵罗花，清净香洁，不染纤尘。太白自号，疑取此意。而清廉乡改为青莲乡，大约是明清以后的事。

　　李白故居景点有太白祠、陇西院、粉竹楼、明贤祠、月圆墓、洗墨地、磨针溪等。碑林以海内外历代书画名家创作的李白诗歌作品为内容，采用现代与传统设计相结合的风格，倚山而建，书法精湛，构思新颖，气势恢宏，是一座弘扬李白文化主题的艺术园林。

　　学界对李白出生地的考证，虽是众说纷纭，然而与李白有直接交往的唐人魏颢、李阳冰及其晚辈唐人刘全白、范传正众口一词，谓李白生于蜀地，当为不刊之论。而今"李白故里"的四字碑文，是邓小平亲笔题写的。

❦ 相关诗词：

犬吠水声中，桃花带雨浓。

树深时见鹿，溪午不闻钟。

野竹分青霭，飞泉挂碧峰。

无人知所去，愁倚两三松。

（唐·李白《访戴天山道士不遇》）

岚光深院里，傍砌水泠泠。

野燕巢官舍，溪云入古厅。

日斜孤吏过，帘卷乱峰青。

五色神仙尉，焚香读道经。

（唐·李白《赠江油尉》）

满目江声满目山，此身疑不在人间。

民含古意村村静，吏束文书日日闲。

（宋·赵寰《题江油吏隐堂》）

四望逶迤万叠山，微通云栈访云鬟。

谁言吏道难栖隐，未必人间有此闲。

（宋·司马光《题江油吏隐堂》）

【链接一】李白纪念馆

李白纪念馆是为纪念李白逝世一千二百周年而修建的仿唐园林建筑群，在四川省江油市北郊昌明河畔。主要建筑有太白堂、归来阁、醉仙楼及会馆等。馆内藏品有各代李诗版本，以及明清以来大家如仇英、祝允明、张大千、傅抱石等人的画作。

❧ 相关诗词：

李杜文章在，光焰万丈长。不知群儿愚，那用故谤伤。蚍蜉撼大树，可笑不自量。伊我生其后，举颈遥相望。夜梦多见之，昼思反微茫。徒观斧凿痕，不瞩治水航。想当施手时，巨刃摩天扬。垠崖划崩豁，乾坤摆雷硠。惟此两夫子，家居率荒凉。帝欲长吟哦，故遣起且僵。剪翎送笼中，使看百鸟翔。平生千万篇，金薤垂琳琅。仙官敕六丁，雷电下取将。……

（唐·韩愈《调张籍》节录）

翰林江左日，员外剑南时。不得高官职，仍逢苦乱离。暮年逋客恨，浮世谪仙悲。吟咏留千古，声名动四夷。文场供秀句，乐府待新词。天意君须会，人间要好诗。

（唐·白居易《读李杜诗集因题卷后》）

李杜操持事略齐，三才万象共端倪。
集仙殿与金銮殿，可是苍蝇惑曙鸡？

（唐·李商隐《漫成》）

吾爱李太白，身是酒星魄。口吐天上文，迹作人间客。磊砢千丈林，澄澈万寻碧。醉中草乐府，十幅笔一息。召见承明庐，天子亲赐食。……五岳为辞锋，四溟作胸臆。惜哉千万年，此俊不可得。

（唐·皮日休《七爱诗·李翰林白》节录）

何事文星与酒星，一时钟在李先生。

高吟大醉三千首，留著人间伴月明。

（唐·郑谷《读李白集》）

开元无事二十年，五兵不用太白闲。太白之精下人间，李白高
歌蜀道难。蜀道之难难于上青天，李白落笔生云烟。千奇万险不可
攀，却视蜀道犹平川。宫娃扶来白已醉，醉里诗成醒不记。忽然乘
兴登名山，龙咆虎啸松风寒。山头婆娑弄明月，九域尘土悲人寰。
吹笙饮酒紫阳家，紫阳真人驾云车。高山流水空流花，飘然已去凌
青霞。下看区区郊与岛，萤飞露湿吟秋草。

（宋·欧阳修《太白戏圣俞》）

天人几何同一沤，谪仙非谪乃其游。麾斥八极隘九州。化为
两鸟鸣相酬，一鸣一止三千秋。开元有道为少留，縻之不可矧肯
求。西望太白横峨岷，眼高四海空无人。大儿汾阳中令君，小儿
天台坐忘真。生年不知高将军，手污吾足乃敢瞋。作诗一笑君
应闻。

（宋·苏轼《书丹元子所示李太白真》）

李白前时原有月，唯有李白诗能说。李白如今已仙去，月在青
天几圆缺？今人犹歌李白诗，明月还如李白时。我学李白对明月，

月与李白安能知？李白能诗复能酒，我今百杯复千首。我愧虽无李白才，料应月不嫌我丑。我也不登天子船，我也不上长安眠。姑苏城外一茅屋，万树桃花月满天。

（明·唐寅《把酒对月歌》）

【链接二】匡山太白祠

匡山在江油市西北，是李白少年时代的读书地，因山形如"匡"字而得名。隋唐时建有大明寺与匡山书院。李白在匡山，拜道士东岩子为师，历时十年。清乾隆年间（1736—1795）建有太白祠。

❖ 相关诗词：

晓峰如画碧参差，藤影风摇拂槛垂。

野径来多将犬伴，人间归晚带樵随。

看云客倚啼猿树，洗钵僧临失鹤池。

莫谓无心恋清景，已将书剑许明时。

（唐·李白《别匡山》）

不见李生久，佯狂真可哀。

世人皆欲杀，吾意独怜才。

敏捷诗千首，飘零酒一杯。

匡山读书处，头白好归来。

（唐·杜甫《不见》）

山中犹有读书台，风扫晴岚画障开。

华月冰壶依然在，青莲居士几时来？

（前蜀·杜光庭《太白读书台》）

青莲居士读书堂，万古山名重大匡。

故宅已非唐土地，残碑犹有宋文章。

蝉鸣远树宫袍烂，蜂酿寒泉斗酒香。

白发萧萧归未得，空余猿鹤怨凄凉。

（明·戴仁《匡山》）

白也书堂在，云林似昔时。

星辰如可接，猿鹤尚余悲。

去作青山冢，归虚白首期。

怜才意千古，高咏少陵诗。

（清·黄景仁《望匡山》）

谪仙台榭已成荒，词赋风流独擅唐。

岭目烟云当翰墨，山头花鸟是文章。

青莲社里歌声在，失鹤池边咏叹长。

几度登临追胜概，徘徊不舍旧书堂。

（清·陈干《李白旧书堂》）

玖 窦圌山

　　窦圌山在江油城北二十公里的涪江东岸，是国内著名的丹霞地貌风景区。

　　窦圌山初名猿门山，以山多猿、山形如门而得名。后因山上岩层细石密布如豆，而山形如圌（草屯），又称"豆圌山"。唐代彰明县主簿窦子明弃官隐居山上，皈依道教，复建索道，重修寺庙，后人为纪念他，又书豆圌山为窦圌山。

　　窦圌山顶有三峰如柱，拔地而起，形制独特，高逾百米。峰顶各有古庙，名为东岳、窦真、鲁班。西峰一侧有崎岖小路可以攀登到东岳庙，其余二峰则由上下两条铁索相联结。索道始建于唐代，现存索道为清雍正五年（1727）所建，历两百多年而毫无锈蚀。峰际间隔约二十米，两根铁索上下相距一米。旧时僧人即凭此索道为善男信女背送香烛。

　　峰下云岩寺，始建于唐，明末焚于兵火，清雍正三年（1725）重修，今为国家重点文物保护单位（1988）。寺前山门外有唐李白题赞圌山断句石碑一通，句云"樵夫与耕者，出入画屏中"，于右任书。

❧　相关诗词：

　　重岩之下，草莽日交。

　　人影不来，黄叶飘飘。

　　谷鸟晚啼，山月夜高。

　　松露鹤飞，湿我禅袍。

（清·破山和尚《窦圌山漫吟》）

天桥只许一僧过，君在江油我在罗。

看破红尘来到此，听得清谈口似河。

履险如夷知道力，住山若寄笑年多。

请看尘世纷纷者，何啻蝇声聚一窝。

（清·李调元《题王栋先生〈题窦圌山〉》）

幻将铁索架飞桥，世路尘氛到此消。

并峙双峰探碧落，高攀一线度青霄。

难如蜀道形弥险，势似天衢步若招。

一自挂冠人去后，神仙踪迹望遥遥。

（清·陈干《圌岭飞桥》）

飞桥系得两峰平，桥上僧人自在行。

山月高高山鸟下，我来倚杖待云生。

（现代·于右任《窦圌山纪游》）

【链接一】飞天藏

　　飞天藏建于宋淳熙年间，是我国现存唯一的宋代道教转轮经藏，为中华人民共和国成立后第一批省级文物保护单位（1956）。飞天藏又名转轮经藏、星辰车，直径七点二米，中以一根高十米、直径五十厘米的木柱为轴，整体重约七吨，底部一藏针承受，至今仍可借人力推动运转自如。它是国内仅存较为完好的宋代小木构建筑，斗拱繁复，木雕生动，天宫楼阁，彩绘精美，为窦圌山的镇山之宝。

经从何处飞来犹存宋绩

轮自几时转起又著新风

（现代·张泽《飞天藏联》）

拾 子云亭·扬雄

剑门蜀道上有一处新建的景观——西蜀子云亭（1986），亭在绵阳市西山上，是为了纪念西汉文学家扬雄而建的。据《绵阳县志》记载，绵阳城西南十五公里皂角铺有钟阳古镇，镇上有扬雄读书台及洗墨池。

扬雄（前53—18）字子云，本蜀郡成都今郫县三元场人。西汉文学家、哲学家。名篇有《甘泉赋》《长扬赋》等，哲学著作有《太玄》《法言》等，语言学著作有《方言》。

唐代文学家刘禹锡的名篇《陋室铭》有"南阳诸葛庐，西蜀子云亭"之名句，沧海桑田，故亭早已荡然无存。由于扬雄曾在绵州读书，故新亭选址在风景秀丽的西山。亭为六角方亭，红柱青瓦，雄伟古朴。

子云亭附近景点还有玉女泉、蒋琬墓、凤尾湖、仙云观、玉女湖等。

❥ 相关诗词：

济济京城内，赫赫王侯居。冠盖荫四术，朱轮竟长衢。朝集金张馆，暮宿许史庐。南邻击钟磬，北里吹笙竽。寂寂扬子宅，门无卿相舆。寥寥空宇中，所讲在玄虚。言论准宣尼，辞赋拟相如。悠悠百世后，英名擅八区。

（晋·左思《咏史》其四）

自负天人学，甘居寂寞滨。

却怜载酒客，似识草玄人。

三世官应拙，一区宅更贫。

千年寻故里，感涕独沾巾。

（宋·邵博《扬雄宅》）

君不见子云草玄西阁门，一径秋草闲朝昏。何须笔冢高百尺，墨池黯黯今犹存。童乌侯芭竟零落，玄学无人终寂寞。汉家执戟知几年？垂老身投天禄阁。俗儿纷纷重刘向，思苦言艰动嘲谤。汉已中夭雄亦亡，不教空文从覆酱。如今却作给孤园，吐凤亭前池水寒。安得斯人尚可作，会有奇字令君看。

（宋·宋京《扬子云洗墨池》）

投阁虚传一丈夫，守玄准易是良图。

一池泼墨翻溟浪，万派同源味道腴。

铁折何须摧五鹿，情钟惟自念童乌。

深沉经旨谁人解？但喜鸱夷喻酒壶。

（现代·邵祖平《洗墨池传为扬子云著太玄经处》）

【链接一】郫县子云亭

在郫县城西南十公里处的三元场有子云亭和扬雄墓。唐代诗人刘禹锡著名的《陋室铭》中的"西蜀子云亭"，实际上指的就是郫县子云亭。

❧ 相关诗词：

山不在高，有仙则名。水不在深，有龙则灵。斯是陋室，惟吾德馨。苔痕上阶绿，草色入帘青。谈笑有鸿儒，往来无白丁。可以调素琴，阅金经。无丝竹之乱耳，无案牍之劳形。南阳诸葛庐，西蜀子云亭。孔子云："何陋之有？"

（唐·刘禹锡《陋室铭》）

落景登临县郭西，坐来结构与云齐。

平郊远讶行人小，高阁回看去鸟低。

林表余花春寂寂，城隅纤草晚萋萋。

酒阑却下危梯去，犹为风烟惜解携。

（明·杨慎《郫县子云阁》）

江汉汤汤独炳灵，郫筒千载尚名亭。

花迎问字人来径，车满新醅客到庭。

修竹犹栖堂上凤，童乌已识案中经。

至今投阁遗余恨，寒夜空来腐草萤。

（清·金城《子云亭》）

拾壹 富乐山

　　富乐山在绵阳市东郊，原名东山、旗山，是刘备进取西蜀、奠定蜀汉基业的第一站。《方舆胜览》载："汉建安十六年（211）冬，昭烈入蜀，益州牧刘璋延至此山，欢宴百日，望蜀之全盛，饮酒乐甚，刘备叹曰：'富哉，今日之乐乎！'"后人因此改称富乐山。山以高广秀雅著称，被誉为绵州第一山。

❖ **相关诗词：**

　　当时四海一刘备，至此已堪悲失脚。

　　出语翻为乐园想，是人还止偏方著。

　　大汉曾记隆准翁，闻道山河锦绣中。

　　安能郁郁久居此，睥睨三秦日欲东。

（宋·雍有容《富乐山》）

　　富乐登临境最幽，烟霞古洞隔阆浮。

　　钟敲渔父村前晓，笛弄芙蓉溪上秋。

　　石碣千年传往事，井泉百尺起潜虬。

　　山僧莫恨生来晚，不识当年刘豫州。

（明·白翱《游富乐山》）

　　富乐山前气萧瑟，九日高风吹残碣。

　　我访山林结伴来，秋洗芦花飘似雪。

英雄割据已千秋，唐宋元明同一劫。

只有芙蓉江上水，年年东流长不息。

（清·陈中《富乐山怀古》）

【链接一】富乐山公园

　　富乐山公园采用中国古典园林造园手法，依山就势，顺乎自然，以山林野趣为特点，仿明清园艺风格构建，是一处以园林建筑为主，以三国文化为内涵，山水结合的新景区。其树林茂密，遍地绿茵，既有皇家园林风格，又有浓郁的山野情趣。

　　公园主要景点有豫州园、昭烈园、富乐园、绵州碑林、富乐阁等，分布错落有致。富乐阁在富乐山顶，高四十六米，共五层，楼阁构架与建筑风格可与武汉黄鹤楼相媲美。富乐堂是为纪念刘备与刘璋涪城相会的殿堂、庭院与园林相结合的景点，大殿为高大宽敞的五开间，殿内为再现刘备与刘璋涪城相会盛况的大型泥塑群像，两侧均为两楼厅房，与走廊连接构成合院式建筑，红墙黄瓦，肃穆庄严，显示了皇家殿堂的气派。

❧　相关联语：

富乐名山，历代几时真富乐

文明建苑，从今再现古文明

（现代·衡超伦《题富乐山联》）

拾贰 落凤坡·庞统祠

庞统墓在罗江县西五公里老川陕路旁，距德阳仅十五公里。建安十九年（214）庞统中流矢死于落凤坡，刘备建墓于此。

庞统（179—214），字士元，号凤雏，荆州襄阳（今湖北襄阳）人。生前庞统与诸葛亮并称凤雏、伏龙。现存祠墓，是清代康熙四十六年（1707）重建的。

祠墓古柏参天，郁郁葱葱。祠墓旁有车辙深邃、长满苔藓的古驿道。落凤坡就在庞统祠旁约两公里处修复后的古驿道终端。

庞统祠旁的白马关是古代重要的入蜀关口，这条古驿道自秦代以来就存在了，三国时成为要道。至川陕路修通，驿道被废弃，今已修复。奇石沟壑、溶洞山泉，堪称蜀汉遗迹之一绝。

❧ 相关诗词：

士元死千载，凄恻过遗祠。

海内常难合，天心岂易知！

英雄千古恨，父老岁时思。

苍藓无情极，秋来满断碑。

（宋·陆游《过庞士元墓》）

夹道阴森汉代松，靖侯祠墓白云封。

功开西蜀人谁识，名冠南州士所宗。

不改苍山长郁郁，依然绿树自重重。

漫言落凤难消恨，明月相欢有卧龙。

（清·李化楠《白马关吊庞士元》）

白马关前夜雨凉，断碑空在汉祠荒。

一群鹦鹉林间语，似忆当年孤凤凰。

（清·王士禛《落凤坡吊庞士元》）

谁言此州小，曾有凤雏来。

首献三条计，洵非百里才。

生无惭骥足，死合遣龙陪。

一自星飞后，千山涧水哀。

（清·李调元《鹿头山吊庞统》）

关前石磴树蓁迷，独剔残碑叹凤雏。

壮岁曾邀司马鉴，宏才应与卧龙齐。

荒原落日招魂去，终古寒鸦向客啼。

一样墓门衰草合，定军山北惠陵西。

（清·江国霖《谒庞靖侯墓》）

白马关前拜墓祠，清秋正值晚晴时。

风飔大泽悲龙凤，日薄深林杂鹳鸱。

尽瘁两朝堪报主，未成三计竟舆尸。

二公志节高千古，细读新词动景思。

（清·爱新觉罗·胤礼《谒龙凤二师祠》）

【链接一】鹿头山

鹿头山在德阳市城北二十公里处，这里是古代由秦入蜀的必经之地和最后的关隘，历代诗人多有吟咏。

❤ 相关诗词：

鹿头何亭亭，是日慰饥渴。连山西南断，俯见千里豁。游子出京华，剑门不可越。及兹险阻尽，始喜原野阔。殊方昔三分，霸气曾间发。天下今一家，云端失双阙。悠然想扬马，继起名硉兀。有文令人伤，何处埋尔骨。纤馀脂膏地，惨澹豪侠窟。仗钺非老臣，宣风岂专达。冀公柱石姿，论道邦国活。斯人亦何幸，公镇逾岁月。

（唐·杜甫《鹿头山》）

马头春向鹿头关，远树平芜一望间。

雪下文君沽酒市，云藏李白读书山。

江楼客恨黄梅侯，村落人歌紫芋间。

堤月桥灯好时景，汉廷无事不征蛮。

（唐·郑谷《鹿头山》）

江锁双龙合，关雄五马侯。

益州如肺腑，此地小咽喉。

事急争鸡口，时平失鹿头。

至今松柏冢，风雨不胜愁。

（清·李调元《鹿头山》）

【链接二】玄武山

　　玄武山在德阳市中江县，有玄武观，在城东南郊。唐代著名诗人王勃、卢照邻、杜甫多有题咏。

❧　相关诗词：

　　九月九日望乡台，他乡他席送客杯。

　　人情已厌南中苦，鸿雁那从北地来！

（唐·王勃《蜀中九日》）

　　九月九日眺山川，归心归望积风烟。

　　他乡共酌金花酒，万里同归鸿雁天。

（唐·卢照邻《九月九日登玄武山》）

　　九月九日望遥空，秋水秋天生夕风。

　　寒雁一向南飞远，游人几度菊花丛。

（唐·邵大震《和王子安九日登玄武山旅眺》）

　　武江斜转石，文岫独参天。

　　绿涨他山雨，青浮近市烟。

　　松薪炊白粲，水蔓系红鲜。

　　自喜飘蓬迹，安居过两年。

（金·张斛《寓中江县》）

　　豆子山，打瓦鼓。阳坪关，撒白雨。白雨下，娶龙女。织得绢，

二丈五。一半属罗江，一半属玄武。我诵绵州歌，思乡心独苦。送
君归，罗江浦。

（明·杨慎《送余学官归罗江》）

青鞋布袜陟层巅，望道其如未及泉。

天近寻常尘不到，旬当十四月犹弦。

山花乱落谁为扫，野鹤相随或在前。

老我重来应指日，山灵珍重护寒烟。

（明·余子俊《游圣泉用王子安韵》）

白龙昨夜嫁龙女，狂风骤雨忽他徙。珠衾百宝俱随行，遗下匹
绢化为水。此绢龙女亲织成，二丈五尺曾量清。冰绡尽是鲛人泪，
谁家拾得宁容情。急遣雷电下索取，半属罗江半玄武。两家相争不
肯还，并造双虹镇江浒。白龙勃怒雨师行，豆子山前打瓦鼓。倒卷
双虹入海去，年年渡口无人行。绢归龙宫波涛止，一桥方成一桥圮。
君不见玄武西桥已如此，罗江东桥又如彼。

原序云：即中江西门江也。桥不知圮于何时，而罗江东门桥为邑令杨周冕所建，今亦圮。

（清·李调元《西桥水》）

【链接三】中江·苏舜钦

德阳中江是宋代杰出诗人苏舜钦的故乡。苏舜钦（1008—
1049），字子美，梓州铜山（今中江）人，是北宋诗文革新运动
先驱，与梅尧臣并称"苏梅"，诗歌风格豪放。晚年移居苏州沧
浪亭。有《苏学士文集》。

❧ **相关诗词：**

别院深深夏簟清，石榴开遍透帘明。

树荫满地日当午，梦觉流莺啼一声。

（宋·苏舜钦《夏意》）

铁面苍髯目有棱，世间儿女见须惊。

心曾许国终平虏，命未逢时合退耕。

不称好文亲翰墨，自嗟多病足风情。

一生肝胆如星斗，嗟尔顽铜岂见明。

（宋·苏舜钦《览照》）

【链接四】罗江·李调元

德阳罗江是清代杰出学者李调元的故乡。李调元（1734—1802），字羹堂、赞庵、鹤洲，号雨村，清代学者、诗人、戏曲理论家。二十岁时，其父李化楠宦浙中，调元随之，遍游浙中山水。乾隆二十九年（1764）中进士，选翰林院庶吉士；三十八年（1773）以参永平知府，为其所讦，罢官下狱。次年春遣戍伊犁；四十一年（1776）返绵州故里，家居二十余年，啸傲山水，以著述自娱。与从弟鼎元、骥元俱有诗名，号"绵州三李"。作品有《童山诗集》四十卷、《全五代诗》《赋话》《粤风》《雨村曲话》《雨村剧话》等。

❧ **相关诗词：**

何处堪宜着此身，园林幽敞绝嚣尘。

锄荒结就三间屋，便与烟霞作主人。

看看两鬓白如丝，角利贪名到几时。

愿得人皆闲似我，常来共对一枰棋。

（清·李化楠《山居即事四首并序》录二）

自从辛卯赴修门，十五年来梦始醒。

今日归家谁是客，鸥来隔浦鹭来汀。

（清·李调元《独游醒园》）

雨村山人南村居，俗迹不得干阶除。

园列甲乙丙丁石，架置经史子集书。

山中随意去听鸟，溪上有时来钓鱼。

傅粉插花一大笑，樵青相扶骑蹇驴。

（清·何人鹤《访李雨村山人》）

【链接五】遂宁·张问陶

　　遂宁是清代著名诗人张问陶的故乡。张问陶（1764—1814），字仲冶，号船山。乾隆五十五年（1790）进士，授翰林院检讨，历官吏部郎中、山东莱州知府。论诗主张抒写性情，诗风与袁枚相近，所作清新空灵。有《船山诗草》。

❦　相关诗词：

形势抗西岳，尊严朝百灵。

雪留秦汉白，山界雍梁青。

鸟道欺三峡，神功怀五丁。

峨眉可横绝，归梦记曾经。

（清·张问陶《望太白山》）

回首音尘尚俨然，有才谁料竟无年。

对床常忆分笺日，听雨还疑共被眠。

挥泪自今成永别，伤心尚冀是讹传。

从君病后分明记，抑郁心情倍可怜。

（清·张问安《哭船山仲弟四首》录一）

楼山以后孰堪追？赖有船山笔一支。

堪欢随园老词客，独留青眼待公诗。

（清·邱晋成《论蜀诗绝句》）

西蜀江山险，诗中有霸才。

当关争虎豹，破峡走风雷。

官薄名何重，心雄事竟灰。

羁魂终倔强，抵死傍苏台。

坡老儋黄后，疏豪合似君。

别开诗世界，笑傲酒乾坤。

家恋江南好，才空冀北群。

夕阳斜倚杖，愁说为招魂。

（清·刘沅《闻张船山下世二首》）

拾叁　平武报恩寺

报恩寺在绵阳市平武县龙安镇，是目前国内保存最完整的明代古建筑群之一，今为全国重点文物保护单位（1996）。

平武古为龙州，地处边陲，明朝置宣抚司官衙。宣德三年（1428），王玺进京朝贡时，以"古遗藏经无处收贮，恩无补报"为由，请修建寺庙一所；帝念其诚，破例允建。于正统五年（1440）破土动工，天顺八年（1464）竣工，占地二点四万平方米。

报恩寺迄今已有五百多年历史。布局结构酷似北京紫禁城，所以又称"深山王宫"。全寺所有木构件，均为一色珍贵楠木，具有高度的抗震性能。

报恩寺分前中后三进院落，寺内雕刻精工细作，殿中佛像造型优美。大悲殿高达八米许的千手观音，正身是用一根巨大的楠木雕成，身后一千零四只手，千姿百态，美丽壮观。华严殿内的转轮经藏高十一米、直径七米，藏体用天宫楼阁装饰，犹如一座凌空托起的七级浮屠。

❖　**相关联语：**

佛光普照，来西方以说法，教传震旦化东渐

帝治无为，正南面而垂裳，星共离明朝北极

古佛三尊欢聚一堂昭法象

莲台九品花香满座放豪光

（明·释广昌《平武报恩寺大雄殿联》二则）

拾肆　梓州工部草堂

　　梓州工部草堂，在今绵阳市三台县城内的山冈上。三台县在唐代为梓州治所。杜甫于代宗宝应元年（762）七月，因送严武回京离开成都，后因兵乱留滞川北，到广德二年（764）严武再度镇蜀，才回到成都。其间诗人以梓州为中心，漂泊往返于川北各县，共计一年零八个月，跨三个年头，故诗人有"三年奔走空皮骨，信有人间行路难"的感叹。诗人在梓州期间，多有歌吟，《闻官军收河南河北》一诗被人称为"老杜平生第一首快诗"。

❧　相关诗词：

　　伊昔黄花酒，如今白发翁。

　　追欢筋力异，望远岁时同。

　　弟妹悲歌里，朝廷醉眼中。

　　兵戈与关塞，此日意无穷。

（唐·杜甫《九日登梓州城》）

　　剑外忽传收蓟北，初闻涕泪满衣裳。

　　却看妻子愁何在，漫卷诗书喜欲狂。

　　白日放歌须纵酒，青春做伴好还乡。

　　即从巴峡穿巫峡，便下襄阳向洛阳。

（唐·杜甫《闻官军收河南河北》）

常苦沙崩损药栏，也从江槛落风湍。

新松恨不高千尺，恶竹应须斩万竿。

生理只凭黄阁老，衰颜欲付紫金丹。

三年奔走空皮骨，信有人间行路难。

（唐·杜甫《将赴成都草堂途中有作先寄严郑公五首》录一）

老杜平生三草堂，浣花瀼水遥相望。一年梓州暂栖止，携家避难何苍黄。诛茅卜筑向谁所，想象应在牛山傍。绕郭名胜恣游瞩，况有栋宇余齐梁。兜率鹤林暨慧义，金碧为我生荣光。虚空缥缈响清磬，行歌互答声琅琅。是时霜鬓正作客，登楼入望多感伤。留后使君兴不浅，开樽痛饮形骸忘。新诗千首写忠爱，如公自合称诗王。东川何幸得公迹，应与巴蜀相颉颃。揭来驱车访遗址，巍然祠庙尊冠裳。谪仙配享两知己，文章万丈光焰长。春花满面秋菊香，当年对酒神飞扬。只今胖蟹恋兹土，那复乘舟思故乡。

（清·王龙勋《工部草堂》）

乱离自分老殊乡，又向东川筑草堂。

枝上惨红鹃有血，瓮中寒绿蚁留香。

春深官阁云沉壁，雨过郪城柳著行。

只恨收京消息断，孤臣犹有涕沾裳。

（清·曾修五《梓州工部草堂》）

【链接一】李白与梓州

李白青少年时期，曾师从梓州节士赵蕤读书习剑，确立了诗人一生的志向。赵蕤，字大宾，梓州盐亭人。博学多才，长于经术，李白称其为"赵徵君"。唐玄宗屡召之而不就，以隐居著述为乐，后徙居郪县（今三台县）长平山，博考六经诸家注疏异同之旨，尤潜心于《易》，多有阐发。

❦ 相关诗词：

吴会一浮云，飘如远行客。功业莫从就，岁光屡奔迫。良图俄弃捐，衰疾乃绵剧。古琴藏虚匣，长剑挂空壁。楚冠怀钟仪，越吟比庄舄。国门遥天外，乡路远山隔。朝忆相如台，夜梦子云宅。旅情初结缉，秋气方寂历。风入松下清，露出草间白。故人不可见，幽梦谁与适。寄书西飞鸿，赠尔慰离析。

（唐·李白《淮南卧病书怀寄蜀中赵徵君蕤》）

【链接二】李商隐与梓州

李商隐（约813—约858），字义山，号玉谿生。祖籍怀州河内（今河南沁阳），自祖父起迁居郑州（今属河南）。大和三年（829）为令狐楚辟为幕僚。开成二年（837）登进士第；三年入泾原节度使王茂元幕，且入赘王家。后为牛党中人所忌，致使仕途蹭蹬，长期辗转于幕府。大中五年（851）李商隐赴东川（治梓州）幕府，当时河南尹柳仲郢任东川节度使，聘商隐为节度书记，十月改判官，加检校工部郎中。诗人东川所作，最著名的有《筹笔驿》，已引于上文。

❤ **相关诗词：**

莫叹万重山，君还我未还。

武关犹怅望，何况百牢关。

（唐·李商隐《饯席重送从叔余之梓州》）

不拣花朝与雪朝，五年从事霍嫖姚。

君缘接座交珠履，我为分行近翠翘。

楚雨含情皆有托，漳滨卧病竟无憀。

长吟远下燕台去，惟有衣香染未销。

（唐·李商隐《梓州罢吟寄同舍》）

天府成都

卷二

成都
是一座融古代文明和现代文明为一体的城市
是一座来了就不想离开的城市
……

四川省会成都市，是一座具有数千年历史的文化名城。

二千三百年前，古蜀王开明九世从今郫县、双流方向迁都到此，取"一年成邑、二年成都"之意，定名成都，沿用至今。

近年发现的金沙遗址，将成都的建城历史上溯到三千多年以前。城址历两千多年而不徙，堪称世界城市史上一大奇迹。

成都地形西高东低，中部为平原。成都平原约占区域总面积的一半，土地平坦肥沃，适宜农耕，灌溉便利，旱涝保收，久为天府之国粮油生猪生产基地及全国重要的商品粮基地。

成都区域内河渠纵横交错，大小河流有四十多条，绝大部分属于岷江水系。整个岷江水系以都江堰市为散流顶点，以彭山县为汇流交点，在平原上形成一个巨大而独特的纺锤状水网。

战国时，秦蜀太守李冰主持兴修了举世闻名的都江堰水利工程后，成都地区从此水旱从人，不知饥馑，号称"天府之国"。

李冰所开郫江、流江环抱成都，为今府河和南河的前身，亦称锦水。岷江、沱江两大水系在成都区域内形成众多天然及人工湖泊。

汉代成都织锦业驰名天下，政府曾设锦官管理，故称"锦官城"，简称"锦城"。五代后蜀于城墙上遍植芙蓉，故称"芙蓉城"，简称"蓉城"。

汉唐之际的成都人文荟萃，司马相如、扬雄、王褒、李白、杜甫、薛涛、韦庄等人留下了大量传世名篇。音乐、歌舞、戏剧、绘画相当繁盛，有"蜀戏冠天下"之誉。宋代的成都因综合经济水平在国内仅次于有水运商港之利的扬州，故有"扬一益二"之称。

西汉末年蜀郡太守公孙述据成都称帝后，历史上还出现过三国刘备、西晋李雄、东晋李寿、五代前蜀王建、后蜀孟知祥等地方割据政权，这些政权均以成都为都城，控制全川，雄视西南乃至问鼎中原。

在近代史上，发生在成都的四川保路运动和武装起义，成为辛亥革命的导火线。同时，这里还哺育了郭沫若、巴金、李劼人、艾芜、沙汀等一大批文学巨匠。

成都多名山，除青城山、玉垒山外，西部龙门山和邛崃山，原始森林莽莽苍苍，其间有雄伟多姿的九峰山、峭壁矗立的葛仙山和被称作"人间仙境"的天台山；大邑西部邛崃山的苗基岭海拔五千三百六十四米，是区域内的最高峰。

成都具有为数众多的名胜古迹，以武侯祠、杜甫草堂、王建墓、薛涛井、文殊院、宝光寺、大慈寺、昭觉寺、二王庙、文君井、东汉墓、明蜀王陵等最具特色。

成都物产资源极为丰富，除重要的农牧业资源而外，野生珍稀动植物有大熊猫、小熊猫、金丝猴、牛羚以及银杏、古杉、天麻、贝母、虫草，等等。

今日成都已成为一座融古代文明和现代文明为一体的城市，悠久的历史文化，优越的自然条件，广阔的市场，强大的工业基础和科技实力，丰富的旅游资源，日趋完善的投资环境和人居环境，使成都成为一座为中外游客所向往的独具魅力的城市。

❧ 相关诗词：

西蜀称天府，由来擅沃饶。

云浮玉垒夕，日映锦城朝。

南寻九折路，东上七星桥。

琴心若易解，令客岂难要。

（隋·卢思道《蜀国弦》）

九天开出一成都，万户千门入画图。

草树云山如锦绣，秦川得及此间无？

（唐·李白《上皇西巡南京歌十首》录一）

井络天开，剑岭云横控西夏。地胜异、锦里风流，蚕市繁华，簇簇歌台舞榭。雅俗多游赏，轻裘俊、靓妆艳冶。当春昼，摸石江边，浣花溪畔景如画。　梦应三刀，桥名万里，中和政多暇。仗汉节、揽辔澄清，高掩武侯勋业，文翁风化。台鼎须贤久，方镇静、又思命驾。空遗爱，两蜀三川，异日成嘉话。

（宋·柳永《一寸金》）

风物繁雄古奥区，十处伧父巧论都。

云藏海客星间石，花识文君酒处垆。

两剑作关屏对绕，二江联脉练平铺。

此时全盛超西汉，还有渊云作颂无？

（宋·宋祁《成都》）

剑南山水尽清晖，濯锦江边天下稀。

烟柳不遮楼角断，风花时傍马头飞。

莼羹笋似稽山美，斫脍鱼如笠泽肥。

客报城西有园卖，老夫白首欲忘归。

（宋·陆游《成都书事》）

我到成都住五日，骊马桥下春水生。
过江相送荷主意，还乡不留非我情。
鸬鹚轻筏下溪足，鹦鹉小窗呼客名。
赖得郫筒酒易醉，夜深冲雨汉州城。

（元·虞集《归蜀》）

锦城晴日午云稠，回首春风十二楼。
花市繁香连药市，岷流浩渺接巴流。
蚕丛帝后临西蜀，沃野天开控益州。
形胜古今称乐国，年年春色为人留。

（明·高士彦《春兴》）

鱼凫开国险，花月锦城香。
巨石当门观。奇书刻渺茫。
江流人事胜，台榭霸图荒。
万里沧浪客，题诗问草堂。

（清·吴伟业《成都》）

名都真个极繁华，不仅炊烟廿万家。
四百余条街整饬，吹弹夜夜乱如麻。

（清·吴好山《成都竹枝词》）

【链接一】张仪楼

张仪楼始建于秦灭蜀后，秦相张仪筑成都城时首建此楼以作筑城定位标志，后成为成都城西门城楼，又称百尺楼。由于该楼选址得当，千余年间历年泛滥的郫江水都未曾危及该楼，所以此楼一直为成都著名古迹，直到晚唐。

❤ 相关诗词：

传是秦时楼，巍巍至今在。

楼南两江水，千古长不改。

曾闻昔时人，岁月不相待。

（唐·岑参《张仪楼》）

重楼窗户开，四望敛烟埃。

远岫林端出，清波城下回。

乍疑蝉韵促，稍觉雪风来。

并起乡关思，消忧在酒杯。

（唐·段文昌《晚夏登张仪楼呈院中诸公》）

君不见秦时张仪筑少城，土恶易败还颠倾。力疲知竭筑未就，神龟为乐开其灵：龟行所至城不圮，版筑之功从此已。功成隐去知且贤，城下于今只流水。殷勤高谢余且网，不梦元君宁自放。仪兮仪兮奈尔何，口舌纵横饰欺妄。天赐神龟笼尔术，不言而行功自毕。安得人灵若尔灵，照见百为心暇逸。

（宋·宋京《龟化城》）

张仪未断三寸舌，奔入强秦犹狡谲。商於七百落掌中，复欲西喋巴人血。嶓冢山下置金牛，兵甲气已缠岷丘。五丁拔剑山忽裂，筑城重起临江楼。可怜杜宇号古木，天梯石栈横云麓。贪夫徇利无远谋，犹向东方歌牧犊。

（清·张邦伸《过蜀道抒怀张仪楼》）

【链接二】石室·文翁

文翁（前156—前101），名党，字仲翁。西汉庐江郡龙舒（今安徽舒城县）人。汉景帝末年（前141）为蜀郡守，开湔江口，发展水利事业和农业生产，同时建立学校，兴办教育，选送蜀郡俊秀之士张叔等十八人去京师从博士学习，归蜀后教授生徒。

文翁在成都城南建文学精舍讲堂，称文翁石室（今为成都四中），入学者免除徭役，成绩优良者为郡县吏。文翁的郡学开办十七年后，汉武帝刘彻看到文翁办学成功，决定推广其经验，下令全国普遍兴办文翁石室式的官学，影响极为深远。

后蜀主孟昶，曾用八年时间将文翁石室的教材《十三经》刻成石经，让学生们摹拓。现存残石若干，保存于四川省博物馆。

❖ 相关诗词：

锦里淹中馆，岷山稷下亭。

空梁无燕雀，古壁有丹青。

槐落犹疑市，苔深不辨铭。

良哉二千石，江汉表遗灵。

（唐·卢照邻《文翁讲堂》）

万壑树参天，千山响杜鹃。

山中一夜雨，树杪百重泉。

汉女输橦布，巴人讼芋田。

文翁翻教授，不敢倚先贤。

（唐·王维《送梓州李使君》）

文翁石室有仪型，庠序千秋播德馨。

古柏尚留今日翠，高岷犹蔼旧时青。

人心未肯抛膻蚁，弟子依前学聚萤。

更羡沱江无限水，争流只愿到沧溟。

（唐·裴铏《题文翁石室》）

君不见西汉文翁为蜀守，蜀学不居齐鲁后。诸生竞欲保翁名，石室镌磨贵难朽。东汉高公又几时，为作石室还如兹。至今二室坚且久，文翁高公名不衰。世间可传惟铁石，石终可泐铁可蚀；古人好事留其名，石室存亡竟何益！汉水沉碑知在否？叔子名存空岘首。安得眼看石室销，要知二子名终有！

（宋·宋京《咏文翁石室》）

成都九经石，岁久麋煤寒。字画参工拙，文章可鉴观。危邦犹劝讲，相国校雕刊。群盗烟尘后，诸生竹帛残。王春尊孔氏，乙夜诏甘盘。愿比求诸野，成书上学官。

（宋·黄庭坚《效进士作观成都石经》）

壹　锦江

　　锦江又称濯锦江、府南河，是岷江流经成都市内的两条主要河流府河、南河的合称。

　　远古时期，成都平原为内海。内海消失以后，便成为水泽密布、水道紊乱的潮湿盆地，水患相当严重。自先民进入成都平原即有治水之事。古蜀开明帝鳖灵的引岷入沱排洪工程，使平原浮出泽国，为先民定居成都创造了基本条件。

　　晚唐时，西川节度使高骈为拱卫成都，改府、南两河双流为二江抱城。二江在合江亭相汇东去，往南经乐山、宜宾入长江。

❖　相关诗词：

　　清江一曲抱村流，长夏江村事事幽。

　　自去自来堂上燕，相亲相近水中鸥。

　　老妻画纸为棋局，稚子敲针作钓钩。

　　多病所须惟药物，微躯此外更何求。

（唐·杜甫《江村》）

　　濯锦江边两岸花，春风吹浪正淘沙。

　　女郎剪下鸳鸯锦，将向中流匹晚霞。

（唐·刘禹锡《浪淘沙九首》录一）

　　蜀江波影碧悠悠，四望烟花匝郡楼。

不会人家多少锦，春来尽挂树梢头。

（唐·高骈《锦城写望》）

锦里名花开炯炯，花光掩映秋光冷。

渔舟一叶荡烟来，划破锦江三尺锦。

（清·尉方山《锦江绝句》）

桃花落尽春水生，锦江忽作辊雷鸣。奔流欲转草堂去，大声撼动芙蓉城。两岸回旋如走马，飞腾上下驰流星。浪花排空百丈立，银河倒泻天为倾。一气浑噩渺无尽，乾坤不觉如浮萍。忆昔长江破巨浪，风帆乘我空中行。身如沧海渺一粟，性命直与蛟龙争。今日江城看春涨，披襟想象神龙王。安得呼起浣花翁，相与乘舟坐天上。

（清·沈廉《锦江观潮》）

【链接一】合江亭

合江亭始为中唐时节度使韦皋（745—805）所建，建于成都二江汇合之处，今亭在成都九眼桥附近。

晚唐筑罗城，合江亭风景如故。宋时为泊船渡口，是万里桥东的饯别之地。为了迎宾送客之便，沿江二十里皆设有江郊亭馆。一般送客至合江亭便可惜别而去；但个别情深意切者，往往会送至二十里开外。

今亭垒基高数尺，十根亭柱支撑着连体双亭，构思巧妙，意味隽永。拾级而上，二江风物，尽收眼底。从对岸登高眺望合江亭夜景，上下华灯相映，光转影随，红色的霓虹灯勾勒出合江亭玲珑的轮廓，营造出一种梦幻般的意境。

❖ **相关诗词：**

却暑追随水上亭，东郊乘晓戴残星。

余歌咽管来幽浦，薄雾疏烟入画舻。

兴废江湖驰象魏，情钟原隰咏飞鸰。

故溪何日垂纶去？天末遥岑寸寸青。

（宋·周焘《合江亭》）

政为梅花忆两京，海棠又满锦官城。

鸦藏高柳阴初密，马涉清江水未生。

风掠春衫惊小冷，酒潮玉颊见微赪。

残年漂泊无时了，肠断楼头画角声。

（宋·陆游《自合江亭涉江至赵园》）

又值风清月白时，书传云外梦先知。绿窗惊觉细寻思。

亭合双江成锦水，桥分九眼到斜晖。芳尘一去邈难追。

（现代·周啸天《浣溪沙》）

贰　金沙遗址

金沙遗址在成都市西郊苏坡乡金沙村，是四川省继广汉三星堆之后最为重大的考古发现之一，也是 2001 年全国十大考古新发现之一。

成都有文字可考的建城历史最早可追溯到张仪筑成都城的战国晚期。商业街大型船棺葬的发现属于开明蜀国统治者的遗存，成为开明蜀国在成都城区的重要标志，金沙遗址发现了过去文献完全没有记载的珍贵史料，改写了成都历史和四川古代史。

金沙出土文物很多都是有特殊用途的礼器，应为三千年前蜀地最高统治阶层的遗物，这些遗物在风格上既与三星堆出土物相似，也存在某种差异，表明该遗址与三星堆有着较为密切的渊源关系。玉琮的发现进一步证明长江下游文化对蜀地古文化的某种影响。

金沙遗址规模宏大，目前共出土了精美文物和骨质器物各两千余件，是目前发现的中国商周时期规模最大、保存最完整的专门祭祀区。出土金器中，有金面具、金带、圆形金饰、喇叭形金饰等三十多件，其中金面具与广汉三星堆的青铜面具在造型风格上基本一致，其他各类金饰则为金沙特有。

玉器中最大的一件是高约二十二厘米的玉琮，颜色为翡翠绿，雕工极其精细，表面有细若发丝的微刻花纹和一人形图案，堪称国宝。四百多件青铜器主要以小型器物为主，有铜立人像、铜瑗、铜戈、铜铃等。石器有一百七十件，包括石人、石虎、石蛇、石龟等，是四川迄今发现的年代最早、最精美的石器。

❤ 相关诗词：

金沙考古惊天下，改写西川旧史书。

玉器象牙埋畎亩，三星堆外见琼琚。

日灿金沙烟雾开，珍稀文物出尘埃。

石雕人像青铜器，古朴先民有异才。

（现代·殷明辉《金沙遗址二首》）

【链接一】太阳神鸟

金沙遗址出土文物镂空金饰太阳神鸟寓意深远，是中华先民崇拜太阳的杰出艺术表现形式，它构图严谨、线条流畅、极富美感，体现了先民天人合一的哲学思想，是丰富想象力、非凡艺术创造力和精湛工艺水平的完美结合。太阳神鸟金饰于2001年出土，是中国二十一世纪考古的重大发现之一。

太阳神鸟金饰图案中向四周喷射的十二道日光，呈现出强烈的动感，象征着光明、生命和永恒。四只神鸟反映了先民们对美好生活的向往，象征自由、美好、团结向上。

太阳神鸟金饰图案已被选为中国文化遗产的标志，用来象征中华民族传统文化强大的凝聚力和向心力，表现中华民族自强不息、昂扬向上的精神风貌。

❅ **相关诗词：**

国宝蜚声举世嗟，太阳神鸟放光华。

多元文化接良渚，古蜀遗踪绽秀葩。

（现代·殷明辉《太阳神鸟》）

叁 三星堆遗址

　　三星堆在成都广汉城西十一公里处的南兴镇三星村。

　　三星堆遗址被列入我国古代五大商城之一，是迄今为止已发现的历史最早、规模最大的古蜀都城遗址，分布范围达十二平方公里。

　　三星堆遗址的发现填补了中国考古学、历史学、青铜文化、青铜艺术史上的许多空白。

　　在四千多件高品位文物中，有堪称世界古铜像一绝的青铜大立人像、象征当时蜀国最高首领身份和权力的纯金权杖、体薄如纸的黄金面罩、形象神奇的青铜树、神秘怪诞的青铜面具等，被考古界称为"独一无二、最具神秘感的人类文化精品"。

　　三星堆出土文物表现思想观念、意识形态者较多，在城址、遗址、作坊、墓葬等遗迹和造型奇特的众多器物之中，常常蕴含着丰富的精神文化因素，出土器物包括人像、神像、灵兽、神树、礼器、祭器等几大类，均与当时宗教祭祀礼仪活动有关。

　　三星堆出土文物还表现了先民对人眼的崇拜，表现眼睛的文物数量众多，最引人注目的，是那种突目人面具，眼球极度夸张，瞳孔部分呈圆柱状向前突出。据说这种崇拜的社会内涵和精神实质，是对以纵目为特征的蜀人始祖之神蚕丛氏的崇拜。

　　对手的崇拜是当时又一项独特的信仰习俗，反映在青铜人像群上，如大型立人像，就有一双超过比例一倍以上的大手，平举在正前方视角焦点的显著位置，做执物奉献祭祀状。巨手又主要出现在具有巫祭身份的青铜人像、刻绘人像上，凸显了神职人员的特殊法力和半人半神的社会地位。

　　对鸟和鱼的崇拜在当时也很盛行，具体表现在各种奇异的鸟和鱼的造型上。其数量达到上百件，型式也有十余种。对鸟、鱼的崇拜在当时具有如此突出的地位，据称是因为它们代表了古蜀统治者鱼凫氏的族徽。

还有对树的崇拜。祭祀坑中发现了大约六株青铜神树。三星堆神树造型优美、内涵丰富、体态硕大、时代久远，这些神树可能处于连接人与神、天与地的中心环节，具有特别突出的地位。

❖ 相关诗词：

> 访得羊龙在蜀中，三星堆上辨青铜。
>
> 鱼凫未举中原火，若木惊摇异域风。
>
> 金杖不知唐后事，玉璋难表汉时功。
>
> 神州再证文明远，驰北图南御大风。

（现代·熊召政《参观三星堆博物馆》）

【链接一】鱼凫城故址

鱼凫城故址在温江城北七点五公里处，本是蜀人远祖之一鱼凫族人的遗址。鱼凫族人最初在湔山（今属都江堰市）过着渔猎生活，后因从南方来的杜宇教民务农，其生产方式比鱼凫族先进，鱼凫族先被迫退居西山，以后归附了杜宇。

❖ 相关诗词：

> 湔水滔滔送远天，鱼凫踪迹久茫然。
>
> 但闻仙去乘斑虎，不肯魂归作暮鹃。
>
> 万古衣冠沉土壤，一朝宫殿剩桑田。
>
> 欲寻故老谈兴废，大墓山前霭月烟。

（清·王侃《访鱼凫城故址》）

萧瑟空林杜宇号，鳖灵孤冢长蓬蒿。

青衣旧治夸王会，白水秋江吼怒涛。

牛可喷金新路辟，龟能化石故城高。

开明版土今何在？惆怅蚕丛起国豪。

（清·金玉麟《成都怀古》）

【链接二】望丛祠

　　望丛祠在四川郫县，是纪念古蜀国望帝杜宇和丛帝鳖灵的合祀祠，始建于南北朝，距今已有一千五百多年的历史。望帝教民务农，丛帝凿山治水，为成都平原的早期开发做出了突出贡献。现存望丛二帝古陵巍峨壮观，是西南地区最大的帝王陵冢，祠内翠柏森森，景色宜人。

❖ **相关诗词：**

崔嵬古墓枕江滨，绿野青畴景象新。

观稼亭边思治化，子规声里送余春。

即今华屋隆禋祀，在昔高风驾汉秦。

执笏垂旒还并坐，由来一德想君臣。

（清·黄鳌《望丛祠》）

蜀王坟上草青青，翠柏苍松护鳖灵。

一代勋名高禹绩，千秋揖让近虞廷。

荆尸浮处人争异，蜀魄啼时梦乍醒。

无限荒丘环寝殿，丹枫老树作人形。

（清·何绍基《谒望丛祠》）

杜鹃城头啼杜宇，声声似向游人语。游人惆怅泪欲零，知是当年蜀帝魂。避水徙都治瞿上，荆尸溯江来作相。中原七国正纷争，蚕丛乐一隅崇揖让。疏能玉垒粒丞民，何事斗争沉石犀？大难既平大利溥，雄图崛起西蜀西。传子传孙十一叶，虎视苴巴控僚僰。金牛道上秦师来，开门悔用五丁力。禾黍离离过故宫，弓剑荒凉马鬣封。二陵风雨声悲壮，一德君臣共始终。

（清·袁森堂《谒望丛祠》）

肆　武侯祠·诸葛亮

　　武侯祠是国内纪念三国蜀相诸葛亮的圣地，也是全国唯一的君臣同祀的祠庙，为全国重点文物保护单位（1961）。诸葛亮（181—234），字孔明，琅琊阳都（今山东沂南）人。东汉末隐居邓县隆中（今湖北襄阳西），留心世事，时称"卧龙"。刘备三顾茅庐，他向刘备提出东和孙权，北拒曹操，统一全国的策略，此即著名的隆中对，从此成为刘备的主要谋士。刘备称帝后，为丞相。刘禅继位后封武乡侯，领益州牧。建兴十二年（234）与司马懿相拒于渭南，病死于五丈原军中。

　　武侯祠在成都老南门外，占地五十六亩。西晋末年（316）成汉李雄为纪念诸葛亮，建祠于此。祠本在惠陵之西，昭烈庙西南，明代初年（1368）重建时并入昭烈庙中。清康熙十一年（1672）重建时，在刘备殿后增加诸葛亮殿。

　　于是，刘备殿、文武两廊及二门形成一个四合院；诸葛亮殿、东西厢房及过厅则形成了另一个四合院，形成君臣合祀的格局。正是："门额大书昭烈庙，世人都道武侯祠。由来名位输勋业，丞相功高百代思。"（邹鲁《武侯祠》）

武侯祠大门内矗立着六通石碑，其中"蜀汉丞相诸葛武侯祠堂碑"，为唐代名相裴度撰文，书法家柳公绰书写，名匠鲁建刻字，有很高的文物价值，被称为"三绝碑"。碑文对诸葛亮一生的高风亮节、文治武功，予以赞颂，措辞严谨，文笔酣畅。

诸葛亮殿造像泥塑贴金，孔明手执羽扇，头戴纶巾，肃然清正。刘备殿正中像高达三米，头戴天平冠，耳大臂长，合乎史书相关记载。祠内有蜀汉历史人物泥塑像四十一尊，出自清代民间艺人之手。

二门门廊内壁悬有巨幅书法木刻，乃岳飞手书前后《出师表》，体兼行草，运笔雄健，大气磅礴，是中国古代书法中的神品。

❖ 相关诗词：

丞相祠堂何处寻？锦官城外柏森森。

映阶碧草自春色，隔叶黄莺空好音。

三顾频烦天下计，两朝开济老臣心。

出师未捷身先死，长使英雄泪满襟。

（唐·杜甫《蜀相》）

先主与武侯，相逢云雷际。

感通君臣分，义激鱼水契。

遗庙空萧然，英灵贯千岁。

（唐·岑参《先主武侯庙》）

天地英雄气，千秋尚凛然。

势分三足鼎，业复五铢钱。

得相能开国，生儿不象贤。

凄凉蜀故妓，来舞魏宫前。

（唐·刘禹锡《蜀先主庙》）

名士风流去不回，凋零羽扇使人哀。

伤时莫更吟梁父，如此江山少霸才。

（清·李调元《游武乡侯祠》）

【链接一】惠陵·刘备

惠陵即刘备墓，在武侯祠内之正殿西侧。据史载，章武三年（223）四月，刘备病死永安宫（在三峡白帝城），五月梓宫还成都，八月葬惠陵。后主从诸葛亮之意，先后将甘、吴两位夫人合葬于此。墓地呈圆锥形小丘，四周树木参差，绿草如茵，古柏森然；外围万竿修竹，枝叶婆娑，清幽静寂。

刘备（161—223），三国蜀汉先主，字玄德，涿郡涿县（今河北涿州）人。汉朝皇室疏宗。早年贩履织席为业，好交结豪侠，以镇压黄巾起义起事。先后依附曹操、袁绍及刘表。后采纳诸葛亮之议，与孙权联合，大败曹操于赤壁，据有荆州之地。建安十六年（211），率军数万人应益州牧刘璋之请，西入蜀，夺得益州，又占领汉中，蜀国规模自此基本确定。刘备知人善任，有名将关羽、张飞为左右手；自得诸葛亮，信任专一，言听计从，措施得宜，故能在地狭民少的蜀地，开创与魏、吴鼎立局面。公元221年刘备称帝，国号汉，都成都。后因失计伐吴，兵败逃至白帝城。第二年病重，托孤于丞相诸葛亮而卒。

❖ 相关诗词：

天下英雄君与孤，漳河疑冢尚存无？

三分势已倾刘汉，正统人犹帝蜀都。

益部山川余石马，锦官风雨怆城乌。

閟宫陵寝何年祀，铸错当时在伐吴。

（现代·黄载元《惠陵》）

【链接二】武侯祠古柏

　　武侯祠自晋代修建，祠内多植柏树，多历年代，蔚为景观。武侯祠内古柏受到很好的保护，表明了蜀人对诸葛亮的由衷敬爱。而武侯祠的古柏，也成为诗人歌咏的一个专题。

❖ 相关诗词：

　　孔明庙前有老柏，柯如青铜根如石。霜皮溜雨四十围，黛色参天二千尺。君臣已与时际会，树木犹为人爱惜。云来气接巫峡长，月出寒通雪山白。忆昨路绕锦亭东，先主武侯同閟宫。崔嵬枝干郊原古，窈窕丹青户牖空。落落盘踞虽得地，冥冥孤高多烈风。扶持自是神明力，正直原因造化功。大厦如倾要梁栋，万牛回首丘山重。不露文章世已惊，未辞翦伐谁能送。苦心岂免容蝼蚁，香叶终经宿鸾凤。志士幽人莫怨嗟，古来材大难为用。

（唐·杜甫《古柏行》）

　　蜀相阶前柏，龙蛇捧閟宫。阴成外江畔，老向惠陵东。大树思冯异，甘棠忆召公。叶凋湘燕雨，枝拆海鹏风。玉垒经纶远，金刀历数终。谁将出师表，一为问昭融。

（唐·李商隐《武侯庙古柏》）

密叶四时同一色，高枝千岁对孤峰。

此中疑有精灵在，为见盘根是卧龙。

（唐·雍陶《武侯庙古柏》）

丞相祠边翠柏稠，不知阅历几千秋。

高凌吴魏真容在，老并乾坤正气留。

根柢蟠旋似佐汉，古今瞻仰尚依刘。

苍苍不朽诚梁栋，万载清风慕武侯。

（现代·梁清芬《武侯祠古柏》）

伍　锦里

　　锦里曾是西蜀历史上最古老、最具有商业气息的街道，人称西蜀第一街。

　　老街始修于秦汉。汉时蜀锦生产作坊集中在成都锦江南岸，设锦官管理，其地称"锦官城"或"锦里"。唐宋时，锦里在诗中已成为成都的代称。

　　新修的锦里一条街紧傍武侯祠，是一条集中展示巴蜀民风民俗和三国蜀汉文化的民俗风情街。新街由武侯祠博物馆出资，历时三年精心打造，2004年11月1日正式开市。

新修锦里浓缩了老街历史街景，紧临武侯祠东侧呈南北走向，北望彩虹桥，以秦汉三国文化为灵魂，以明清式样建筑为载体，以川西民风民俗为内容，将历史与现代有机融合，既为三国文化扩大了外延，又为古老的祠庙融入了新的精神。

新锦里街长三百五十米，街两边开设客栈、酒吧、茶坊、商店，小吃有钵钵鸡、荞麦面、糍粑、豆花、凉面、凉粉等，并定期举办民间婚礼、民间音乐会、戏剧表演、民族服装秀等民俗节目，并在中国传统节假日举行具有鲜明民俗特色的主题活动，集旅游、休闲、娱乐为一体。

❖ 相关诗词：

锦里开芳宴，兰缸艳早年。

缛彩遥分地，繁光远缀天。

接汉疑落星，依楼似月悬。

别有千金笑，来映九枝前。

（唐·卢照邻《十五夜观灯》）

升平似旧。正锦里元夕，轻寒时候。十里轮蹄，万户帘帷香风透。火城灯下争辉照，谁撒下满空星斗？玉箫声里，金莲影下，月明如昼。　　知否？良宵美景，丰岁乐国，从来稀有。坐上两贤，白玉为山联翩秀。笙歌一片围红袖。切莫遣、铜壶催漏。杜行且与邦人，共开笑口。

（宋·京镗《绛都春·元宵》）

新修锦里极工妍，浓缩成都老市廛。

喜向此间寻旧梦，相逢戚友话当年。

（现代·殷明辉《锦里》）

【链接一】蜀锦

蜀锦是对产于汉至三国时蜀郡（今四川成都）织锦的统称。蜀锦与南京的云锦、苏州的宋锦、广西的壮锦一起并称为"中国的四大名锦"。汉时蜀中织锦工艺大兴，品种和色彩纹样相当丰富。诸葛亮曾将蜀锦作为重要物资加以发展，后历唐、宋、元代而不衰。清代蜀锦受江南织锦影响，以经向彩条为基础，以彩条起彩、彩条添花为其特色，图案有流霞锦、雨丝锦、散地锦、浣花锦、方方锦、铺地锦、条条锦等。

❖ **相关诗词：**

九气分为九色霞，五灵仙驭五云车。

春风因过东君舍，偷样人间染百花。

（唐·薛涛《试新服裁制初成二首》录一）

布素豪家定不看，若无文采入时难。

红迷天子帆边日，紫夺星郎帐外兰。

春水濯来云雁活，夜机挑处雨灯寒。

舞衣转转求新样，不问流离桑柘残。

（唐·郑谷《锦二首》录一）

贝锦斐成丽蜀都，月华三彩别州无。

清江洗濯增芳艳，巧匠织来色更殊。

（现代·殷明辉《蜀锦》）

【链接二】支矶石·严君平

关于支矶石的传说见《太平御览》，汉武帝令张骞寻觅河源，乘槎至天河，见一妇人浣纱，妇人赠张骞一石，张骞既归，以此石问成都严君平，严君平告诉他，这是天上织女织布机上用来压布匹的支矶石。成都今有支矶石街，其石尚存。

严君平（？—？）名遵，是西汉末年蜀郡郫邑（今成都市郫都区）人，古代著名卜筮家。他精通易学与老学，以三个铜钱摇卦占卜改造简化了蓍草、龟甲占卜法，著述甚丰，内容涉及哲学、军事、谋略、卜筮多个方面，同邑扬雄曾师事之。今成都市青羊区有君平街，彭州、邛崃均有君平乡，郫都区有君平墓。

❖ **相关诗词：**

君平既弃世，世亦弃君平。观变穷太易，探元化群生。寂寞缀道论，空帘闭幽情。驺虞不虚来，鸑鷟有时鸣。安知天汉上，白日悬高名。海客去已久，谁人测沈冥。

（唐·李白《古风》）

君平曾卖卜，卜肆芜已久。

至今杖头钱，时时地上有。

不知支矶石，还在人间否？

（唐·岑参《严君平卜肆》）

卜肆垂帘地，依然门径开。

沉冥时忆往，思慕客犹来。

鸟啄虚檐坏，狐穿古井摧。

空余旧机石，岁岁长春苔。

（宋·吕公弼《严真观》）

一片支矶石，传来牛女津。

客槎何所处？卜肆已生尘。

较似昆池古，长从汉月新。

每逢秋夕里，吟眺倍相亲。

（明·曹学佺《咏支矶石》）

豌豆芽生半尺长，家家争乞巧姑娘。

天孙若识支矶石，块质犹存织锦坊。

（清·杨燮《乞巧》）

严真观宇冷西风，玉立亭亭蔓草中。

岂为蜀江留砥柱，径随汉节下璇宫。

七襄章报黄姑怨，五日画成王宰工。

知否机丝虚夜月，两川杼轴已全空。

（现代·盛世英《支矶石》）

【链接三】散花楼

　　成都散花楼建于隋初，在老成都老东门传说中天女散花处，故此楼为官宦士人日常观景赋诗的重要场所。

❦　相关诗词：

　　日照锦城头，朝光散花楼。金窗夹绣户，珠箔悬银钩。飞梯绿云中，极目散我忧。暮雨向三峡，春江绕双流。今来一登望，如上九天游。

（唐·李白《登锦城散花楼》）

　　锦江城外锦城头，回望秦川上眕忧。
　　正值血魂来梦里，杜鹃声在散花楼。

（唐·张祜《锦城》）

　　濯锦江边莎草浓，散花楼畔夭芙蓉。
　　蜀山叠叠修门远，谁把丹心问李庸？

（宋·喻汝砺《散花楼》）

陆　琴台·司马相如

　　琴台在成都通惠门一带，靠近司马相如故宅。晋《益州耆旧传》《益州记》载,司马相如宅在市桥西,即今成都通惠门附近,其地有相如琴台。

　　司马相如(约前179—前118),字长卿,蜀郡成都(今四川成都)人。少年时代曾读书学剑,汉景帝时家境殷实,捐得郎官,后投奔梁孝王,在梁园与邹阳、枚乘等一批著名文士交往,写下了著名的《子虚赋》。梁孝王死后,相如回到成都,其时家境衰微,不得不依托于做临邛县令的故人王吉,住进该县城郭下的小亭中。卓王孙为临邛首富,设宴请王吉率相如聚会,席间王吉请相如弹琴,由此引发卓氏新寡的女儿卓文君对他的爱慕,由此酿成一段佳话。

❖　相关诗词:

　　芜阶践昔径,复想鸣琴游。

　　音容万春罢,高名千载留。

　　弱枝生古树,旧石染新流。

　　由来递相叹,逝川终不收。

(梁·萧纲《登琴台》)

　　闻有雍容地,千年无四邻。

　　园院风烟古,池台松槚春。

　　云疑作赋客,月似听琴人。

　　寂寂啼莺处,空伤游子神。

(唐·卢照邻《相如琴台》)

　　茂陵多病后,尚爱卓文君。

酒肆人间世，琴台日暮云。

野花留宝靥，蔓草见罗裙。

归凤求皇意，寥寥不复闻。

题注：司马相如宅在州西笮桥，北有琴台。

（唐·杜甫《琴台》）

君不见成都郭西有琴台，长卿遗迹埋尘埃。千年乃为狐兔窟，化作佛庙空崔嵬。黄须老人犹记得，昔时荒破樵苏入。锄犁畏践牛脚匀，古瓮耕开数逾十。乃知昔人用意深，瓮下取声元为琴。人琴不见瓮已掘，唯有鸟雀来悲吟。一朝风流随手尽，况复千年何所讯？安得雄词吊汝魂，寂寞秋芜耿寒磷。

（宋·宋京《琴台》）

【链接一】琴台路

琴台路在成都市十二桥古建筑比较密集、文化气息比较浓厚的地段，周围有杜甫草堂、青羊宫、百花潭、文化宫等古文化遗址及公园。

琴台路老街是成都市的珠宝一条街，市内大型珠宝楼在这里荟萃，也兼有少数小规模餐饮店，街区缺乏统一性，特色不突出。改造后的琴台路于2002年底正式通行，以汉唐仿古建筑群为依托，以司马相如和卓文君的爱情故事为主线，展示汉代礼仪、舞乐、宴饮等风土人情。琴台路在改造过程中注重特色街区的营造以及同周围环境的结合。

琴台路最富特色的是全长约九百二十米、横贯整条街道的汉画像砖带，这条砖带荟萃了中国目前面世的绝大部分汉画像内容，如宴饮、歌舞、弋射、车马出巡等。这条砖带由十六万块青石砖铺筑而成，表现内容有古代市井趣事、百姓人物、飞禽走兽、神仙鬼怪等，可谓遍地是故事。

❧ 相关诗词：

流光溢彩琴台路，车马喧阗广聚财。

高栋重檐望不尽，锦城富丽压江淮。

（现代·殷明辉《琴台路》）

【链接二】驷马桥

驷马桥在成都城北，原名升仙桥，水曰"升仙水"。司马相如得汉武帝征召，过此桥时曾题市门：不乘高车驷马，不过其下。故后又称"驷马桥"。

❧ 相关诗词：

长桥题柱去，犹是未达时。

及乘驷马车，却从桥上归。

名共东流水，滔滔无尽期。

（唐·岑参《升仙桥》）

题桥贵欲露先诚，此日人皆笑率情。

应讶临邛沽酒客，逢时还作汉公卿。

汉朝卿相尽风云，司马题桥众又闻。

何事不如杨得意，解搜贤哲荐明君。

（唐·汪遵《升仙桥二首》）

我过升仙桥，石心收不纵。忆昔题桥人，清风吹残梦。当其微贱时，苦把焦桐弄。未逢狗监杨，文章只覆瓮。帝前才一言，声名腾五凤。摛笔赋大人，飘飘凌云送。高车驷马归，乡邻若雷閧。试思题桥词，谈言微偶中。

（现代·胡牧生《司马长卿升仙桥》）

【链接三】万里桥

万里桥在成都南门外，相传三国时蜀相诸葛亮送费祎聘吴，至此桥，感慨地说："万里之行，始于此矣。"后人因此称之"万里桥"。

❦ 相关诗词：

成都与维扬，相去万里地。

沧江东流疾，帆去如鸟翅。

楚客过此桥，东看尽垂泪。

（唐·岑参《万里桥》）

万里桥西万里亭，锦江春涨与潮平。

拿舟直驶修篁里，坐听风湍澈骨清。

（宋·吕大防《万里亭》）

长江万里涉波涛，慷慨登舟使节劳。

山隔巫庐云盖回，江连吴楚浪花高。

三分鼎立东西帝，百战关临上下牢。

朱雀桥边回首处，连天春草似青袍。

（清·骆成骧《万里桥》）

柒　杜甫草堂·杜甫

杜甫草堂在成都市西郊浣花溪畔，是唐代大诗人杜甫流寓成都时的故居，今已成为中国古代诗歌的圣地。

杜甫（712—770），字子美，生于巩县（今河南巩义）。玄宗开元末举进士不第，曾漫游齐赵等地。其后往长安求仕，困守十年。安史之乱爆发后曾陷贼中，被解至长安，后逃至凤翔，谒见肃宗，授左拾遗。两京收复后，出为华州司功参军。肃宗乾元二年（759），关辅大旱，杜甫因饥馑弃官，于七月携家经秦州、同州，岁尾到达成都（今四川成都）。翌年春天，在友人的帮助下，建起草堂。

寓蜀期间，杜甫还曾游寓梓州（今四川三台）、阆州（今四川阆中）等地，后随成都尹兼剑南节度使严武重返成都。武尝荐举诗人为节度参谋、检校工部员外郎。代宗永泰元年（765）严武死，诗人始离成都，此后草堂便倾毁不存。五代前蜀时，韦庄寻得草堂遗址，重结茅屋。至宋代又重建，并绘杜甫像于壁间，始成祠宇。

此后草堂屡兴屡废，经明弘治十三年（1500）、清嘉庆十六年（1811）两次大规模重修，始奠定了今日草堂的规模和布局。中华人民共和国成立后，杜甫草堂又经全面整修，正式对外开放（1952）。后又成立杜甫纪念馆（1955），后被公布为全国重点文物保护单位（1961），后又更名为杜甫草堂博物馆（1984）。

草堂总面积约二百四十亩，建筑为清代风格，园林为混合式中国古典园林。草堂照壁、正门、大廨、诗史堂、柴门、工部祠排列在一条中轴线上，两旁配以对称的回廊与其他附属建筑，其间有流水萦回，小桥勾连，竹树掩映。工部祠东侧是"少陵草堂"碑亭。

新修茅屋故居景点在碑亭北面，建筑面积二百四十平方米。主体建筑五开间，四座配房，竹条夹墙，裹以黄泥，屋顶系茅草遮苫，再辅以竹篱、菜园、药圃，使整个建筑于古朴中透露出浓浓的文化色彩。

❖ **相关诗词：**

背郭堂成荫白茅，缘江路熟俯青郊。

桤林碍日吟风叶，笼竹和烟滴露梢。

暂止飞乌将数子，频来语燕定新巢。

旁人错比扬雄宅，懒惰无心作解嘲。

（唐·杜甫《堂成》）

万里桥南宅，百花潭北庄。

层轩皆面水，老树饱经霜。

雪岭界天白，锦城曛日黄。

惜哉形胜地，回首一茫茫。

（唐·杜甫《怀锦水居止二首》其二）

人日题诗寄草堂，遥怜故人思故乡。柳条弄色不忍见，梅花满枝空断肠。身在远藩无所预，心怀百忧复千虑。今年人日空相忆，明年人日知何处？一卧东山三十春，岂知书剑老风尘。龙钟还忝二千石，愧尔东西南北人。

（唐·高適《人日寄杜二拾遗》）

浣花溪里花多处，为忆先生在蜀时。

万古只应留旧宅，千金无复换新诗。

沙崩水槛鸥飞尽，树压村桥马过迟。

山月不知人事变，夜来江上与谁期？

（唐·雍陶《经杜甫旧宅》）

拾遗流落锦官城，故人作尹眼为青。碧鸡坊西结茅屋，百花潭水濯冠缨。故衣未补新衣绽，空蟠胸中书万卷。探道欲度羲皇前，论诗未觉国风远。干戈峥嵘暗宇县，杜陵韦曲无鸡犬。老妻稚子且眼前，弟妹飘零不相见。此公乐易真可人，园翁溪友肯卜邻。邻家有酒邀皆去，得意鱼鸟且相亲。浣花酒船散车骑，野墙无主看桃李。宗文守家宗武扶，落日蹇驴驮醉起。愿闻解鞍脱兜鍪，老儒不用千户侯。中原未得平安报，醉里眉攒万国愁。生绡铺墙粉墨落，平生忠孝今寂寞。儿呼不苏驴失足，犹恐醒来有新作。常使诗人拜画图，煎胶续弦千古无。

（宋·黄庭坚《老杜浣花溪图引》）

老病吟哦卧草堂，后人称圣复称王。

千秋史笔承盲左，一代诗名冠李唐。

微觉天才殊太白，却无题目咏汾阳。

皮毛摹拟谈宗派，多少呻吟假病方。

（清·张懋畿《游工部草堂》）

人日残梅作雪飘，出城携酒碧溪遥。

无端老杜同心事，四海风尘万里桥。

（清·张之洞《人日游草堂寺》）

诗人身后人知敬，谁省严家节度尊？

志大许身空稷契，名高作客任乾坤。

画栏拓字人携酒，春水群鸥客到门。

当日错嗔王录事，竹寒沙碧浣花村。

（现代·赵熙《草堂》）

少陵祠宇未全倾，流落能来奠此觥。

一树枯枏吹欲倒，千竿恶竹斩还生。

人心已渐忘离乱，天意真难见太平。

归倚小车还似醉，暮鸦哀怨满江城。

（现代·陈寅恪《甲申春日谒杜工部祠》）

捌 浣花溪公园

　　浣花溪旧名百花潭，为今成都南河上段，流经杜甫草堂。浣花溪公园是以杜甫草堂为中心，新建的开放式城市森林公园。

　　公园占地面积三十余公顷，将自然景观和城市景观、古典园林和现代建筑艺术、民俗空间和时代氛围有机结合，以自然、雅致的景观和建筑凸显川西浓厚的历史文化底蕴，向市民免费开放。

　　公园由万树山、沧浪湖和白鹭洲三大主要景点组成。

　　万树山在公园西南部，以一座人造山为主，植以密林，占地六万五千平方米，有万竹广场、川西民俗文化广场，锦水绕行其间，山体形态变化丰富。其绿化景观分为春、夏、秋、冬四景，附以阳光草坪和花卉，营造出"绿竹通幽径，青萝拂行衣"的意境。

　　沧浪湖在公园中心地带，水面面积约四万三千平方米，与草堂入口广场、浅滩、溪流、小岛和在岛上的浣花居共同营造出"两水夹明镜，双桥落彩虹"的意境。

　　白鹭洲在公园北侧，占地面积八万二千平方米，以湿地为主，分为招引区、观鹭区、投食区、隔离区，以及点缀其间的栈道、小桥等，营造出"日落看归鸟，潭澄羡跃鱼"的意境。

❧ 相关诗词：

野店村桥迤逦通，蜀江深处茂林中。

花潭近漾春波绿，彩阁相迎画舫红。

修岸几朝经密雨，芳樽尽日得清风。

诗翁旧隐知何在？且事嬉游与俗同。

（宋·吕陶《浣花泛舟和韵》）

蜀江二月桃花春，仙子江头裁锦云。牙樯定子双荡桨，兰叶冲波愁杀人。浣花诗客茅堂小，醉眼看春狎花鸟。柳絮抛风乳燕斜，画帘卷雨啼莺晓。蘼芜草生兰叶齐，碧流黛石清无泥。郫筒有酒君莫惜，明日残红如雨飞。

（元·丁复《蜀江春晓》）

解缆江村外，溪沙失旧痕。

夕阳来灌口，秋水下彭门。

清吹临风缓，神鸦得食喧。

百花潭上好，新月破黄昏。

（清·王士禛《金方伯邀泛浣花溪》）

绣履轻衫映水滨，桃花新涨失前津。

沙鸥似爱春江暖，戏浪前头不避人。

（清·彭懋琪《春泛浣花溪》）

诗歌园内灿千花，朝圣歌诗谢腐鸦。

净土专留墙一面，好供雅士咏尖叉。

（现代·殷明辉《浣花溪公园》）

【链接一】浣花夫人

任氏（？—？），女，佚名，成都人。貌美，习武善射，唐大历初被节度使崔旰聘为妾。大历三年（768）旰奉召入朝，泸州刺史扬子琳兵变袭成都。任氏出面部署军事，散家财而募壮士，且亲自率部上阵，大破叛军。代宗封崔旰为冀国公，封任氏为冀国夫人，成都民众称其为"浣花夫人"，旧有祠庙。

❧ 相关诗词：

甲士千群若阵云，一身能出定三军。
仍将玉指调金镞，汉北巴东谁不闻？

（唐·岑参《冀国夫人歌词》）

慧性原从戒定熏，百花潭水浣僧裙。
个中力量真超绝，故老尚传娘子军。

（宋·何耕《浣花夫人》）

底事杨琳突袭蓉，只缘节度入关中。
散财鼓动千军勇，督阵旗开一战功。
封晋浣花标史册，时危巾帼见英雄。
赢来庙会三三日，士女倾城不约同。

（清·叶殿赓《颂浣花夫人》）

玖 薛涛井·薛涛

薛涛井在成都东郊锦江南岸望江楼公园，与四川大学毗邻。

该井旧名玉女津，系明代蜀藩王吊祭薛涛、仿制薛涛笺汲水的处所。清康熙三年（1664），成都知府冀应熊亲书"薛涛井"三字，保存至今。薛涛井向被认为是成都市内与武侯祠、杜甫草堂三足鼎立的名人胜迹。

薛涛（约770—832），女，字洪度，原籍长安（今陕西西安），自幼随父入蜀。辩慧工诗，父死，沦为乐籍，历事韦皋至李德裕十一镇，皆为州、镇所重。据说武元衡曾有奏请授薛涛校书郎之议，一说系韦皋镇蜀时辟为此职，因称女校书。其文采风流，当时就受到许多名士的追捧，与之唱和者有元稹、白居易、刘禹锡、牛僧孺、令狐楚、裴度、王建、张籍、张祜等。

❧ **相关诗词：**

> 蜀门西更上青天，强为公歌蜀国弦。
>
> 卓氏长卿称士女，锦江玉垒献山川。
>
> （唐·薛涛《续嘉陵驿诗献武相国》）

> 锦江滑腻峨眉秀，幻出文君与薛涛。
>
> 言语巧偷鹦鹉舌，文章分得凤凰毛。
>
> 纷纷辞客多停笔，个个公卿欲梦刀。
>
> 别后相思隔烟水，菖蒲花发五云高。
>
> 题注：稹闻西蜀薛涛有辞辩，及为监察使蜀，以御史推鞠，难得见焉。严司空潜知其意，每遣薛往，泊登翰林，以诗寄之。
>
> （唐·元稹《寄赠薛涛》）

> 万里桥边女校书，枇杷花里闭门居。

扫眉才子知多少，管领春风总不如。

（唐·王建《寄蜀中薛涛校书》）

枇杷花发锦江滨，犹有吟楼说美人。

巧舌能翻筵上曲，新诗传遍座中春。

一时词客俱元白，十色花笺筹凤麟。

酒肆文君堪与共，却怜零落混风尘。

（清·刘澤《薛涛吟诗》）

风竹缘江冷，残碑卧晚晴。

秋花才女泪，春梦锦官城。

古井澄千尺，名笺艳一生。

烹茶谈佚事，宛转辘轳声。

（清·张问陶《游薛涛井》）

割据营营古蜀州，一隅偏为女郎留。

当时节度争投缟，后代诗人补筑楼。

旧井尚供千户汲，名笺染遍万吟流。

由他壮丽纷祠宇，占断东城十里秋。

（清·何绍基《薛涛故居咏诗楼》）

濯锦江边第一楼，徘徊风景句重讴。

西山雪浪添南浦，东郭烟波汇北流。

两派合成牵缆地，一篙平泊渡人舟。

长川万里涵濡广，独占灵源最上头。

（清·伍肇龄《江楼远眺》）

望江楼下大江东，倚槛临流照落红。

画舫官桥风景换，怜才好色古今同。

千秋莺燕知名妓，一样江山占寓公。

才子眼前增感慨，枇杷花下又春风。

（清·孙澍《泛舟薛涛井》）

濯锦江边渺故庐，晚来何处曳华裾。

虽无门巷枇杷树，饶有亭台水竹居。

濯锦江流犹旖旎，浣花笺纸比如何。

而今幕府多闺嫒，可胜当年老校书？

（现代·陈衍《薛涛井》）

【链接一】蜀笺

蜀笺是古代成都一种木刻彩印，饰以图文的诗笺，古已有之，唐代尤盛。薛涛工诗擅长书法，她在昔人工艺基础上发明制作过一种诗笺，时称"薛涛笺"，相当流行。后来明蜀藩王凿井汲水，仿制其笺。制笺时间在旧历三月三日，且仅造纸笺二十四幅，十六幅直接上贡当朝皇帝御用，余下八幅留藩邸中使用，市间绝无出售。

❧ 相关诗词：

蜀川笺纸彩云初，闻说王家最有馀。

野客思将池学上，石楠红叶不堪书。

（唐·鲍溶《寄王璠侍御求蜀笺》）

薛涛诗思饶春色，十样鸾笺五彩夸。

香染桃英清入观，影翩藤角眩生花。

涓涓锦水涵秋叶，冉冉剡波漾晚霞。

却笑回文苏氏子，工夫空自度韶华。

（元·张玉娘《锦花笺》）

谁制鸾笺迥出群，云英腻白粲霜氛。

薛涛井上凝清露，江令筵前擘彩云。

窈窕翠藤盘侧理，连环香玉剪回文。

老来无复生花梦，锦字泥缄付墨君。

（明·杨慎《周五津寄锦笺并柬杨双泉》）

谁信千年百乱离，锦城丝管古今宜。

薛涛笺纸桃花色，乞取明灯照写诗。

（现代·沈尹默《留滞成都杂题》）

【链接二】黄崇嘏墓

黄崇嘏墓在邛崃市。黄崇嘏（？—？），女，五代前蜀临邛（今四川邛崃）人。少攻经史，女扮男装，为乡贡士，后因事下狱，贡诗蜀相周庠，周庠荐爱其才，摄司户参军，政事明敏。后因周庠欲嫁女给她，崇嘏乃作诗辞婚，周庠得诗大惊，问之，乃得其实情。黄崇嘏因此成为蜀中奇女。

❤ **相关诗词：**

> 一辞拾翠碧江湄，贫守蓬茅但赋诗。
> 自服蓝衫居郡掾，永抛鸾镜画蛾眉。
> 立身卓尔青松操，挺志铿然白璧姿。
> 幕府若容为坦腹，愿天速变作男儿。
>
> （前蜀·黄崇嘏《辞蜀相妻女》）

> 东风不上蜀王台，环佩衣冠尽草莱。
> 只有香名埋不得，梅花毕竟百花魁。
>
> （清·杨潮观《访黄崇嘏墓四首》录一）

拾　青羊宫

　　青羊宫唐时名玄中观，在成都市西一环路内侧，倚傍锦江，是成都建筑年代最早、规模最大的道教宫观。传说老子骑青牛过函谷关，为关令尹喜讲《道德经》，仅讲了一半，就对尹喜说："子行道千日后，于成都青羊肆寻吾。"千日后，尹喜与老子如约于此继续谈经。公元 880 年唐僖宗仓皇逃到成都，曾驻观内，后下诏改观名为青羊宫。此观现存建筑是清代陆续修建的，重要的建筑有灵祖殿、乾坤殿、八卦亭、三清殿、斗姥殿、唐王殿，两边有老子降生台和说法台。农历二月十五，相传为老子的生日，青羊宫按例要举办灯会和花会。后移至与青羊宫仅一墙之隔的文化公园内举办。

❤ 相关诗词：

青羊道士竹为家，也种玄都观里花。

微雨晴时看鹤舞，小窗幽处听蜂衙。

药炉宿火荧荧暖，醉袖迎风猎猎斜。

老我一官真漫浪，会来分子淡生涯。

（宋·陆游《青羊宫小饮赠道士》）

仙宇净无尘，烟霞五色新。

苍龙窥户下，玄鸟绕阶驯。

瑶阙昆丘顶，琼田弱水滨。

碧桃长不谢，占断锦江春。

（明·陈子陛《青羊宫》）

石坛风乱礼寒星，仿佛云车槛外停。

常为吾家神故物，铜羊一角瘦通灵。

（清·张问陶《青羊宫》）

【链接一】文殊院

　　文殊院在成都市西北，是川西著名的佛教寺院，其前身为唐代妙圆塔院，宋时改称信相寺，后毁于兵燹。相传清时有人夜见红光出现，官府派人探视，见红光中有文殊菩萨像，遂于康熙三十六年（1697）集资重建，始称文殊院。

　　文殊院坐北朝南，建筑面积一万一千六百平方米。天王殿、三大士殿、大雄殿、说法堂、藏经楼，庄严肃穆，古朴轩敞，为典型的清代建筑。康熙御书"空林"二字至今仍存院内。院内藏有许多珍贵文物如舌血经书、千佛袈裟、发绣水月观音等，另有佛经、文献上万册。

❧　**相关诗词：**

　　曾看大柏孔明祠，行尽天涯未见之。

　　此树须当称子行，他山只可作孙枝。

　　栋梁知是谁家用，舟楫唯应海水宜。

　　日暮飞鸦集无数，青田老鹤未曾知。

　　　　　　　　　　（宋·苏辙《题郾城彼岸寺二首·文殊院古柏》）

　　未到僧先梦，鸣钟我便来。

　　一龛撑法界，万竹拥经台。

　　翰墨禅宗契，机锋宝偈开。

　　黄杨今又闰，消息试寻猜。

　　　　　　　　　　（清·张怀泗《与玉溪五弟游文殊院》）

　　行近招提万竹青，上方钟磬韵泠泠。

欲从初地参真佛，直到诸天听梵经。

石铫茶烹禅室静，檀龛书检贝文馨。

法门龙象知谁是？拟向瞿昙叩大乘。

（现代·周钟岳《文殊院观藏经》）

【链接二】大慈寺

大慈寺在成都市东风路一段，古称"震旦第一丛林"，为著名佛寺。始建于隋时，玄宗赐名敕建大圣慈寺，玄奘曾在这里受戒。寺内的楼、阁、殿、塔及各种神像、佛像、画像，皆一时绝艺，宋李之纯《大圣慈寺画记》称："举天下之言唐画者，莫如大圣慈寺之盛。"

大慈寺在历史上多次毁于兵火。今建筑为清代顺治后陆续重建。大雄殿、藏经楼以峡石为柱，雄伟壮观。寺内殿宇宏丽，院庭幽深，古木参天，是成都市内一处寻古探幽的绝佳之地。

❖ 相关诗词：

玉节金珂响似雷，水晶宫殿步徘徊。只缘支遁谈经妙，所以许询都讲来。帝释镜中遥仰止，魔军殿上动崔巍。千重香拥龙鳞立，五种风生锦绣开。宽似大溟生日月，秀如四岳出尘埃。一条紫气随高步，九色仙花落古台。谢太傅须同八凯，姚梁公可并三台。登楼喜色禾将熟，望国诚明首不回。驾驭英雄如赤子，雌黄贤哲贡琼瑰。六条消息心常苦，一剑晶荧敌尽摧。木铎声中天降福，景星光里地无灾。百千民拥听经座，始见重天社稷才。

（前蜀·贯休《蜀王入大慈寺听讲》）

高阁长廊门四开，新晴市井绝尘埃。

老农肯信忧民意，又见笙歌入寺来。

（宋·田况《三月九日大慈寺前蚕市》）

宝阁巍巍祀大雄，乘春登览绀烟中。

经翻贝叶龙光紫，香散昙花法雨红。

璀璨飞甍低慧日，参差雕甍度天风。

只疑身在须弥上，踏破尘凡即太空。

（明·王胤《登大慈宝阁》）

【链接三】昭觉寺

昭觉寺在成都市青龙场，有"川西第一禅林"之称。始建于唐贞观年间（627—649），历代高僧辈出，明末不幸毁于战火，清时筑石堰七十五公里，奠定当今的规模。1989年由主持清定法师重建大雄宝殿、圆通殿、钟鼓楼及念佛堂，今为西南地区规模最为宏大、壮观的寺院之一。

❧ 相关诗词：

炎蒸无处避，此处忽如寒。

松砌行无际，石房禅自安。

鸳鸯秋沼涨，蝙蝠晚庭宽。

登眺见田舍，衡茅半不完。

（宋·范镇《游昭觉寺》）

天涯羁旅逢人日，病起逍遥集宝坊。

雪水初融锦江涨，梅花半落绿苔香。

家山松桂年年长，幕府文书日日忙。

自笑馀生有几许，一庵借与得深藏。

（宋·陆游《人日饮昭觉寺》）

长林云气郁苍苍，六十年来始徜徉。

十顷稻黄金布地，万竿竹子铁为枪。

僧房真个如冰冷，官路居然似火汤。

圆悟禅师今不见，谁将六祖塑中堂。

（清·李调元《昭觉寺》）

喝月拿云气概，破山丈雪家风。搬柴提水是神通，竹笠芒鞋珍重。　纵使虚空可尽，其如行愿无穷？妙花香饭与谁同？普供人天大众。

（现代·赵朴初《西江月·为成都昭觉寺作应慈青和尚之属》）

拾壹　永陵

　　永陵是五代前蜀皇帝王建的陵墓，在成都西北三洞桥，属全国首批重点文物保护单位（1961），是国内已发掘的唯一地上皇陵。

王建（847—918）字光图，许州舞阳（今属河南）人，早年为唐朝将领，唐末战乱时随唐僖宗逃亡到四川，后任利州（一作壁州）刺史。公元907年唐朝灭亡，王建遂占据成都称帝，国号蜀，历史上称"前蜀"。于时中原战乱，文士多奔于蜀，王建虽不知书而喜与文士谈论。前蜀建立后没有发生大规模战争，生产得到继续。

王建墓冢封土为圆形，高十五米，直径约八十米。发掘前民间误传为诸葛亮抚琴台，直到1942年发掘后才知道是前蜀帝王陵寝。墓室分前、中、后三室，室间有木门间隔。

陵墓内棺床的东、西、南三面石壁上刻有乐伎二十四人，分别演奏琵琶、筝、鼓、笙、钹、箜篌等乐器，人物造型优美，神态逼真，是目前全国发掘出唯一完整的唐朝宫廷乐队形象，对研究唐及五代时期宫廷乐队的建制、音乐史、乐器史等都有很高价值。

后室御床有一尊石刻王建坐像，造像头戴幞头，身着帝王服，腰系玉带，神态安详。墓室出土的其他珍贵文物如玉带、哀册、谥册、谥宝、各种银器及铁猪、铁牛等，为研究唐及五代时期的建筑、音乐、舞蹈、服饰、朝廷礼制等提供了实物资料。

❧　相关诗词：

河北江东处处灾，唯闻全蜀少尘埃。

一瓶一钵垂垂老，千水千山得得来。

秦苑幽栖多胜景，巴谕陈贡愧非才。

自惭林薮龙钟者，亦得亲登郭隗台。

（前蜀·贯休《陈情献蜀皇帝》）

陵阙凄凉俯旧邦，恨流滚滚似长江。

穿残已叹金凫尽，缺落空余石马双。

攫饭饥乌占寺鼓，避人飞鼠上经幢。

阿和乳臭崇韬耄，堪笑昏童束手降。

（宋·陆游《后陵》）

何年劫火炼昆冈，谥宝镌成葬蜀王。

多谢儒生伐冢者，留兹片玉殿残唐。

（现代·向楚《题蜀永陵谥宝拓片》）

【链接一】《花间集》

《花间集》是中国词史第一部文人词集（诗客曲子词），由五代后蜀人赵崇祚编选，成书于后蜀广政三年（940）。

《花间集》共十卷，收晚唐五代人十八家词共计五百首，以温庭筠弁首，欧阳炯殿后。重要作家有温庭筠、皇甫松、韦庄、薛昭蕴、毛文锡、牛希济、顾敻、鹿虔扆、李珣、孙光宪等。从韦庄到李珣十余人，都是蜀中文人，为王氏或孟氏的文学侍从之臣。后蜀翰林学士欧阳炯作序，为词学重要文献。

花间词人将温庭筠词风作为传统词风肯定下来，并形成流派，标志着婉约正宗的确立，花间派即由此得名。其中温词浓艳华美，韦词疏淡明秀，代表了《花间集》中的两种风格。其他词人的词作，不归温则归韦，总之是风云气少，儿女情多，体现了词体的歌筵和女性的双重本位。

❖ 花间词选：

人人尽说江南好，游人只合江南老。春水碧于天，画船听雨眠。

炉边人似月，皓腕凝霜雪。未老莫还乡，还乡须断肠。

（前蜀·韦庄《菩萨蛮》）

春山烟欲收，天淡稀星小。残月脸边明，别泪临清晓。　　语已多，情未了，回首犹重道：记得绿罗裙，处处怜芳草。

（前蜀·牛希济《生查子》）

乘彩舫，过莲塘，棹歌惊起睡鸳鸯。　　游女带香偎伴笑，争窈窕，竞折团荷遮晚照。

（前蜀·李珣《南乡子》）

永夜抛人何处去？绝来音。香阁掩，眉敛，月将沉。争忍不相寻？怨孤衾。换我心，为你心，始知相忆深。

（前蜀·顾夐《诉衷情》）

【链接二】花蕊夫人宫词

宫词是以宫廷生活为内容的七言绝句体诗，在唐诗中为专题专体。前蜀主王建妃徐氏，成都人，号花蕊夫人，后封顺圣太后。后蜀后主孟昶妃费氏，青城（今都江堰）人，亦号花蕊夫人。世传《花蕊夫人宫词》，实包含两人所作。

❖　相关诗词：

三清台近苑墙东，楼槛层层映水红。

尽日绮罗人度曲，管弦声在半天中。

（前蜀·花蕊夫人徐氏《宫词》）

君王城上竖降旗，妾在深宫那得知？

十四万人齐解甲，更无一个是男儿！

（后蜀·花蕊夫人费氏《述亡国诗》）

柳色青青人字堤，一林春雨鹧鸪啼。

欲寻花蕊夫人宅，错至城南巷口迷。

（清·马莲舫《灌口竹枝词》）

青城辇道尽荒烟，环珮归来夜袅然。

差胜南唐小周后，宋宫犹得祀张仙。

（现代·林思进《题上清宫花蕊夫人画像》）

【链接三】摩诃池

摩诃池故址在成都市展览馆一带，为隋将萧摩诃所筑。池上水木清华，为前蜀后主王衍避暑之地，总名宣华苑。后蜀后主孟昶加之拓展，建筑水晶殿及各处亭阁台馆，面积由今展览馆延伸至体育场、正府街一带，湖面扩展至千亩，成为很有气派的皇家园囿。南宋以后荒废，填为民宅。

❖ **相关诗词：**

摩诃池上春光早，爱水看花日日来。

秾李雪开歌扇掩，绿杨风动舞腰回。

芜台事往空留恨，金谷时危悟惜才。

昼短欲将清夜继，西园自有月裴回。

（唐·武元衡《摩诃池宴》）

昔以多能佐碧油，今朝同泛旧仙舟。

凄凉逝水颓波远，惟有碑泉咽不流。

（唐·薛涛《摩诃池赠萧中丞》）

冰肌玉骨清无限，水殿风来暗香满。

帘开明月独窥人，攲枕钗横云鬓乱。

起来琼户暗无声，时见疏星渡河汉。

屈指西风几时来？只恐流年暗中换。

（后蜀·孟昶《避暑摩诃池上作》）

冰肌玉骨，自清凉无汗。水殿风来暗香满。绣帘开、一点明月窥人，人未寝，攲枕钗横鬓乱。　　起来携素手，庭户无声，时见疏星渡河汉。试问夜如何？夜已三更，金波淡、玉绳低转。但屈指、西风几时来？又不道流年、暗中偷换。

（宋·苏轼《洞仙歌》）

十里烟光蘸绿波，楼台倒影入摩诃。

蒲荒半掩游人艇，树密深藏宿鹭窠。

白浪一篙春载酒，红窗四面夜闻歌。

当时苑囿繁华尽，奈此凄清月色何？

（清·毛澄《摩诃池》）

照眼红墙万柳丝，阑干黯对夕阳时。

却寻履迹疑如昨，渐乱春愁不可支。

110

蝶梦生涯宁自觉，茧丝肺腑倚谁痴。

人天空有情如海，忍泪零缣觅旧题。

（现代·刘君惠《摩诃池感旧同吴雨僧先生作》）

拾贰　明蜀王陵

　　明蜀王陵是明代蜀藩王家族陵墓群，在成都市十陵镇正觉山山麓及青龙埂一带。发掘于1979年，今为全国重点文物保护单位（1996）。

　　蜀王陵墓群以明太祖朱元璋嫡孙蜀僖王朱友㙏的陵墓为中心，包括僖王赵妃墓、僖王继妃墓、黔江悼怀王墓、怀王墓、惠王陵、昭王陵、成王陵、成王次妃墓、半边坟郡王墓等十座明代蜀王、蜀王妃、郡王及郡王妃的墓葬，形成类北京十三陵的王陵墓葬群。当地亦因此而名十陵镇。

　　蜀僖王陵是一座规模宏大、装饰华丽的地宫，呈三重殿、三进四合院布局。陵墓大门分布的八十一颗门钉和碑首的五爪神龙代表着皇权，墓后厅棺室宝顶的缠枝葵菊图、百态牡丹图、祥云莲花图，棺室后壁镶嵌的双龙戏珠描金彩陶盘等，堪称明代艺术之精品。昭王陵中有一对模拟明太祖朱元璋头像的人头龙，在国内独一无二。

　　蜀王陵以雕刻精美，书法高超，地宫富丽，陵墓集中为特色，专家认为可与明十三陵媲美。该墓群的发掘，对于了解明代藩王陵寝制度以及建筑、雕刻艺术有重要意义，有人称之为"中国古代帝王陵中最精美的地下宫殿"。

❖ 相关诗词：

宫墙遗址郁嵯峨，回首风烟感逝波。

建制依然同象魏，分茅从此割山河。

参差碧瓦留残照，寂寞荒榛带女萝。

帝子只今何处在？轩车惆怅一经过。

（清·葛峻起《过明蜀王故宫》）

铁券金符久寂寥，景山园寝莽萧萧。

天生玉垒无王气，地近沙河有怒飙。

杜宇声中残劫换，棠梨影外故宫遥。

苍凉数亩成僧舍，细读寒碑认旧桥。

（清·王澹秋《蜀藩墓》）

【链接一】宽巷子·窄巷子

　　宽巷子、窄巷子是两条有两百余年历史的胡同，彼此相邻，位于成都同仁路。康熙五十七年（1718）准噶尔部窜扰西藏，清朝廷派三千官兵平息叛乱后，选留千余兵丁永留成都并修筑满城即少城。宽巷子、窄巷子就是当年少城建筑的遗存，巷内建筑为典型的北方四合院。由于保存较为完整，因此成为清代老成都的历史见证。

❖ 相关诗词：

花鸟园庭宽巷子，艺文身世老乡亲。

锦城今日游观地，著个白头闲适人。

（现代·刘少平《赠羊角》）

拾叁 洛带古镇

　　洛带古镇在成都东郊龙泉驿区，民间传说是因后主刘禅将玉带落进小镇旁的一口八角井而得名。洛带镇的居民，都是清初湖广填四川，从福建等地迁移而来的客家人。古镇至今保留着客家人的乡音、乡貌、乡情、乡风，所以洛带又被称为"西蜀客家第一镇"。镇上有保存完好的广东会馆、江西会馆等清代建筑。广东会馆又名南华宫，位于洛带镇上街，初建于清乾隆年间，会馆坐北朝南，殿堂规模宏大，为全国保存最为完整的客家会馆。江西会馆又名万寿宫，位于洛带镇中街。

❖ 相关诗词：

　　三峨山麓旧街衢，古镇新姿似锦铺。

　　岁月悠悠青石路，客家儿女绘宏图。

　　广东会馆规模宏，海内无多著令名。

　　换羽移宫三百载，客家堂厦气峥嵘。

　　江西会馆位中街，万寿宫里有戏台。

　　离合悲欢唱不尽，试听金嗓放歌来。

（现代·殷明辉《洛带三首》）

拾肆 都江堰·李冰

都江堰在成都平原西部岷江中游，始建于秦代，是举世闻名的中国古代综合性大型水利工程，集分洪、排涝、引水灌溉于一体。灌区总灌溉面积达五十七万公顷，历两千余年，至今造福川西平原。都江堰与青城山一起，已被列入世界自然与文化遗产名录（2000）。

李冰（? —?），战国时水利工程专家，约公元前256年至前251年被秦昭王任为蜀郡守。他主持兴建了都江堰及其他水利工程，并修筑桥梁，开凿盐井等，为开发成都平原，发展农业生产做出了重大贡献。关于李冰治水的传说，东汉以后不断有所增附，唐代导江县（今都江堰市）已建李冰祠。北宋开始流传所谓李冰之子李二郎协助治水的传说，至今深入人心。

都江堰主体工程由鱼嘴、飞沙堰、宝瓶口三部分组成。鱼嘴建在江心，把岷江劈为内外二江，外江排洪，内江灌溉；飞沙堰泄洪排沙，调节水量；宝瓶口状若瓶颈，为内江总引水口。都江堰水利工程收到了"行水灌田，防洪抗灾"的功效，成为世界水利工程史上的亘古奇观。

都江堰水利工程是全世界至今为止唯一留存的年代最悠久的、以无坝引水为特征的宏大水利工程，至今仍然在发挥着巨大的作用，成为世界科技史上的一座丰碑。

❧ 相关诗词：

疏江亭上眺芳春，千古离堆迹未陈。

矗矗楼台笼蜃气，畇畇原隰接龙鳞。

井居需养非秦政，作堰淘滩是禹神。

为喜灌坛河润远，恩波德水又更新。

（明·杨慎《春三月四日仰山余尹招游疏江亭观新修都江堰》）

龙是何年伏？江流滚滚来。

神功名永著，山势斧分开。

作堰敢辞瘁？慰农愧少才。

眷言秦太守，一步一低回。

（清·吴文锡《都江堰》）

岷江遥从天际来，神功凿破古离堆。

恩波浩淼连三楚，惠泽膏流润九垓。

劈斧岩前飞瀑雨，伏龙潭底响轻雷。

筑堤不敢辞劳苦，竹石经营取次裁。

（清·黄俞《都江堰》）

宝瓶灌溉胜春霖，天府都安直到今。

六字诀传千百载，心随江水水从心。

（现代·邓拓《题都江堰》）

千秋郡守盛名传，浅作长堤深凿滩。

鱼嘴争流何太急，向前一步自然宽。

（现代·刘道平《都江堰》）

【链接一】离堆

宝瓶口古称"金灌口"，开凿以前，离堆是湔山虎头岩的一部分。开凿后，离堆与山体相离，宝瓶口成为内江进水咽喉，是内江能水旱从人的关键水利设施。离堆锁峡，是历史上著名的灌阳十景之一。

❖ 相关诗词：

残山狠石双虎卧，斧迹鳞皴中凿破。潭渊油油无敢唾，下有猛龙踤铁锁。自从分流注石门，西州粳稻如黄云。刲羊五万大作社，春秋伐鼓苍烟根。我昔官称劝家使，年年来激西江水。成都火米不论钱，丝管相随看蚕市。款门得得酢清樽，椒浆桂酒删膻荤。妄欲一语神岂闻，更愿爱羊如爱人。

（宋·范成大《离堆行》）

凿破鸿蒙一窍，冲流巨石如杠。
障住洪涛万顷，分来白水双江。

（明·郭庄《离堆》）

凿石虎头崖，石开出虎趾。
沃野天府田，灌溉自兹始。

（清·吕元亮《离堆》）

一自金堤凿，三都水则分。
犀沉秦太守，蛟避赵将军。

万户饶粳稻，千秋荐芯芬。

役夫千二百，谁继武侯勋？

（清·李调元《离堆》）

神功昭著是离堆，一线鸿蒙未凿开。

水引支流循峭壁，南消沫水过崇台。

宝瓶座镇资雄健，堰口牢关耸极限。

一自李公垂绩后，千秋谁不动徘徊。

（清·马玑《离堆锁峡》）

【链接二】二王庙

二王庙在都江堰渠首东岸，规模宏大，布局严谨，地极清幽，是庙宇和园林合一的景区，为全国重点文物保护单位（1982）。

二王庙原为望帝祠。齐明帝时，益州刺史刘季连为纪念李冰父子修建都江堰的丰功伟绩，将原祠改建为崇德庙，原望帝祠则迁往郫县。宋以后，李冰父子相继被敕封为王，因此又改称"二王庙"。

二王庙分东、西两苑，东苑为园林区，西苑为殿宇区。庙寺依山取势，重叠交错，宏伟秀丽。其前临岷江，后依翠岭，南望青城，西连岷山，故有"玉垒仙都"之誉。庙门前壁上有清绘《都江堰灌溉区域图》，庙内观澜亭下，丹墙石壁上镌刻着两则治水三字经。

二王庙前、后殿分别塑李冰及其子二郎像。庙内匾额、对联、诗文、石碑甚多，内容都是对李冰父子治水功绩的赞颂。

传说农历六月二十四是二郎生日，后两日为李冰生日。故六月二十四日前后是二王庙会，川西受益区人民不辞艰苦跋涉，扶老携幼，带着祭品，来庙祭祀，人山人海，热闹非凡。

❖ 相关诗词：

凭虚敞高殿，极目六江喷。

派自彭山合，源从灌口分。

烟波浴沙鸟，远树镇斜曛。

苍狗悲今事，悠然感白云。

（清·张凤翥《登二王庙远眺》）

灌口二郎庙，即此二王宫。庙前俯江水，双流如交虹。中立分水坝，启开司春冬。冬闲便疏浚，工毕待春融。启坝放水入，离堆当其冲。直穿离堆出，远济成都农。千流与万派，沟洫由此通。滇之松花坝，与此大略同。

（清·窦埁《分水坝》）

李冰父子凿离堆，这才分开岷江水。

江水势分少泛滥，灌溉田地功甚伟。

李冰不过一太守，治水跟着大禹走。

不作大官作大事，芳名千古永不朽。

（现代·冯玉祥《离堆公园》录二）

少闻李冰事，老始到离堆。

使人如使马，高下缓急随。

三字经传古，金沙堰事回。

思深能见远，三眼未为奇。

（现代·谢觉哉《都江堰》）

鱼嘴分江内外流，宝瓶直扼内江喉。

成都坝仰离堆水，禾稻年年庆饱收。

李冰父子功劳大，作堰淘滩尽手工。

六字遗经传不朽，友邦人士共钦崇。

（现代·董必武《陪匈牙利人民共和国道比主席参观都江堰二首》）

【链接三】安澜桥

　　安澜桥亦称"索桥"。索桥以木排石墩承托，用粗如碗口的竹缆横飞江面，上铺木板为桥面，两旁以竹索为栏，全长约五百米。现在的桥，下移一百多米，将竹改为钢，承托缆索的木桩桥墩改为混凝土桩，在都江堰首鱼嘴上，是都江堰最具特征的景观。

❤　相关诗词：

往哲辛勤迹未消，流传佳话水迢迢。

曾经玉垒关前望，父子河渠夫妇桥。

（现代·于右任《汶川纪行》）

119

拾伍　玉垒关

　　玉垒关在都江堰市西玉垒山头，为松茂古道的始端，亦称
"七盘关"。

　　松茂古道古称"冉马龙山道"，为秦国蜀郡守李冰所开，全
长约三百五十公里，是成都平原联结川西北少数民族地区的重
要纽带。

　　玉垒关初建于唐大中十年（856）白敏中帅蜀时，关址在古
湔山临江的虎头崖上，依山砌筑，上建城楼，东可眺望锦绣平
川，西可远望巍峨群山，雄伟壮观。

❤　相关诗词：

　　花近高楼伤客心，万方多难此登临。

　　锦江春色来天地，玉垒浮云变古今。

　　北极朝廷终不改，西山寇盗莫相侵。

　　可怜后主还祠庙，日暮聊为梁甫吟。

（唐·杜甫《登楼》）

　　玉垒天晴望，诸峰尽觉低。

　　故园江树北，斜日岭云西。

　　旷野看人小，长空共鸟齐。

　　高山徒仰止，不得日攀跻。

（唐·岑参《酬崔十三侍御登玉垒山思故园见寄》）

玉垒山中寺，幽深胜概多。

药成彭祖捣，顶受七轮摩。

去腊催今夏，流光等逝波。

会当依粪扫，五岳遍头陀。

（唐·贾岛《送玄岩上人归西蜀》）

拾陆 青城山

青城山是蜀中名山，在都江堰西南十余公里处，古称"丈人山"，方圆一百余公里，主峰海拔一千八百多米，号称三十六峰、八大洞、七十二小洞、一百零八景点，因青翠四合，状如城郭，故名青城。

此山是中国道教发源地之一，相传东汉张道陵（张天师）修道于此，称"第五洞天"，故为道教名山，与都江堰市一同列名世界自然与文化遗产。

青城山属邛崃山脉南段东支，地质构造复杂，奇峰叠嶂，幽谷深潭，古洞苍岩，令人流连忘返。其夏无酷暑，冬少严寒，雨量多，湿度大，云笼雾罩，林木葱茏，山上花卉药材资源丰富，还有日出、云海、圣灯等自然奇观，故得道家创始者青睐。

景区现存建筑多为清代康熙至光绪年间重建，俯仰之间，宫观桥亭，坊阁泉池，多匿绝岩之下，或隐密林之中，故有"青城天下幽"之称。登上青城山顶呼应亭眺望，可将成都平原尽收目中，令人胸怀开张。

青城山历代宫观甚多，纪念道教创始人张道陵的天师洞和祖师殿乃全国重点道教宫观，其余宫观尚有建福宫、朝阳洞、常道观、三清殿、黄帝祠、上清宫、圆明宫、玉清宫、丈人观等。

　　自东汉张道陵在青城后山结茅修炼，创立五斗米道，其子张衡、孙张鲁相继传播道法，成为中国早期道教的流派之一。此后，晋人范寂、隋人赵昱、唐末五代时期的杜光庭等著名道士，都曾在此山修道，此山即成为国内道教名山之一。

❦　相关诗词：

自为青城客，不唾青城地。

为爱丈人山，丹梯近幽意。

丈人祠西佳气浓，缘云拟住最高峰。

扫除白发黄精在，君看他时冰雪容。

（唐·杜甫《丈人山》）

永夜寥寥憩上清，下听万壑度松声。

星辰顿觉去人近，风雨何曾败月明。

早岁文辞妨至道，中年忧患博虚名。

一庵倘许西峰住，常就巢仙问养生。

（宋·陆游《宿上清宫》）

天师古洞门，飙埃从此分。

两嶪岩半雨，万重山一云。

眼界上清近，足音空谷闻。

汉代遗幢在，苔侵转宿文。

（明·杨慎《天师洞》）

郁郁青城对赤城，深秋爽气扑人清。
书台草长重围合，仙洞花开四照明。
风过桂丛留客坐，雨余松盖倚天擎。
玉真闲共金华语，子晋归来鹤夜声。

（清·骆成骧《和青城题壁诗》）

大面山前云万重，西来无计觅仙踪。
今朝黄帝祠前拜，始识飞行有宁封。

（现代·于右任《青城纪事诗》）

自诩名山足此生，携家犹得住青城。
小儿捕蝶知宜画，中妇调琴与辨声。
食粟不谋腰足健，酿梨长令肺肝清。
揭来百事都堪慰，待挽天河洗甲兵。

（现代·张大千《上清借居》）

投宿名山证旧闻，参天松柏识斜曛。
我从绝顶一长啸，唤起千岩万壑云。

（现代·顾颉刚《初到青城》）

百灵争拥古烟霞，信宿真忘世与家。
大树深宵鸣鹳鹤，虚窗幽梦远龙蛇。
三清携手今谁者？九服还丹愿总赊。
新月入帘寒意重，山泉静夜响筝琶。

（现代·黄稚荃《戊寅夏宿青城天师洞》）

【链接一】青城后山

青城后山在泰安乡境内，西北与卧龙自然保护区为邻，东北与赵公山相连，东越天仓山、乾元山可到天师洞、建福宫，西南与六顶山、天国山接壤。

青城后山重峦叠嶂，幽谷深沟，悬泉飞瀑。修建在悬崖峭壁上的栈道，随峰回路转，幽趣横生。有溶洞、龙隐栈道、百丈长桥、古墓群、大蜀王遗迹、泰安寺等名胜景点。

泰安寺始建于唐，寺旁有舍利塔、三通古碑和数十株古银杏、桢楠及红豆树，寺前有古驿道，是都江堰通往金川的必经之路。寺毁于明末张献忠入川时，1986年重修，景点一带五溪合流，群峰环聚，风光幽美。

从泰安寺北上可至五龙沟，沿沟北上，到金娃娃沱，此沱又名三潭雾泉，一股泉水经三折下落三潭，风光奇佳。龙隐峡栈道紧靠峭崖，蜿蜒曲折，绝壁处凌空架板，为观山赏景、避暑探幽的好去处。神仙洞外为浴仙岩，石潭众多，光滑无苔，水清怡人，其地有宋、明古墓，洞内石潭上百，常有两股风从洞中溢出，一暖一凉，时生白雾。

青城后山还是蜀茶著名产地，宋设味江镇，当地所产茶叶在清代被列为贡茶。

❧　相关诗词：

青城三十六高峰，寺在青峰第几重？

飞锡曾闻经雪岭，结茅常爱住云松。

花飘香界诸天雨，金吼霜林半夜钟。

传语禅关休上锁，虎溪他日会相从。

（明·杨慎《送福上人还青城》）

最天然处最离奇，曲磴回栏位置宜。

一夜冻雷惊竹魄，千年鳌石孕松脂。

晴烟不动平铺地，春水方生便入池。

怪底长闲闲得惯，无人解共橘中棋。

（清·李惺《味江过王叟山庄留赠》）

山有幽名自古留，前山不比后山幽。

烟云绕树花多色，峡谷飞湍水疾流。

栈道舆驴添雅兴，浮生杖屦任悠游。

归来小饮泰安寺，一夕轻雷春睡柔。

（现代·周啸天《青城后山纪游》）

山行十里少人家，一路泉声和暮鸦。

无主野花生烂漫，空灵瑞霭出横斜。

清流不畏路千转，凡鸟难赢温八叉。

堪笑当年身外事，半成烟雨半成沙。

（现代·马春《辛巳六月黄昏独行青城后山》）

【链接二】金堂云顶山

云顶山在成都金堂县境内龙泉山脉中段，面积六十七平方公里。风景区包括大小云顶山、韩滩古渡等。大云顶山海拔九百八十二米，山势挺拔，峭壁入云，如刀削斧砍，环绕数里。山上有平地数十亩，状若城垣，又称"石城山"，为宋末八大山城防御体系之一，南宋在此筑城，是著名的抗元城堡遗址。山顶有大云顶寺，建于南北朝，名清修寺，清康熙时重修。山上还有唐代摩崖石刻造像。云顶山自古为兵家必争之地，现存宋城遗址，有公路直达山顶，为成都附近著名旅游胜地。

❖ **相关诗词：**

素衣虽成缁，不为京路尘。跃马上云顶，欲呼飞仙人。飞仙不可呼，野僧意甚真。煎茶清樾下，童子拾坠薪。我少本疏放，一出但坐贫。缚裤属橐鞬，哀哉水云身。此地虽暂寓，失喜忘吟呻。故溪归去来，岁晚思鲈莼。

（宋·陆游《自小云顶上云顶寺》）

天半奇峰远俗埃，大云山似小蓬莱。

烟鬟刚拥朝霞出，螺带还衔夕照来。

见出玲珑新洞府，争传金碧旧亭台。

探幽如在山阴道，万壑千岩梦几回？

（宋·谢惟杰《云顶晴岚》）

楠生石合见精诚，五百年间愿竟成。

众口流传唐故事，山腰磨灭宋题名。

林泉如意难逃隐，雷雨连宵正放晴。

明月不来亦何憾？大云顶上看去行。

（现代·于右任《游金堂云顶山遇雨》）

拾柒　新都宝光寺

宝光寺是成都地区历史悠久、规模宏大、收藏文物最丰富的一座佛教寺庙，为南方四大佛教丛林之一，是四川省文物保护单位（1956）。寺在新都区内。新都区距成都市区十八公里，为古蜀国三都之一。

宝光寺相传始建于东汉，但无信史可考。唐僖宗避黄巢起义逃到四川，在寺内修建行宫，并命悟达国师重修庙宇。某日晚上，唐僖宗看见寺中福感塔下发出宝光，随后挖出有十三颗舍利子的石匣，遂改寺名为宝光寺，并将舍利子置于塔下，称"宝光塔"。宝光塔微向西斜，有"东方斜塔"之称。

宝光寺收藏宏富，其镇寺之宝为舍利子、优昙花、贝叶经。此外，藏有清末著名画僧竹禅的书画多达三十二件，有《通景竹屏》《十六罗汉像》《捧沙献佛图》《九分禅字》《墨狮》等，其他如国画大师徐悲鸿的《立马图》、张大千的《水月观音》等，皆为传世珍品。

千佛碑原来在新都的正因寺，1979 年移至宝光寺。千佛碑上雕刻着上千座佛像，遍布石碑的碑身四面，佛像高度仅五厘米，其小堪称世界之最。

宝光寺坐北朝南，占地一百二十多亩，建筑面积两万平方米，具有一塔、五殿、十六院的宏伟建筑规模。其中以五百罗汉堂的大规模雕塑群扬名中外。

❦　相关诗词：

万绿丛中一紫关，宝光灼灼射云间。

城头斜日低于塔，天半飞霞散入山。

流水绕门禅性静，落花满地磬声闲。

登楼阅遍经千卷，此外何知有世寰？

（清·王树桐《新都宝光寺》）

北门古寺拥松乔，霭霭浮图插碧霄。

悟达能神通舍利，唐宗何意镇琼瑶。

晴天镜彩层层丽，风送铃声故故迢。

更落湖光摇桂影，蓬莱仙岛未须饶。

（清·傅荐元《新都宝光寺塔》）

宝光寺本绿成围，玉佛庄严美妙姿。

梦里群生何日觉？西征遗墨尚淋漓。

（现代·黄炎培《蜀游百绝句》录一）

拾捌　桂湖·杨慎

新都桂湖是一处风光秀丽的古代人工湖，杨升庵祠即在桂湖湖心。其地北距成都十八公里，今为全国重点文物保护单位（1996）。

杨慎（1488—1559），字用修，号升庵，明新都（今属成都）人。正德六年（1511）殿试第一，授翰林院修撰。他以刚正立朝，反对宦官奸邪，气节高尚。嘉靖三年（1524），因朝议斗争而谪戍云南，客死异乡。杨升庵一生著述极丰，有《升庵文集》《诗集》《诗话》《词品》等行世，还整理编辑了《全蜀艺文志》《云南通志》等。其著述累计达四百余种，涉及经史诗文、音韵词曲、金石书画、戏剧、医学、天文地理、动植物等。故《明史》云："明世记诵之博，著作之富，推慎为第一。"

清道光十九年（1839），新都知县张奉书，博采各地园林之所长，并以绍兴鉴湖为蓝本，重建桂湖园林，大兴土木，建升庵祠，祀升庵像，台榭亭宇，花木竹石，靡不匠心独运，奠定了今日桂湖的基础，桂湖从此成为西蜀名园。园内有众多桂花，且不少名贵品种。金秋时节园内一片金黄桂花，十里飘香，颇有特色。今日桂湖园林，基本保存了百年前的布局。

桂湖总面积为五万平方米，湖面约占三分之一，形如一横卧琵琶。两条半堤和几座桥榭，将湖面隔为六个景区。湖上荷花，岸上桂花及杨柳，将桂湖打扮得美丽动人。杨升庵祠外别有楼台亭阁、桥榭廊庑约二十座，古朴典雅，玲珑剔透，主次分明，远近照应，形成了桂湖园林所独具的风格。

❤ 相关诗词：

君来桂湖上，湖水生清风。清风如君怀，洒然秋期同。君去桂湖上，湖水映明月。明月如君怀，怅然何时辍？湖风向客清，湖月照人明。别离俱有忆，风月重含情。含情重含情，攀留桂枝树。珍重一枝才，留连千里句。明年桂花开，君在雨花台。陇禽传语去，江鲤寄书来。

（明·杨慎《桂湖曲·送胡孝思》）

新都名贤相，定策诛群邪。升庵亦通才，万卷丹铅加。有园不

129

得归，塞耳礼讼哗。空第作传舍，后人攀秋花。过客聊寄帑，故相不为家。惨淡还幽香，自然渌水涯。虽非平泉木，固胜拙政茶。回文何哀怨，金齿日已斜。名福古难并，多陈徒咨嗟。

（清·张之洞《秋夜宿桂湖》）

短城三面绕，浅水半篙寒。
鸟过穿残日，鱼行起寸澜。
秋风楼阁静，幽处地天宽。
平昔江湖性，真思老钓竿。

十里荷花海，我来吁已迟。
小桥通野港，坏艇卧西陂。
曲岸能藏鹭，盘涡尚戏龟。
倾城游女盛，好是采莲时。

（清·曾国藩《桂湖二首》）

德业当从学问新，朱明第一有词臣。
簪花髻在狂名远，大礼疏传戆谏真。
考古每依唐卷本，著书多启胜朝人。
蜀中妙曲谁堪和，丛桂娟娟拟卜邻。

（现代·吴虞《桂湖公园怀文宪杨升庵先生》）

北郭聊为几日游，又攀丛桂作中秋。

小车漫逐轻尘远，异地还闻晚角愁。

噩梦自生知道浅，狂霖何止为花忧。

居人晴雨都成碍，况见连塍稻未收。

（现代·谢无量《桂湖中秋》）

桂湖三月旅人愁，荷叶初生桂待秋。

远逝先贤无语去，频来墨客有诗留。

死生代代哀朝暮，穷达年年记乐忧。

此地长存风雅在，羞调平仄与君酬。

（现代·马春《谒新都桂湖升庵祠》）

拾玖　东湖

　　东湖在成都市新都区新繁镇，是四川现存最古老的文人园林，北宋政和八年（1118）《新繁卫公堂记》称：唐代节度使李德裕曾植有楠树，其后有堂，即以其字命名为文饶堂，后改称"卫公堂"，向称"西蜀名园"。

　　李德裕（787—850），字文饶，赵郡（今河北赵县）人。唐相李吉甫之子。大和四年（830）任成都尹、剑南西川节度副使；七年入相。在牛李党争中数起数落。宣宗时受牛僧孺党打击，贬崖州司户，卒于任所。一生雅好著述，居高位而不辍。

　　东湖占地一万八千平方米，选址幽静，借景入园，园中凿湖，引入湔水，水面约五千平方米，凿湖之土堆成的小山，状似蝙蝠，号蝠崖。山水之间，缀以楼台亭阁，廊轩桥榭，堂庑舫祠二十余所，有后人补书的匾额三十余幅，碑碣多通，植被以高大乔木为主，辅以古藤幽篁，既有人文之美，复得自然之趣。

怀李堂为东湖的主体建筑，为纪念李德裕而建，堂前有五株罗汉松。其他景点还有古柏亭、城霞阁、瑞莲阁、篁溪小树、冰玉轩、月波廊、珍珠船、青白江楼等，现存建筑多为清代重建。北宋天圣五年（1027），湖中开并蒂莲花，王安石之父王益时为新繁知县，作《东湖瑞莲歌》，名士梅挚和之，一时传为佳话。

南宋时扩建卫公堂为三贤堂，合祀唐李德裕，宋王益、梅挚，并有画像。清代乾隆年间（1736—1796）重修三贤堂，堂外建亭。知县高上桂疏通湖道，引进流水，建造亭榭，栽种花木。同治年间（1862—1874）知县程祥栋因地制宜，修建亭台楼阁，广植花草树木。民国时辟为公园，新建光霁堂、吟红榭、冰玉轩、望雪楼等景点。

❧ 相关诗词：

火云烁尽天幕平，水光弄碧凉无声。荷花千柄拂烟际，杰然秀干骈双英。天敕少昊偏滋荣，宵零仙露饶金茎。袅袅飘风起天末，绿华当珮来玎玎。舩艎式燕资击赏，何人捄藻飞笔精。越国亭亭八百里，木兰泛咏称明媚。争如锦水派繁江，孤根擢翠葩分腻。紫清合曜流霞辉，楚台无梦朝云飞。韩嫣佳人新侍宠，温泉宫里赐霞衣。赫赫曦阳在东井，珍房萃作皇家庆。流火初晨复毓灵，连璧更疑唐杰盛。眇观熙政接元和，嘉谷重荣田野歌。高宗昔庆刘仁表，五色卿云世甚少。我今取喻进德流，优哉祥莲出池沼。草莱泥滓俱弃捐，致君事业殊商皓。归作皋夔稷契臣，同心一德翊华勋。

（宋·王益《东湖瑞莲歌》）

　　东湖七月湖水平，鳞波暗织箫籁声。中有植莲一万本，红漪相照摛繁英。地灵气粹不我测，双葩倏如同一茎。黄姑织女渡银汉，霓旗凤葆罗空清。又认英皇立湘渚，翠华不返凝怨慕。五十哀弦顿晓声，骈首低昂泣珠露。是时主人集宴喜，湖光浸筵霞脚腻。朋簪峨峨尽才子，椽笔交辉云藻丽。酒酣倚栏惜红晖，烟素徘徊萦不飞。魏宫甄后昼方寝，仿佛有人持玉衣。此邑古来无异政，室家疮痏何由庆？三年鼠窃例皆然，以薪救火火弥盛。自公柅车政克和，载途鼓腹腾讴歌。歌公用心日皎皎，不独于今古应少。因感珍芳两两开，玉贯珠联当县沼。况我与公高适道，芝歌肯迹商山皓。嘉谋嘉猷思入陈，愿将此美归华勋。

（宋·梅挚《和王益新繁县东湖瑞莲歌》）

　　插棘掠篱谨护持，养成寒碧映沦漪。

　　清风掠地秋先到，赤日行天午不知。

　　解箨初闻声籁籁，放梢初见叶离离。

　　官闲我欲频来此，枕簟仍教到处随。

（宋·陆游《东湖新竹》）

【链接一】筹边楼

　　筹边楼故址在成都市区四川省展览馆东，为唐代剑南西川节度使李德裕所建。李德裕镇蜀时，修固关防，与南诏交好，

133

次数年，吐蕃守将要求以维州城（今属理县）归降，德裕派兵接收，为牛僧孺所阻。筹边楼的兴建，是李德裕重要的边功。《资治通鉴》载："德裕至镇，作筹边楼，图蜀地形，南入南诏，西达吐蕃。日召老于军旅、习边事者，虽走卒、蛮夷无所间，访以山川、城邑、道路险易，广狭远近。未逾月，皆若身尝涉历。"兹楼毁于唐末，宋淳熙三年（1176）范成大镇蜀时重建，陆游为之记。复毁于宋末。明清迄于民国，屡建屡毁，今已无存。

❖ **相关诗词：**

平临云鸟八窗秋，壮压西川四十州。

诸将莫贪羌族马，最高层处见边头。

（唐·薛涛《筹边楼》）

万里筹边处，形胜压坤维。恍然旧观重见，鸳瓦拂参旗。夜夜东山衔月，日日西山横雪，白羽弄空晖。人语半霄碧，惊倒路旁儿。

分弓了，看剑罢，倚阑时。苍茫平楚无际，千古锁烟霏。野旷岷嶓江动，天阔崤函云拥，太白暝中低。老矣汉都护，却望玉关归。

（宋·范成大《水调歌头》）

天府金城古益州，文饶节钺旧风流。

春秋两见桐花凤，晴雨三调柘树鸠。

梦里关山情漠漠，天边烽火路悠悠。

不堪憔悴西征日，人在筹边第几楼？

（清·傅作楫《筹边楼》）

极目关山万象秋，筹边遗迹有高楼。

松州白雪霏云湿，岷岭清泉出壑流。

烽堠久无刁斗击，旄牛犹见剑光浮。

天边一雁鸣笳外，想象旌旗设险周。

（清·刘澐《登筹边楼》）

节度四川历几年，精思广运在全川。

七星桥跨三江水，百尺楼撑一线天。

此地画疆称扼要，当年图阁及筹边。

八关俱在公先出，记取丹宸列圣筵。

（清·李锡书《题卫公筹边楼》）

【链接二】新繁四费

　　明清之际四川新繁费氏，祖孙四人皆为学者诗家，尤以费密成就为大。费密（1623—1699），字此度，号燕峰，又号成都跛道人。曾组织对抗张献忠入川，失败后流寓泰州（今属江苏），常与名士钱谦益论诗，并为王士禛所推重。著书终身，上考古经和历代正史，旁采群书，序儒者源流，著《弘道书》《荒书》《燕峰诗钞》等，是杨慎以后、李调元以前蜀中之学界巨子。其父费经虞（1599—1671）通经学与诗学；其子费锡琮、费锡璜并以诗文名世，分别有《白鹤楼稿》《擊鲸堂诗集》。祖孙四人因称"四费"。

❖　相关诗词：

　　五十年前似此图，老亲泪眼记模糊。

即今野草重兵火，留得桃花有几株？

（清·费锡璜《题繁川春远图》）

故家生世旧成都，丘墓新繁万里余。

俎豆淹留徒往事，兵戈阻绝走鸿儒。

传经奕叶心期切，削迹荒乡岁莫孤。

何意野田便永诀，不堪吾老哭潜夫。

（清·石涛《题费氏先茔图》）

老共苏门赋采薇，羞言杀贼观如飞。

江湖满地遗民泪，三百年中此布衣。

一门词赋几名家，明月扬州老岁华。

传得二南风雅派，诗人从古爱桃花。

（现代·吴虞《谒此度费处士祠二首》）

贰拾　慧园·巴金

　　慧园在成都西郊百花潭公园内，是以巴金《激流三部曲》中高家园庭为蓝本设计的，以小说主人公觉慧的名字命名。

　　巴金（1904—2005），原名李尧棠，字芾甘。四川成都人。

巴金是他 1929 年以后使用的笔名。1927 年赴法国留学，写成第一部中篇小说《灭亡》。1928 年回国后，陆续写成十五部中长篇小说和近七十篇短篇小说。《激流三部曲》尤其是《家》，是巴金文学道路上的丰碑，也是中国现代文学史上最重要的长篇小说。巴金又是一位出色的翻译家和编辑，在他的编辑生涯中，发现和培养了许多文学新人。"文化大革命"期间，巴金受到非人待遇，在极端困难的情况下，他重译了屠格涅夫的《处女地》，并开始翻译赫尔岑回忆录《往事与随想》。"文化大革命"后，他写成五集一百五十篇《随想录》，以强烈的历史责任感和严于自剖的精神，推心置腹地与读者交流自己对祖国和人民命运的深沉思索。

慧园建于 1988 年，占地二十亩余，建筑面积一千二百五十平方米，是典型的 20 世纪初成都民居园林建筑风格。该园坐西南朝东北，前庭为牡丹厅，后庭为紫薇堂，以回廊连接。紫薇堂陈列巴金赠予的三百余件实物、手稿及图片，以及诸多名家的书画。园内有小丘假山、池塘沟渠，遍植花草树木，风光怡人。

❤ 相关诗词：

> 锦城秋色好，清气满苍穹。
>
> 美酒酬骚客，墨缘结玉钟。
>
> 才如不羁马，心是后凋松。
>
> 翠羽摇天处，依稀晚照红。

（现代·马识途《迎巴金老归》）

【链接一】沙汀

沙汀（1904—1992），原名杨朝熙，又名杨子青。笔名沙汀、尹光。四川安县人。1921 年入成都省立第一师范学校学习，爱好新文学。1931年开始写作，得到鲁迅的指教。1932年加入中国左翼作家联盟。抗战时期曾赴延安任鲁迅艺术学院文学系代主任。1940年回到重庆后，发表《在其香居茶馆里》，通过小镇上头面人物的钩心斗角，暴露国民党政府在兵役等问题上的弊端，被认为是他的代表作。长篇小说《淘金记》以现实主义的方法深刻描绘了四川农村和城镇的黑暗生活画面，表现手法严谨、简洁、含蓄深沉。沙汀的作品语言质朴、幽默、口语化，具有浓郁的地方色彩。

❖ 相关诗词：

夕阳满树噪昏鸦，古庙苍茫遇老沙。

对面无言同陌路，邻居咫尺等天涯。

我无宝剑雄三尺，君学诗书富五车。

努力加餐勤锻炼，他年古木发新华。

（现代·马识途《狱中遇沙汀》）

【链接二】艾芜

艾芜（1904—1992），原名汤道耕，曾用笔名汤爱吾、吴岩、刘明等。四川新繁人。曾入成都省立第一师范学校学习。1925年离家出走。他步行到昆明，尔后继续西行到达缅甸，做过杂役，当过小学教师、报馆校对和副刊编辑。1930年途经新加坡回到上海后，得到鲁迅指导，从事文学创作。1932年加入中国左翼作家联盟。1935年出版短篇小说集《南行记》等，引起文坛的重视，成为左翼文学的新人。短篇小说《秋收》《纺车复活的时候》《石青嫂子》和长篇小说《山野》对战争期间的农村社会做了真切的刻画。

❖ 相关诗词：

艾芜吾爱老方家，壮锦织成富五车。

蝴蝶泉边生彩翼，野牛寨上落绮霞。

巴山自古多芳草，蜀水尤堪濯锦华。

休叹声名百世累，青峰点点到天涯。

（现代·马识途《狱中赠艾芜》）

招魂何处望旗旌？寂寞文坛不了情。

愁对滔滔睁睡眼，奋身犹自继南行。

（现代·李维嘉《悼艾芜同志》）

贰壹　菱窠·李劼人

现代作家李劼人故居，在成都东郊沙河堡狮子山。

李劼人（1891—1962），原名李家祥，四川成都人。1908 年就读于四川高等学堂附属中学，先后与周太玄、王光祈、蒙文通、郭沫若等人同学。1915 年任《四川群报》主笔，后与同人创办《川报》，曾任社长兼总编辑。1919 年赴法勤工俭学。回国后在成都大学、四川大学任教，翻译、改译法国文学作品。1935 年后完成《死水微澜》《暴风雨前》《大波》三部曲，作品完整地反映了从甲午战争到辛亥革命十几年间四川的社会风貌和历史变革，具有浓郁的时代气氛和地方色彩。中华人民共和国成立后曾任成都市副市长。

　　菱窠始建于 1939 年春。1957 年改建成一正一厢带阁楼的花园式楼房建筑，李劼人在这里一直居住到 1962 年去世。

　　菱窠虽属小园，却布局巧妙，景物幽洁。正楼前为李劼人汉白玉半身雕像，雕像气宇轩昂，目光深邃，形神兼备，堪称杰作，出自著名雕塑家刘开渠先生之手。

❧　相关诗词：

　　　两年足未涉菱窠，无那东风不系何。

　　　喜有药炉随岁老，到来觞政得春多。

　　　人经叔世知方朔，天许吾曹继永和。

　　　一亩近君须小筑，衡门遥应太平歌。

　　　懒向山阴学檗窠，惟留周易事田何。

　　　鸟惊春梦啼遍早，树人芳郊绿更多。

　　　佳节昨才过上巳，新诗今欲溯元和。

　　　主人有酒能延客，不惜花前一醉歌。

　　原注：劼人门额有"坐歌太平"四字。又，劼人劝告余作榜由并约友人代书润格，故首句及之。

　　　　　　　　　　　　（现代·彭云生《甲申暮春劼人招饮菱窠赋成二律》）

　　　平实天然不尚华，大防盗志好人家。

　　　华阳国志传新史，饮誉中华有左拉。

　　　舒卷风云托大波，九天飞瀑泻长河。

140

殷殷病榻犹叨念，未斫赵头遗恨多。

（现代·李伏伽《李劼人先生诞生百年纪念》录二）

贰贰　保路死事纪念碑

辛亥秋保路死事纪念碑在成都市中心人民公园内。这座碑是为了纪念在保路运动中牺牲的四川志士和民众而修建的。四川保路运动是一次爱国运动，是一次反对帝国主义、反对封建主义的运动，这次运动最终导致了辛亥革命的爆发。

从19世纪下半叶起，西方列强就一直窥伺着天府四川的宝藏。在控制了川江轮船航运之后，一直想要争夺四川铁路的修筑权。

1867年以后，英、法等国明确提出，铁道设计的最终目的是要到达四川省会成都。英、法、日、俄、美等国，都想争夺四川铁路的修筑权。

四川的有识之士提出了自主筑路的主张，四川人民决心以自己的力量来修筑铁路。1904年1月，由四川总督锡良竭力促成的"川汉铁路总公司"成立。该公司"按租集股，因粮认摊"的集资办法，使全川大小田户都成了铁路股东。

然而，正当川汉铁路开始运作时，清王朝竟以"铁路国有"为名，将川汉铁路的筑路权拱手出卖给英、法、美、德四国银行集团，以抵押其所欠下的巨额借款。

以蒲殿俊为会长的保路同志会号召四川人起来"破约争路"。四川人民群情激愤，抗粮抗税，捣毁官府的行动在各地接连发生。

四川总督赵尔丰诱捕了保路同志会和特别股东会主要负责人蒲殿俊等九人。消息传开之后，成百上千的群众，潮水般涌向总督衙门和平请愿，要求放人。赵尔丰悍然下令开枪，制造了惊动全国的血案，由此激发了民众的武装反抗。

这一年是中国农历的辛亥年（1911）。同盟会会员乘机组织同志军在各县发动武装起义，把保路运动推向高潮。这场围绕筑路权而出现的"保路运动"，很快发展成为一场反清爱国的武装斗争。

四川保路同志军的起义影响了全国的局势，特别影响了武昌的革命形势的发展，成为武昌起义的导火线。孙中山说：如果没有四川保路同志会的起义，武昌起义或者要迟一年半载的。

❦ 相关诗词：

为国经营费苦衷，债台高筑竟奇功。

可怜亿万生灵血，输与强权一纸中。

（清·梅楚山《有感》）

议长堂堂蒲伯英，股东颜楷亦书生。

全川人望诬为逆，上谕犹难举姓名。

群众争修铁路权，志同道合会全川。

排山倒海人民力，引起中华革命先。

（现代·朱德《辛亥革命杂咏》）

插霄玉柱峙名区，碑字淋漓耆老书。

保路风潮虽远去，蜀都标志尚如初。

（现代·殷明辉《人民公园保路纪念碑》）

【链接一】彭家珍烈士

彭家珍（1888—1912），字席儒，成都金堂杨柳乡人。少时入成都尊经书院、成都陆军武备学堂，后被遣往日本学习军事，秘密加入孙中山领导的同盟会。辛亥革命推翻帝制，孙中山就任中华民国临时大总统。清王朝以良弼为首的顽固派反对与革命政府议和，而袁世凯则持观望态度。彭家珍即挺身行刺，将良弼炸死于宅门外，自己亦壮烈牺牲。尔后，清帝逊位。

❥ 相关诗词：

君不见荆轲图穷见匕首，大事不成绕柱走。又不见张良铁椎中副车，祖龙夭矫犹自如。烈士一弹兮帝制已，帝制已兮共和始。烈烈英风自天来，赫赫惊雷从地起。精魂往复逐云飞，霜花凝碧苔花紫，峙此丰碑长不圮！

（现代·刘羽丰《题金堂彭大将军庙碑》）

贰叁 文君井

文君井位于邛崃市临邛镇里仁街中段，相传为卓文君当垆卖酒的遗址，是具有苏杭庭院风格的古园林和四川省文物保护单位（1980），为海内外游人向往之胜地。

卓文君，蜀郡临邛富商卓王孙之女，容颜姣好，十七而寡，善琴能诗，悦司马相如之才而私奔。文君初从相如，居贫愁懑，后当垆卖酒，相如亲着犊鼻裈涤器，卓王孙觉得面子上不好看，遂予资助。本地传说，此井即文君当垆时汲水之所，后人遂题名文君井。

❧　**相关诗词：**

君到临邛问酒垆，近来还有长卿无？
金徽却是无情物，不许文君忆故夫。

（唐·李商隐《寄蜀客》）

落魄西川泥酒杯，酒酣几度上琴台。
青鞋自笑无羁束，又向文君井畔来。

（宋·陆游《文君井》）

少妇当垆伴犊裈，杜门羞杀老王孙。
至今古井风流在，留与人间洗黛痕。

（清·吴昌求《文君井》）

汉家遗韵井华新，第一风流卖酒人。
合为马卿题汲古，好凭牛峤试烧春。
恩缘至竟推王吉，佣保归来作使臣。
赚得王孙浪悲喜，叨逢武帝似文君。

（清·赵熙《题文君井》）

买得文君酒，来寻司马琴。

碧烟曳篁径，金井坐桐阴。

曲沼莲化浅，夕阳芳草深。

此间堪赏处，还是竹成林。

（清·宁缃《文君井赏夏》）

文君当垆时，相如涤器处。反抗封建是前驱，佳话传千古。

会当一凭吊，酌取井中水。用以烹茶涤尘思，清逸凉无比。

（现代·郭沫若《卜算子·题文君井》）

贰肆　邛窑

　　邛窑是四川境内遗址面积最大、烧造时间最长、出土文物最丰富、器物流散最广的古瓷窑，是高温釉下三彩和彩绘瓷的故乡，是中国古代陶瓷艺苑中一枝绚丽的奇葩，也是蜀文化的骄傲。

　　邛窑主要遗址在邛崃市郊。经考古调查和研究发现，古代比较集中的窑场遍布岷江、沱江、涪江流域支系的沿岸。这些窑场大体始于东晋，流行于南朝，成于隋，盛于唐，历五代北宋，结束于南宋中晚期，历时九个世纪。

　　这些窑场产品在胎质、釉色、造型、纹饰等方面具有明显共性，因此，考古学界将它们视为一个窑系。由于邛崃地区的窑址分布广、品种丰、产品精、烧制时间长，故统称"邛窑"。

邛崃市固驿镇瓦窑山、上河乡尖山子、白鹤乡大渔村和南河乡什方堂村等四处为隋唐古窑遗址。其中以什方堂村遗址最大（十一万一千三百平方米），产品最精美，品种最丰富，今为全国重点文物保护单位（1985）。

邛窑工艺先进，省油灯即其一例，这是一种使用方便节俭的平民生活用品。陆游《斋居纪事》载："书灯勿用铜盏，惟瓷盏最省油。蜀有夹瓷盏，注水于盏唇窍中，可省油之半。"用夹层注水办法，可以降低油温，减少蒸发，节省油耗，故称"省油灯"。

❖ **相关诗词：**

大邑烧瓷轻且坚，扣如哀玉锦城传。

君家白碗胜霜雪，急送茅斋也可怜。

编者注：大邑古属邛州。

（唐·杜甫《又于韦处乞大邑瓷碗》）

轻坚流韵扣声长，大邑烧瓷色本黄。

若与名工翻巧样，匡山片瓦抵明珰。

（现代·谢无量《咏江油匡山陶泥器》）

秋色明疏柳，邛窑绚丽开。

凤凰求汉韵，鹦鹉动唐杯。

月落文君井，风流司马台。

白头吟更苦，旷代揖高才。

（现代·李立新《乐在陶中》）

贰伍 西岭雪山

西岭雪山在成都大邑县境内，为原始森林风景区，属国家级风景名胜区。

雪山主峰海拔五千一百六十四米，终年白雪皑皑，晶莹闪烁，晴日从成都清晰可见。

西岭雪山春季杜鹃成林，山花烂漫；夏天悬泉滴翠，瀑布飞漱；秋季桂树飘香，满山红叶；冬天瑞雪飘飘，遍地琼瑶。

山上的大飞水瀑布从一千四百米高的白雀山山腰一溶洞飞泻而下，落差达三百六十米，晴日谷中可见彩虹。白沙岗一带，一边是晴空万里，湛湛蓝天，一边是云蒸雾涌，朦朦胧胧，故称"阴阳界"。

景区原始森林覆盖率达 90%，珍稀树种有银杏、香果树、珙桐等，珍稀动物有大熊猫、牛羚、金丝猴、猕猴、云豹、红腹角雉等，景点有九瀑一线天、飞泉洞、豹啸泉、埋石林、杜鹃林等。

❧ 相关诗词：

两个黄鹂鸣翠柳，一行白鹭上青天。

窗含西岭千秋雪，门泊东吴万里船。

（唐·杜甫《绝句》）

大面峰头六月寒，神灯收罢晓云班。

浮空忽涌三银阙，云是西天雪岭山。

（宋·范成大《最高峰望雪山》）

【链接一】大邑地主庄园

大邑地主庄园原为民国时期川西地区著名的大地主、军阀刘文彩的公馆，在四川省成都市大邑县安仁镇，是中外闻名的、我国现存完整、规模浩大的地主庄园，由老公馆和新公馆两部分构成。今为省级文物保护单位（1980），四川省和成都市青少年教育基地（1993）。1988年，在新公馆创办了川西民俗博物馆，成为认识中国风俗民情的重要场所。1997年初正式更名为大邑刘氏庄园博物馆。

川西一巨宅，虎踞独称雄。

血泪收租院，逍遥霸王宫。

棣华欣日丽，螳臂泣途穷。

留此千秋鉴，非夸百足虫。

（现代·李维嘉《题郑守铭〈刘文彩和他的大庄园〉》）

贰陆　大邑鹤鸣山

鹤鸣山又称"鹄鸣山"，在成都市大邑县城北十五公里处，海拔一千米，山势雄伟，林木繁茂，双涧环抱。据《后汉书》《三国志》《华阳国志》等重要历史资料记载，大邑鹤鸣山是汉末张道陵创立道教之地。道教名人如唐末五代杜光庭、北宋陈希夷、明代张三丰等都先后来此修炼。1985年后新修了迎仙阁、慈航殿、三圣宫等三幢宏伟殿宇，并塑了一只标志性的白鹤。今为市级重点文物保护单位（1985）。

❖ 相关诗词：

　　五气云龙下太清，三天真客已功成。
　　人间回首三川小，天上凌云剑佩轻。
　　花拥石坛何寂寞，草平辙迹自分明。
　　鹿裘高士如相遇，不待岩前鹤有声。

（前蜀·杜光庭《题鹤鸣山》）

　　秘宇压屏颜，飞梯上屈盘。
　　清流抱山合，乔树夹云寒。
　　地古芝英折，岩秋石乳干。
　　飙轮游底处？空自立层坛。

（宋·文同《题鹤鸣山上清宫》）

　　道士来时石鹤鸣，飞神天谷署长生。
　　只今两涧潺湲水，助我龙吟虎啸声。

（明·张三丰《鹤鸣山》）

贰柒 九龙沟

九龙沟为省级风景名胜区，在崇州市三郎镇境内。

九龙沟属龙门山脉断裂带，地质构造复杂，群山在海拔七百米到近四千米之间起伏变化，相对高差较大，悬崖陡峭，沟谷狭深，有众多的酷似龙形的奇峰怪石和飞瀑流泉。当地传说是：九条龙从九龙池出游，在九龙山会合，并在龙舔石上留下九沟九槽九条龙，故称"九龙沟"。

九龙沟景观分水石景区、大西山原始森林景区和古寺等三部分，以动态水石景观最为引人入胜，有化石岩、珍珠泉龙石岩、龙女浣纱池、龙舔石、钻天峰、响水沟、九龙飞瀑等景观。九龙飞瀑宽十余米，高一百余米，是成都地区罕见的大瀑布。

六顶山大小六峰，如群龙聚首，海拔近三千米，可观云海、日出、月华、佛光等瑰丽风光，可通半坡凝幽滴翠、半坡玉树琼花奇观的阴阳界，而终年积雪的四姑娘山的倩影，于此亦清晰可见。

❖ **相关诗词：**

度笮临千仞，梯山蹑半空。湿云朝暮雨，阴壑古今风。亭观参差见，阑干诘曲通。柳空丛筱出，松偃翠萝蒙。负笼银钗女，鉏畲鹤发翁。何由有馀俸，小筑此山中。

（宋·陆游《过大蓬岭度绳桥至杜秀才山庄》）

岷山几瓣雪难消，现出圆光透碧寥。

天自可摩驱雾散，地缘特绝带云飘。

五峰似指余骈拇，七曲如弦欠挂么。

想为南朝兴六祖，齐来脱帽露丰标。

（清·罗世珗《咏六顶山》）

贰捌　罨画池·陆游

　　罨画池景区由罨画池公园、陆游祠、崇州文庙三部分组成，今属国家重点文物保护单位（2001）。

　　陆游（1125—1210），字务观，别号放翁。越州山阴（今浙江绍兴）人。绍兴中应礼部试，为秦桧所黜。孝宗时曾任镇江、隆兴通判。乾道中入蜀，入四川宣抚使王炎幕府，是其一生最为意气风发的时期。淳熙中范成大镇蜀，陆游应邀到成都帅府任参议官，与范为诗文之交。陆游两度任蜀州（今崇州市）通判，晚年还乡仍念念不忘在蜀州的生活，写下不少诗文追忆蜀州人事。因为怀念寓蜀生涯，故命名其诗集为《剑南诗稿》。

　　罨画池始建于唐，成景于宋，历代皆有修葺，现存建筑系清代所建。罨画池初为州廨后园，明洪武初改州廨为文庙——此庙今为成都地区仅存的完整文庙，并建陆游祠于池东。故罨画池、文庙、陆游祠名虽三处，实为一体，是园林、祠、庙合一的古建筑群。

❧　相关诗词：

　　古胜芳菲地，标名罨画池。水光菱在鉴，岸色锦舒帷。风碎花

151

千动，烟团柳四垂。巧才吟不尽，精笔写徒为。照影摇歌榭，分香
上酒卮。主人邀客赏，和气与春期。

（宋·赵抃《蜀倅杨瑜邀游罨画池》）

罨画池边小钓矶，垂竿几度到斜晖。

青萍叶动知鱼过，朱阁帘开看燕归。

岁晚官身空自闵，途穷世事巧相违。

边州客少巴歌陋，谁与愁城略解围。

（宋·陆游《秋日怀东湖二首》录一）

潺湲流水渡莲塘，翠盖风翻柄柄香。

清磬几声飞隔浦，柳梢斜挂月昏黄。

（现代·藕汀《罨画池公园云溪晚磬》）

【链接一】陆游祠

　　陆游祠紧临罨画池，明洪武元年（1368）为纪念曾任蜀州通判的爱国诗人陆游而建。今为省级重点文物保护单位（1991）。

　　陆游祠几经毁建。现在的陆游祠为仿清建筑，主体建筑有大门、长廊、过厅、序馆、两庑、正殿等，正殿为放翁堂，塑陆游坐像。祠景主题突出诗人最爱的梅花，故过厅命名"梅馨千代"，序馆命名"香如故堂"，堂后辟梅园，广植梅花。两庑陈列各种陆游诗文版本及诗意画。

❧　相关诗词：

　　归心日夜逆江流，官柳三千忆蜀州。

小阁帘栊频梦蝶，平湖烟水已盟鸥。

萤依湿草同为旅，雨滴空阶别是愁。

堪笑邦人不解事，区区犹借陆君留。

（宋·陆游《雨夜怀唐安》）

四百余年两诗客，迁流蜀地同一辙。一作三唐雅正宗，一为两宋文章伯。忆昔搜诗读剑南，几与少陵争气魄。少经兵马老栖农，共此遭逢天运厄。两朝草草失承平，同是腐儒解忧国。中岁浮沉在蜀多，亦向成都感离索。酒酣耳热墨淋漓，守得诗家玉绳尺。才行遭际各相侔，宜其俎豆同几席。我来瞻仰独升堂，心香一瓣神灵格。而今诗教已将衰，谁为两公延道脉。

（现代·盛世英《题陆放翁配享少陵草堂》）

【链接二】常璩

常璩（约291—361），字道将，东晋蜀郡江原小亭乡（今崇州西北）人。李雄在蜀建立成汉政权，常璩任史官，撰《梁益三州地志》《巴汉志》《蜀志》《南中志》等。李势时官至散骑常侍，出入宫廷，侍从皇帝，传达诏令，掌理文书。成汉降晋后，因东晋朝廷重中原故族而轻蜀人，愤而为《华阳国志》。《华阳国志》全书十二卷，附录一卷，是研究巴蜀文化及西南少数民族的重要史料，也是现存最早的以"志"为名的地方志专著和史学名著。

❖ **相关诗词：**

常璩蜀志有清晖，大笔如椽继发挥。

又撰荒陬风土志，岂徒佳句绣弓衣。

（清·李焕《校绥靖屯志题后》）

贰玖　龙兴寺

龙兴寺在彭州市区，西北距成都三十四公里。

龙兴寺相传始建于东晋义熙年间（405—418），初名大空寺，历经梁、隋等朝不断扩建，渐具规模。武则天时有沙门法明等十人进《大云经疏》，称有一女身为佛之传世，当代唐为天子。武后大悦，于天授元年（690）诏令天下诸州各置大云寺一所。兹寺亦易名为大云寺。

神龙元年（705）中宗复位，大云寺改中兴寺；神龙三年（707）忌用中兴一语，凡中兴寺一律改名龙兴寺。玄宗开元二十六年（738），敕天下诸郡立龙兴、开元二寺，彭州龙兴寺之名由此确定。

龙兴寺塔历代因多受地震危害，明末垮去东北一角。清乾隆年间塔体益坏，中部纵裂，成一奇观，人称“天彭破塔”。故四川提督岳钟璜《题北塔》诗有“立塔中分势欲离”，“永镇天彭第一奇”之句。民国十一年（1922）塔南半部垮塌，仅存一隅。原塔身自十级以上逐渐内收缩小，呈曲线状，远眺如悬弓天外。

1992年龙兴寺动工兴建新塔，新塔依能海法师从印度取回的金刚舍利塔样式修建，由一座主塔和四座陪塔组成，1997年落成。新塔巍峨壮观，为彭州市新添一景。

立塔中分势欲离，佛光神气不散去。

真有神灵护天墟，永镇天彭第一奇！

（清·岳钟璜《题北塔》）

立塔中分势欲离，依然无恙拟留题。

飞残半角移何地？挺峙三隅壮此基。

灿烂霞光悬宝镜，嵯峨叠砌赛丹梯。

忠言直与乾坤大，永镇天彭第一奇。

（清·许儒龙《彭县龙兴寺塔》）

偶步龙兴寺，穹碑在上方。

天彭通井络，地脉走蒙阳。

宝塔铃犹在，珠光匣尚藏。

僧持能继钵，栋宇自齐梁。

（清·李调元《咏龙兴寺》）

踏遍彭门山路歧，每将樽酒论安危。

下帷夙悟精条理，题塔新标绝妙词。

一角孤高支破局，三峰倾圮话前期。

写生纵诩丹青手，终赖神灵默护持。

（清·贺维藩《和人题破塔图》）

【链接一】高適与彭州

　　高適（约704—765），字达夫，唐勃海蓚（今河北景县）人。唐代杰出边塞诗人。玄宗天宝八年（749）有道科及第，曾为封丘县尉，不久辞官。客游河西，入哥舒翰幕。肃宗乾元二年（759）为彭州刺史。与杜甫多有唱和之作。

❥　相关诗词：

　　峭壁连崆峒，攒峰叠翠微。鸟声堪驻马，林色可忘机。怪石时侵径，轻萝乍拂衣。路长愁作客，年老更思归。且悦岩峦胜，宁嗟意绪违。山行应未尽，谁与玩芳菲？

（唐·高適《赴彭州山行之作》）

　　百年已过半，秋至转饥寒。
　　为问彭州牧，何时救急难？

（唐·杜甫《因崔五侍御寄高彭州一绝》）

　　井络天彭一掌中，漫夸天设剑为峰。
　　阵图东聚燕江石，边柝西悬雪岭松。
　　堪叹故君成杜宇，可能先主是真龙。
　　将来为报奸雄辈，莫向金牛访旧踪。

（唐·李商隐《井络》）

　　百尺压云端，飞檐欲上抟。
　　湖光摇埤堄，山影转阑干。

秀野含春煦，乔林拥暮寒。

回头大岷雪，千仞此巉岏。

（宋·文同《咏彭州南楼》）

西北天屏是此州，峭青危碧吐灵湫。

要观六月岷山雪，试上西城望雪楼。

（清·李调元《纪天彭诗》）

叁拾　天彭牡丹

　　彭州为中国牡丹的主要原产地之一，旧有"花州""丹城"之称。天彭栽植牡丹风俗始于唐，至宋与洛阳牡丹齐名，南宋时彭州成为当时中国牡丹栽培中心。陆游《天彭牡丹谱》云："牡丹在中州，洛阳为第一；在蜀，天彭为第一。"

　　1985年牡丹被定为彭州市市花，成为龙门山风景名胜区丹景山景区重要资源开发项目，丹景山是全国风景名胜区中唯一把牡丹作为特色的景区。在昆明世博会上，天彭牡丹曾获国际奖项（1999）。彭州牡丹花会已成为国内最有影响的牡丹花会之一，丹景山今已成为我国西部最大的牡丹观赏中心。

　　天彭牡丹的特点是园艺化程度高，花型演化程度高，植株较高大，重瓣或多达八百八十余瓣，花径或大至三十五厘米。国画大师陈子庄形容道："丹景山悬崖断壁皆生牡丹，苍干古藤，夭矫寻丈，倒叶垂花，绚烂山谷。"

天彭牡丹历史悠久，深得历代文人墨客青睐。前蜀徐后、徐妃，宋代宋祁、范景仁、司马光、韩绛、范成大、胡元质、汪元量，明代杨慎，清代王闿运、李调元、黄云鹄，现代张大千、陈子庄等，均有牡丹题咏。历代诗人歌咏天彭牡丹的篇章，已成为中国牡丹文化的重要组成部分。

❧　相关诗词：

洛阳姚魏碧云愁，风物江东亦上游。

忆起邀头八年梦，彭州花槛满西楼。

（宋·范成大《玉麟堂会诸司观牡丹酴醾》）

常忆天彭送牡丹，祥云径尺照金盘。

岂知身老农桑野，一朵妖红梦里看。

（宋·陆游《忆天彭牡丹之盛有感》）

径尺千馀朵，矜夸古复今。

锦城春异物，粉面瑞云深。

赏爱难忘酒，珍奇不废金。

应知色空理，梦幻即欢心。

（宋·韩绛《和范蜀公题蜀中花图》）

彭州又曰牡丹乡，花月人称小洛阳。

自笑我来迟八月，手攀枯干举清觞。

（宋·汪元量《彭州歌》）

去岁入川花事阑，今年花发倍寻看。

王家好客来浮白，国色倾城是牡丹。

风景不输洛阳盛，雪㵑遥映汶江寒。

沉沉钟鼓日近暮，碧月金灯明画栏。

（明·曹学佺《汶川王怀纯邸中赏牡丹》）

牡丹旧数古彭稠，京洛遗风俗尚留。

孟氏繁华能几日，今人犹自说花州。

（清·李调元《纪天彭诗》）

不是长安不洛阳，天彭山是我家乡。

花开万萼春如海，无奈流人两鬓霜。

（现代·张大千《故乡牡丹》）

名花本是人民花，千载长笼姚魏家。

解得诗翁无限恨，沉香亭畔浪涂鸦。

（现代·张秀熟《三访天彭牡丹》）

【链接一】丹景山

　　丹景山在彭州市天彭镇西北十六公里的龙门山风景名胜区内，是龙门山前沿景区，以牡丹文化、宗教文化和古彭蜀文化著称于世。春暖花开时节，满山遍野的牡丹令人陶醉，犹如进入了花的海洋。

丹景山头宿梵宫，玉轮金辂驻虚空。

军持无水注寒碧，兰若有花开晚红。

武士尽排青嶂下，内人皆在讲筵中。

我家帝子传王业，积善终期四海同。

（前蜀·徐妃《和题丹景山至德寺》）

丹景楼台隐翠微，钟声杳杳出林扉。

四时谷响通僧梵，万里天风吹客衣。

对面云山开罨画，向人花鸟报芳菲。

苍苔绿字留千古，未觉重来太白稀。

（明·杨慎《游丹景山》）

丹景苍茫接翠微，太妃辇迹半依稀。

胭脂不用夸娇蝶，梦里超越何日归？

（清·李调元《纪天彭诗》）

桃源福地比彭西，丹景清奇压九溪。

头陀成佛坟犹在，刘海登山井尚遗。

山形突兀供诗料，草色葱茏衬马蹄。

每值年年三月里，寻春游子把花携。

（清·王纲《咏丹景》）

丹景山横县治西，奇花怒放耀山溪。

深红浅白多仙态，不许人间凡鸟栖。

（现代·贺维藩《辛亥暮春游丹景山》）

叁壹　银厂沟

　　银厂沟在彭州市西北部的大宝乡境内，所在龙门山是国家首批公布的国家地质公园（2001）。其地层发育丰富，有飞来峰、古冰川遗迹、典型地层剖面等。

　　银厂沟景区由九峰山、丹景山和银厂沟组成，总面积约一百八十五平方公里。银厂沟的海拔高度在两千米左右，以明朝崇祯年间（1628—1644）刘宇亮在此开银矿而得名。夏季最高气温不超过 24℃，是避暑休闲、清心养身的天然胜地。属省级风景名胜区。

　　银厂沟是龙门山大峡谷景区之精华，峰峦峭立，峡谷纵横，激流奔腾，以悬桥栈道、峡谷怪石、飞瀑彩虹著称。蜿蜒曲折的银苍峡栈道是龙门山大峡谷最具特色的主景，全长八公里，为国内栈道长度之最。其他景点有大龙潭、小龙潭、苍峡阁、满天星、幻影瀑布、百丈瀑布等。龙门山处地震断裂带上，2008 年 5 月 12 日汶川大地震使上述景点均遭到不同程度的破坏。

❧ 相关诗词：

峰携怒气凌霄上，水挟雷声裂石来。

高峡锁云迟日月，寒林栖雾老莓苔。

不经鸟道难为履，怎睹龙潭绿胜醅。

为慰蹒跚狼狈客，山灵故放牡丹开。

（现代·文伯伦《银厂沟》）

上下苍峡巨壑间，扪天高处望层峦。云飞雾锁隐奇观。　　涧底流红喧作浪，半空滴翠落成泉。两三小鸟戏潭边。

（现代·李亮伟《浣溪沙·游银厂沟》）

叁贰　蒲江朝阳湖

朝阳湖在成都市蒲江县，为省级风景名胜区。景区由朝阳湖、石象湖、长滩湖和飞仙阁等景点组成，面积一百一十平方公里。朝阳湖是个融山水一体的人工湖，以湖泊、山峦、洞石为主要风光，由于远离闹市，环境清幽，故向有"水上青城"之美誉。湖长七十五公里，二水交流，形成四岛、二十八拐、一百零八峰，湖岸山峦藤蔓蒙络，时有水鸟出没。湖区名胜古迹较多，有建于汉代的飞仙阁、二郎滩摩崖造像、佛教胜地九仙山、道教胜地太清观、宋代理学家魏了翁创办的鹤山书院旧址、战国巴蜀船棺等。

❧ 相关诗词：

蒲江曲折抱城流，楼阁参差景物幽。

靛客雇筏撑渡口，渔翁撒网挂枝头。

红涛滚滚三篙涨，翠筱娟娟两岸柔。

散步沙洲凭远望，浴凫飞雁晚天秋。

（清·徐元善《蒲江吟》）

雨过千峰翠，日出一湖青。

泛舟寻幽境，心旷气象新。

（现代·杨析综《游湖即兴》）

两岸绣堆一湖水，造物神奇难收美。

鹤翔九天生佳趣，清凉胜地人间稀。

绿波涟涟晴方好，雾山淡淡雨亦奇。

若问览胜何时最，风霜雨雪总相宜。

（现代·张黎群《朝阳览胜》）

【链接一】石象湖

　　石象湖在蒲江县城鹤山镇，湖岸曲折，湖水深碧，湖中沟汊交错，有三山、九沟、十八汊、七十二道拐，形成水上迷宫。湖区有卧龙岗、茯苓湾、荷花湾、石象湾、紫燕岩、汗马泉等名胜古迹。春夏之交，山花烂漫，杜鹃、桐花、槐花、紫藤倒映湖中，风光绮丽。

❖ 相关诗词：

遁迹烟霞外，残碑烈焰红。师兴劳蜀相，凯奏隐严公。汗马饮泉碧，雕弓挂壁空。危桥翠嶂雨，荒径绿苔通。云锁堂基旧，山环气势雄。登临追往事，千载慕高风。

（清·彭端淑《游石象寺》）

叁叁　南方丝绸之路

南方丝绸之路古称"唐蕃古道"或"博南古道"。它是中国最早的对外陆路交通线之一，也是中国西南与西欧、非洲、南亚诸国交通线中最短的一条线路。

这条丝绸之路分西、东两路，西路即旄牛道：从成都出发，经邛崃、名山、荥经、汉源、越西、西昌、云南大理至保山，到缅甸密支那或八莫进入东南亚及印度、尼泊尔、阿富汗、孟加拉等国。

东路为五尺道：从成都出发，经宜宾、高县、云南昭通、曲靖、昆明，分路或入越南，或经大理与旄牛道重合。秦灭蜀后，蜀安阳王南迁，率领兵将三万人沿着这条线路进入了越南红河，建立了瓯骆国，越南史称之为"蜀朝"。

两千多年来，我国的丝绸布帛、金银瓷器以及农副产品等，就是通过南方丝绸之路，源源不断地输往东南亚、中东等地，同时将这些国家出产的山货药材、珠宝玉石带回中国。

❦ **相关诗词：**

　　山形宛抱哀牢国，千崖万壑生松风。

　　石路真从汉诸葛，铁柱或传唐鄂公。

　　桥通赤霄俯碧马，江含紫烟浮白龙。

　　鱼梁鹊架得未有，绝顶咫尺樊梧桐。

（明·张含《兰津渡》）

　　吐蕃饮马气无前，节度何曾扼剑川。

　　跷绝铁桥标铁柱，唐臣功让九征先。

（清·赵藩《漾濞望点苍山渡黑潓江即景抒怀》）

叁肆　川剧

　　川剧是四川地方剧种，又称"川戏"。远在三国蜀汉时代即有参军戏，唐宋时成都亦有戏班，明清时昆曲、弋阳腔、梆子腔、皮黄腔相继入川，与原有川剧相融合，演化成今天的川剧。清末川剧在庙台、会馆、场坝演出，后来进入新兴的戏园。民国初，川剧集昆腔、高腔、胡琴、弹戏、灯戏五腔剧目于一班，以喜剧著称。其中变脸、吐火、藏刀、踢慧眼等绝技表演以及川剧锣鼓、帮腔更具特色。邓小平与朱德、陈毅等川籍老一辈无产阶级革命家，都有一个共同爱好，那就是看川剧。邓小平主政西南时曾教育干部说："不懂川剧，就没有文化。"因为四川人都喜欢川剧，如果到四川工作不看川剧，那就会和人民缺乏共鸣。"文化大革命"中，川剧和全国各地其他古老剧种一样遭到封杀。邓小平复出后，1978年春节回到四川，一连三个晚上观看川剧，传统剧种和传统戏目由此得到了解放。

❖ **相关诗词：**

戏出一棚川杂剧，神头鬼面几多般。

夜深灯火阑珊甚，应就无人笑倚栏。

（宋·道隆《观剧》）

傅粉何玉叔，施朱张六郎。

一生花底活，三日座中香。

假髻云霞腻，缠头金玉相。

燕兰谁作谱，名独殿群芳。

（清·李调元《赠魏长生》）

阄诗度曲老萧郎，回首逢君十六霜。

纤月依然双鬓改，吟虫不断五更凉。

尽多人物伶官传，如此乾坤大戏场。

七里石桥秋水隔，临风无自听笙簧。

（清·曾华臣《怀萧遐亭却寄》）

川人终是爱高腔，几部丝弦住老郎。

彩凤不输陈四喜，泰洪班里黑娃强。

（清·杨燮《锦城竹枝词》）

绝代深恩化作愁，哀弦和泪写伊州。

章华台上三更雨，不是情人亦白头。

（现代·赵熙《在重庆章华舞台重看周慕莲、魏香廷演出〈情探〉》）

贤才窈窕总堪怜，劫后重听蜀国弦。

四海风尘杜陵老，绮筵愁见李龟年。

（现代·吴虞《赞川剧名旦陈碧秀》）

画史歌星两擅名，十年舐笔写倾城。

收来倩影休论价，一曲秋江动上京。

（现代·谢无量《静之收得张大千十年前所写陈书舫小影索题》）

风貌依稀柳敬亭，座中几辈眼青青。

征歌桑海无穷意，今日真成掩袂听。

（现代·刘君惠《赠周企何》）

渝舞巴讴素擅场，锦江春色与天长。

文宗自古传西蜀，诗圣如今剩草堂。

高屋建瓴天下望，名山有主域中光。

百花竞秀推陈出，我欲西归问海棠。

（现代·郭沫若《题为成都川剧学校》）

【链接一】皮影戏

皮影戏刻皮为人物形象，印影于幕布表演传统剧目。宋代有京灯影、陕灯影，传入四川，与川灯影融合。表演节目以演唱川剧为主。

❖　相关诗词：

一帘灯影唱高楼，宛转歌喉度曲幽。

阿堵传来神毕肖，果然皮里有春秋。

（现代·王克昌《皮灯影》）

滦州剪纸忆分明，西蜀镂皮制更精。

银幕至今呈曼衍，一般灯影绝流行。

（现代·黄炎培《成都灯影》）

叁伍　川菜

　　四川的饮食文化源远流长。川菜选料严格，调味考究，技艺精湛，风味独特，一菜一味，百菜百味。川菜传统菜式多达三千余种，名菜有四百多种。近年川菜走出国门，在世界各地中餐馆中随处可见。丰富多彩、色香俱全的川菜，反映了四川人的生存环境和文化状态，也是四川现实社会生活的一种折射。1986年，邓小平曾对金牛宾馆的管理人员说："川菜是中国的四大菜系之一，要研究如何将川菜推向市场，走向全国，让川菜的名气更响。"

❈ 相关诗词：

彼美君家菜，铺田绿茸茸。豆荚圆且小，槐芽细而丰。种之秋雨余，擢秀繁霜中。欲花而未萼，一一如青虫。是时青裙女，采撷何匆匆。烝之复湘之，香色蔚其馥。点酒下盐豉，缕橙芼姜葱。那知鸡与豚，但恐放箸空。春尽苗叶老，耕翻烟雨丛。润随甘泽化，暖作青泥融。始终不我负，力与粪壤同。我老忘家舍，楚音变儿童。此物独妩媚，终年系余胸。君归致其子，囊盛勿函封。张骞移苜蓿，适用如葵菘。马援载薏苡，罗生等蒿蓬。悬知东坡下，塉卤化千钟。长使齐安民，指此说两翁。

（宋·苏轼《元修菜》）

唐安薏米白如玉，汉嘉栮脯美胜肉。大巢初生蚕正浴，小巢渐老麦米熟。龙鹤作羹香出釜，木鱼瀹菹子盈腹。未论索饼与馎饦，撇爱红糟并齑粥。东来坐阅七寒暑，未尝举箸忘吾蜀。何时一饱与子同，更煎土茗浮甘菊。

（宋·陆游《冬夜与溥庵主说川食戏作》）

麻婆陈氏尚传名，豆腐烘来味最精。
万福桥边帘影动，合沽春酒醉先生。

（清·冯家吉《麻婆豆腐》）

挑葱卖蒜亦人为，误入歧途万事非。
从此弃官归去也，但凭薄技显余辉。

（现代·黄晋临《姑姑筵主人述志》）

邱家胡子老髯奴，四季食单一换不？

饭软肉香咸菜脆，无人不爱小庖厨。

（现代·周菊吾《祠堂街邱胡子餐馆》）

叁陆　成都花会

　　成都花会始于唐、宋，至今已有上千年历史。相传农历二月十五日是道教始祖太上老君的生日，唐俗相传为百花生日，故于是日在青羊宫中举办花会，相沿成俗。清末实行新政，四川成立劝业道，主管周善培利用花会举办全省性劝业会，花会期间，各剧团、杂耍班子、名小吃业主及民间艺人不请自来，为花会增添人气。中华人民共和国成立后，于1951年正式举办新中国成立后第一届花会，以后每年一次，每次一个月至一个半月。1980年起，成都市政府决定将花会场地定在与青羊宫一墙之隔的文化公园。其内容除传统项目之外，又新增了鸟市、书画艺术展销等项目。

❖　**相关诗词：**

　　武侯祠畔路迢迢，迂道还从万里桥。

　　转向青羊宫里去，明天花市是花朝。

（清·王光裕《竹枝词》）

二月城南会又开，马龙车水踏青来。

几家不解游春意，几度花场去复回。

（清·谢家驹《花会场竹枝词》）

青羊花市景无边，柳绿桃红更媚然。

纵览难穷千里目，来春多办买楼钱。

（清·刘志《卓莹第招饮承香楼望青羊宫花会感作》）

仲春十六会期时，货积如山色色宜。

去向二仙庵里看，令人爱煞好花枝。

（清·吴好山《成都花市》）

【链接一】木芙蓉

　　木芙蓉，锦葵科，落叶灌木，又称为"芙蓉"，花朵有粉红、红、白等色，生长于长江流域以南，以成都一带为盛，是成都市的市花。木芙蓉秋季开放，花朵大而美丽，是很好的观花树种。后蜀皇帝孟昶喜欢芙蓉花，让人在城墙上和街道两旁种了很多芙蓉树，成为一大景观，成都因而又称"芙蓉城"。

❧　相关诗词：

四十里城花发时，锦囊高下照坤维。

虽妆蜀国三秋色，难入豳风七月诗。

（后蜀·张立《咏蜀都城上芙蓉花》）

去年今日到成都，城上芙蓉锦绣舒。

今日重来旧游处，此花憔悴不如初。

（后蜀·张立《又咏蜀都城上芙蓉花》）

蜀国芙蓉名二色，重阳前后始盈枝。

画调粉笔分班处，绣引金针闲刺时。

落晚自怜窥露沼，忍寒谁念倚霜墀。

主人日有西园客，得尔方于劝酒宜。

（宋·文同《和吴龙图韵五首·二色芙蓉》）

一扬二益古名都，禁得车尘半点无？

四十里城花作郭，芙蓉围绕几千株。

（清·杨燮《锦城竹枝词》）

【链接二】海棠

　　海棠是蜀中特色花卉之一，属蔷薇科，落叶乔木。春季开花，花未开时红色，开后渐变为粉红色，多为半重瓣，少有单瓣花。海棠花姿潇洒，雅俗共赏，在皇家园林中常与玉兰、牡丹、桂花相配，形成玉棠富贵的意境。

❧　相关诗词：

昔闻游客话芳菲，濯锦江头几万枝。

纵使许昌持健笔，可怜终古愧幽姿。

（唐·贾岛《海棠》）

云绽霞铺锦水头，占春颜色最风流。

若教更近天街种，马上多逢醉五侯。

（唐·吴融《海棠二首》录一）

浓淡芳春满蜀乡，半随风雨断莺肠。

浣花溪上空惆怅，子美无心为发扬。

（唐·郑谷《蜀中赏海棠》）

蜀州海棠胜两川，使君欲赏意已猛。

春露浇开千万株，胭脂点索攒细梗。

朝看不足夜秉烛，何暇更寻桃与杏？

青泥剑栈将度时，跨马莫辞霜气冷。

（宋·梅尧臣《海棠》）

东风袅袅泛崇光，香雾空蒙月转廊。

只恐夜深花睡去，更烧高烛照红妆。

（宋·苏轼《海棠》）

川西奇观 卷三

在川西高原这片神秘而又美丽的土地上
生活着勤劳勇敢的汉族、藏族、羌族
以及其他少数民族同胞
保持着非常淳朴而又独特的
风土人情和生活习俗
……

四川的地形大致可分东西两个部分，以阿坝、甘孜、凉山三州的东界为界，东部为四川盆地，而西部为川西高原。

川西高原在面积上超过全省的一半，是一片广袤、神秘而又美丽的土地。境内分布着雪山、草地、冰川、激流，上有蓝天白云，下有珍禽异兽。生存条件虽然艰苦，而生态环境却异常优越。

川西高原平均海拔三千米以上，而海拔至四千五百米以上的山峰，则终年积雪不化。大雪山主峰贡嘎山海拔七千五百五十六米，为全省最高峰。

高原北部是青藏高原主体的一部分，这里还有大片沼泽、草地分布。当年红军长征经过的松潘草地，沼泽分布很广，而今许多地区已治理为良田。

高原南部峡谷纵列、雪山重叠，属于横断山区之北段。其间岭谷相间，省内自西向东排列着金沙江、沙鲁里山、雅砻江、大雪山、大渡河、邛崃山，岭谷高差明显，峡谷中森林广布，为全省主要的林区。

高原、盆地间的山区，处于中国地势第一级和第二级阶梯的过渡地带，自然环境非常复杂，动植物资源相当丰富，保存了许多特有和珍稀物种，如大熊猫、金丝猴、藏羚羊等，拥有卧龙、九寨沟、稻城亚丁等多处自然保护区。

四川湖泊不多，以西昌邛海、叠溪地震湖以及川滇交界处的泸沽湖最著名。邛海湖水由溪河注入安宁河，湖区风光优美。泸沽湖则以保持着母系氏族社会的遗风闻名于世。

　　川西这片神秘而又美丽的土地上，生活着勤劳勇敢的汉族、藏族、羌族以及其他少数民族同胞，保持着非常淳朴而又独特的风土人情和生活习俗。

　　在相当长的历史时期中，这里是文人墨客未曾知晓的世界，自改革开放以来，许多景区经过开发已向游人开放，并被逐步打造成为四川的黄金旅游带。

壹　卧龙自然保护区

　　卧龙自然保护区位于阿坝藏族羌族自治州汶川县西南，始建于 1963 年，占地二十万公顷，是国内最早建立的综合性国家级保护区（1963）、科普教育基地和爱国主义教育基地。

　　保护区处于邛崃山脉东麓、青藏高原向四川盆地过渡地带的高山峡谷区，五千米以上的高山有一百零一座，最高峰四姑娘山海拔六千二百五十米，与沟底相对高差五千一百米。这里峰峦重叠，终年云雾缭绕，原始森林、次生灌木林、箭竹林郁郁葱葱。

　　卧龙自然保护区有丰富的动植物资源和矿产资源，是典型的自然生态旅游区和保护野生大熊猫、人工繁育大熊猫的基地。区内其他珍稀濒危动物共有五十六种，如金丝猴、羚牛等。其他动物种类有脊椎动物四百五十种，昆虫约一千七百种。区内植物有近四千种，珍贵濒危植物达二十四种，如珙桐、连香树、水清树等，被列为国家级保护植物。因此，卧龙自然保护区又被誉为"动植物基因宝库"。

　　卧龙自然保护区地理条件独特，地貌类型复杂，风景多样，气候宜人，具有浓郁的藏、羌民族文化风情。

【链接一】大熊猫

　　大熊猫是一种珍稀动物，向有"活化石""国宝"之称。四川是大熊猫的故乡，全世界现存大熊猫总数约两千只，其中 85％生活在四川。四川宝兴蜂桶寨是世界上最早发现大熊猫的地方（1869），有半野生的大熊猫饲养场。

　　大熊猫体型大，外貌似熊，头圆像猫，毛色黑白相间，主要栖息于竹林中，以箭竹和桦桔竹为食。大熊猫是世界野生动物保护基金会的标志动物，与熊科关系较近，多数学者赞成建立单属种的熊猫科。大熊猫的历史比人类更古老。三百万年前，它曾经广泛分布在我国南方各省区，到第四纪更新世期间，地球气候剧变，由于冰川侵袭，使其分布区逐渐缩小，最后在川、陕、甘三省交界的山区找到避居地，得以幸存。

1957 年，第三届全国人民代表大会决定建立森林自然保护区；1962 年，国务院发出通令，严禁猎捕大熊猫；1963 年，四川境内建立了四个自然保护区：汶川县卧龙保护区，南坪县（现九寨沟县）白河保护区，平武县王朗保护区，天全县喇叭河保护区。

❖ 相关诗词：

川原深处竹斑斑，劲节长留宇宙间。

黑白分明新面目，弟兄作伴下林峦。

西游山姆惊魂落，东望燕都客梦还。

今日家邦方鼎盛，天涯何必唱阳关。

（现代·邓拓《咏熊猫》）

华夏尤物甚姣好，白质黑章逾绮藻。如今踪影遍万国，寰球人士皆倾倒。或云西人大维德，发现此物称最早。世人翕然应其声，惜哉未能深稽考。国有奇兽岂无闻，新名彰显旧名湮。典籍班班载貘豹，熊黑白纹著身。邛崃之山出此兽，顽皮天真不畏人。偶窃人食齧甑碎，谓食铜铁诧如神。所记历历信如绘，览之宁不愧先民。复闻驺虞出上古，性有至德形如虎。白身黑纹不食生，昔贤咏歌更仆数。吾谓驺虞即貘豹，熊形虎态浑相似。毛纹同色食亦同，性行温淳皆称美。我今合之为一物，得无遭哂为妄拟。蒿目斯世乱未休，生物澌灭令人愁。吾土熊猫历万劫，一线不绝亦堪忧。所幸志士四方至，珍护尤物有远猷。爱心岂独钟一物，人类众生情愈密。相亲相生即极乐，吾人持之长不失。

（现代·何崝《熊猫歌》）

【链接二】汶川大地震

汶川是全国仅有的四个羌族聚居县之一，因汶水得名。位于四川盆地西部边缘，是阿坝州的门户要地。东、南部与成都所辖都江堰市、彭州市、崇州市和大邑县接壤。西南部与雅安地区的芦山县、宝兴县为邻。西部和北部分别和阿坝州内的小金县、理县、茂县相连。四围山体雄浑高大，动植物资源十分丰富。

2008年5月12日下午2点28分，四川省发生里氏8.0级强烈地震，震中位于阿坝州汶川县映秀镇。据统计，"5·12"汶川地震严重破坏地区超过十万平方公里，其中，极重灾区共十个县（市），较重灾区共四十一个县（市），一般灾区共一百八十六个县（市）。截至2008年9月18日12时，"5·12"汶川地震共造成六万九千二百二十七人死亡，三十七万四千六百四十三人受伤，一万七千九百二十三人失踪，是中华人民共和国成立以来破坏力最大的地震，也是唐山大地震后伤亡最严重的一次地震。

经国务院批准，自2009年起，每年5月12日为全国"防灾减灾日"。

❧ 相关诗词：

俯身书案护诸生，留行千秋师表名。

地裂楼崩悲壮死，英雄肝胆父兄情。

（现代·李维嘉《英雄教师谭千秋》）

生前尔汝最情浓，寂寞空山玩具熊。

地下其安孩子睡，此间停打塔楼钟。

（现代·刘少平《玩具熊》）

败瓦颓垣劫后村，离离小草见青痕。

高低一片无情地，便被爹娘认作坟。

（现代·刘少平《地震瓦砾中初生青草》）

探身火海莫辞劳，野有哀鸿啼未消。

知尔从来重孝悌，好生推及到同胞！

（现代·滕伟明《地震诗稿》录一）

翻到年前短信息，温情顿起一*丝丝*。

等闲三字君安在，发自天摇地动时。

（现代·周啸天《五一二短信》）

贰 四姑娘山

　　四姑娘山在小金县与汶川县交界处，由横断山脉中四座毗连的山峰组成，传说为四个美丽的姑娘所化，因而得名。

　　四姑娘山以雄峻挺拔闻名，气候特殊，垂直高差显著，动植物资源十分丰富。山麓森林茂密，绿草如茵，溪流潺潺不绝，秀美有如南欧风光，故有"中国的阿尔卑斯"之称。

四姑娘山主峰幺妹峰海拔六千二百五十米，终年白雪皑皑。溪沟呈南北向穿行于峡谷之中，各沟纵深十余公里到数十公里。其中双桥沟纵深三十余公里，此外还有长坪沟、海子沟等。峡谷时宽时窄，宽阔处可达数公里。

四姑娘山是一片神奇美丽的土地，景区内居住着藏、回、汉等民族，古老动人的神话传说，热烈隆重的祭礼庆典，悠扬悦耳的山间民歌，以及青稞酒、酥油茶等，构成当地动人的民族风情。

❧ 相关诗词：

　　金川绝域地，秋尽雪漫漫。

　　木落悲风冷，山深战骨残。

　　寒光侵幕府，夜月照征鞍。

　　万仞青天上，崎岖去路难。

（清·查礼《雪山》）

【链接一】乾隆出兵金川

清乾隆皇帝曾于公元 1758 年、1773 年两次出兵大小金川，留下了懋绥古栈道、营盘乡等古战场遗迹。

❧ 相关诗词：

　　独松戍畔草初生，半亩园中鸟自鸣。

　　边地只今多雨露，家家火种又刀耕。（春）

泛泛皮航逐怒潮，轻轻竹筏度危桥。

谁知六月荒山里，尚有千年雪未消。（夏）

甲索山空木叶稀，金川水冷雪花飞。

短衣匹马追狐兔，徼外秋深正打围。（秋）

酿来咂酒不需觞，炙得猪膘分外香。

夷俗也知欢度岁，芦笙铜鼓跳锅庄。（冬）

（清·李焕《绥靖屯四时词》）

【链接二】红军长征遗址

　　1935 年，红一方面军翻越过夹金山，与红四方面军在小金达维会师，并在达维喇嘛寺及懋功四方台子内举行了盛大的庆祝会，毛泽东发表了重要讲话。6 月 26 日，中共中央召开了具有历史意义的两河口政治局会议。红军在这里留下了具有重大历史意义的遗址：红军会师桥、夹金山古道、庆祝会会址、三关桥、两河口政治局会址等。红军会师桥和两河口会址今为四川省重点文物保护单位（1980）。

❖　相关诗词：

　　雪皑皑，野茫茫，高原寒，炊断粮。红军都是钢铁汉，千锤百炼不怕难。雪山低头迎远客，草毯泥毡扎营盘。风雨侵衣骨更硬，野菜充饥志越坚。官兵一致同甘苦，革命理想高于天。

（现代·萧华《长征组歌》录一）

叁　九寨沟

九寨沟在川北阿坝藏族羌族自治州九寨沟县中南部，以沟内有九个藏族村寨得名。景区风光绮丽，向称"神秘天堂"。既是自然保护区，国家级风景名胜区（1982），又被联合国教科文组织列入世界自然遗产目录（1992）。

九寨沟总面积约七百二十平方公里，一半以上为林木繁茂的原始森林。景区面积六十二平方公里，以三沟一百一十八海为代表，包括五滩十二瀑，十流数十泉等水景为主景，与九寨十二峰联合组成高山河谷自然景观。

九寨沟景区主要分布在几条主沟内，一是树正景区，长七十五公里，有盆景滩、树正群海、树正瀑布、双龙海、火花海、卧龙海等景点；二是日则沟景区，有诺日朗、珍珠滩、高瀑布三大瀑布及镜海、熊猫海、芳草海、天鹅海、剑岩、原始森林、悬泉、五花海等景点；三是则查洼沟景区，有长海和五彩池等景点；四是扎如景区，有魔鬼岩、扎如寺等景点。

海子、瀑布、森林、雪峰、藏区风情被称为"九寨五绝"。

九寨沟保存着具有原始风貌的自然风光，水是九寨沟的精灵，乃至有人说："黄山归来不看山，九寨沟归来不看水。"九寨沟的海子极有特色，湖水终年碧蓝澄澈，明丽见底，随着光照变化、季节推移，呈现不同的色调与水韵。沟内湖泊错落，呈阶梯分布，达百余处。

九寨沟又是瀑布王国，几乎所有的瀑布都从密林狂奔出来，大小湖泊即由激流飞泻的瀑布连接，其中的诺日朗瀑布宽度居全国之冠。在阳光的照射下，瀑布区常常出现彩虹与瀑布齐飞的景象，令人流连忘返。

森林覆盖了景区一半以上的面积，两千余种植物争奇斗艳、色彩绚丽，林地上积满厚厚的苔藓且散落着鸟兽的翎毛，三万顷莽莽苍苍的原始森林随着季节的变化，呈现不同的色彩，令人叹绝。

九寨沟层峦叠嶂，山势挺拔，皑皑雪峰以蓝天为背景，于云海雾浪之中时隐时现。

九寨沟所在嘉陵江、岷江上游地区古称氐羌之地。九寨沟藏民祖先是生活在甘肃玛曲一带的俄洛部落，原属党项羌的一支，后被吐蕃征服。在九寨沟，神秘凝重、地域特色鲜明的藏族文化与奇异的山水风光融为一体，对四方游客有很强的吸引力。

2017 年 8 月 8 日 21 时 19 分 46 秒，九寨沟县发生里氏 7.0 级地震，震源深度二十千米。这次地震对九寨沟诺日朗瀑布、火花海等旅游景观和旅游基础设施造成较严重破坏，对当地自然景观和生态环境造成较大影响。目前，当地正在科学审慎地制定自然遗产保护和恢复重建方案。

❧ **相关诗词：**

惊呼造化夺天工，九寨风光果不同。

冉冉白云依绝壁，悠悠碧浪荡青松。

长滩怒卷千堆雪，镜海静浮万仞峰。

最是销魂忘返处，满山红叶笑秋风。

（现代·马识途《游九寨沟》）

莫道君行远，相约下南坪。苍山林海云杉，百里竞相迎。慢说山高万仞，我自乘风飞去，薄暮落荒城。回首高原渺，弓杠入云深。

溯幽谷，探长海，妙天生。林间瀑布奔腾，丛柳水中分。倒影水晶宫壁，清澈洞天玉柱，池暗五花明。九寨神仙境，白发不需行。

编者注：九寨沟县原名南坪县。

（现代·何郝炬《水调歌头·九寨沟》）

云卷千峰起，水洗万景新。

湖光画锦彩，群树雕花屏。

日丽鸟鸣畅，天高万壑深。

最奇白雪顶，野鹤伴闲云。

（现代·李尔重《九寨沟》）

九寨风光摹写难，山青水丽出天然。

镜湖澄影临仙境，高瀑飞泉泻碧潭。

绿树参天荫长海，瑶池掭彩接珠滩。

迭戈奉献非一景，红叶烜秋春花繁。

（现代·杨正苞《九寨风光二首》）

九寨寻诗反无诗，景色惊得人半痴。

恍惚已入神仙界，不知人间何所之。

（现代·榴红《题九寨》）

【链接一】五彩池

　　五彩池是九寨沟湖泊中的精粹，其地海拔两千九百九十五米，面积五千六百四十五平方米，在九寨沟众海中小巧玲珑，然而色彩却最为斑斓。池水异常清澈，池底岩面的石纹，由于池底沉淀物的色差以及池畔植物色彩的不同，使原本湛蓝色的湖面变得五彩斑斓。彩池呈梯度分布，池水层层漫溢，远看宛如片片碧色玉盘，在阳光的照射下或红或紫，色彩缤纷，诡谲奇幻，蔚为奇观。

❦ 相关诗词：

玉肌神水胭脂水，浴作人间五彩池。

谲紫妖蓝来入梦，粼粼风起日斜时。

（现代·谢守清《九寨沟五彩池》）

肆　黄龙

黄龙风景区地处川北松潘县境内岷山山脉南段，景观奇特、资源丰富、生态原始、保存完好，被誉为"圣地仙境，人间瑶池"。今为国家级重点风景名胜区（1982），被列入世界自然遗产名录（1992）。

黄龙风景名胜区面积七百平方公里，集中在一条南北向的长十五公里、宽约三百米的山峡中。风景区由黄龙本部和牟尼沟两部分组成。黄龙本部有黄龙沟、丹云峡、雪宝顶等景区，牟尼沟部分主要有扎嘎瀑布和二道海两个景区。黄龙以彩池、滩流、雪山、峡谷、森林、瀑布闻名于世，号称"六绝"。黄龙沟的巨型钙华岩溶景观是当今世界规模最大、保存最完好的喀斯特地貌，这里有世界上最壮观的露天钙华彩池群、最大的钙华滩流、最大的钙华塌陷壁。

黄龙各处散落着大大小小三千四百多个异彩纷呈、千姿百态的彩池及无数瀑布，蔚为奇观。其中迎宾池是主景区第一片彩池，犹如梯田般层层而上，碧波荡漾，令人神怡。

❧ 相关诗词：

闲身又得入禅林，松柏连山曲径阴。望去一番风景丽，分来五色水源深。特开多幅琅嬛境，为涤无聊尘垢心。仰识仙踪频指点，天青雪白此中行。飞来玉璋叠茏葱，雪岭晶寒峙碧空。谷口云霞香绚烂，洞中泉石倍玲珑。天开图画芳池里，水漾玻璃夕照中。一夜羌歌声唱合，不知初日已曈曈。

（清·汤德谦《吟黄龙》）

伍　雪宝顶

雪宝顶地处阿坝藏族羌族自治州松潘县境内，坐落于岷山南段，为岷山主峰，海拔五千五百八十八米，雪线高度约四千七百米，在藏语中称为"夏尔冬日"，意即东方海螺山。

雪宝顶高峰簇拥，主峰呈金字塔状，格外耀人眼目。主峰西南有卫峰玉簪峰，东南有四根香峰和小雪宝顶峰，因风光神秘壮丽，一向被藏族人民奉为神山。

其间高山湖泊星罗棋布，较大的海子有一百零八个，其中四海尤为著名：明镜般的东南圆海、城郭般的西南方海、弯月般的西北半圆海、金字塔影般的东北三角海，可谓各具情态。

　　雪宝顶四千米以下是茂密的原始森林和灌木林区，是大熊猫、金丝猴的活动场所。山麓花草遍布，灌木丛生，松柏参天。出产贝母、大黄、雪莲等名贵药材，也是青羊、山鹿、獐子等珍贵动物栖息、繁衍的场所。

❧ **相关诗词：**

　　　夷界荒山顶，番州积雪边。

　　　筑城依白帝，转粟上青天。

　　　蜀将分旗鼓，差兵助井泉。

　　　西戎背和好，杀气日相缠。

（唐·杜甫《西山三首》录一）

　　　有峰夸九顶，无雪不千秋。

　　　便觉通霄汉，还将问斗牛。

　　　泉飞云忽起，彩散日初浮。

　　　最喜当窗近，时时得坐游。

（明·朱廷立《雪山》）

　　　未是峨眉境，何来入座看。

　　　蛮中晴亦雪，徼外暑偏寒。

　　　云散千峰白，霜凝万壑丹。

　　　鳞鳞望不尽，指点是松潘。

题注：在咸州，距会城二百余里，晓起登楼望之，九峰皆白。

（清·方象瑛《望雪山》）

雪山高矗出云端，万里迎风六月寒。

珠树琪花装世界，衡峰嵩岳比弹丸。

凭空宜若登天易，退步还疑到地难。

料有玉虚仙子在，好为刊刻白阑干。

（清·徐镜岑《雪宝顶》）

陆　贡嘎山

贡嘎山景区在四川省甘孜藏族自治州泸定、康定、九龙三县境内，以贡嘎山为中心，今为国家级风景名胜区（1988）。在藏语中，"贡"是冰雪的意思，"嘎"是白色的意思，"贡嘎山"的意思就是白色冰山。

贡嘎山南北长约两百公里，面积一千余平方公里，主峰海拔七千五百五十六米，为省内最高峰，被誉为"蜀中群山之王"。

贡嘎山以冰川闻名，冰川面积达三百九十多平方公里，是世界上海洋性冰川最早发育的地区之一。景区冰川湖泊星罗棋布，有十多个高原湖泊，如木格错、五须海、人中海、巴旺海等，它们或在冰川脚下，或为森林环抱，水色清澈透明，宛若瑶池仙境。

贡嘎山地势高低悬殊，海拔五千米以上的山峰终年积雪，低海拔的坡麓地带森林密布、郁郁葱葱，自下而上分为七个气候区（亚热带、暖温带、寒温带、亚寒带、寒带、寒冷带、冰雪带），特定环境形成了多层次的立体植物带，几乎拥有从亚热带到高山寒带能生存的所有植物物种，其中有属国家级珍稀保护植物四百余种，珍稀动物二十八种。

❤ 相关诗词：

看遍天下山，莫如雪山好。幻出白帝魂，划破青天晓。屏张银嶙峋，龙腾玉夭矫。百谷分寒涛，万古绝飞鸟。霞外吐光晶，雨余贡窈窕。永作蛮云障，特生玉莲皎。造化秘孤秀，泰华渐卑小。道人神形清，冻猿颜色愀。一世不能涅，群峦但相绕。岭半雾冥冥，峰头月了了。会有素心人，相期凌八表。

（现代·徐炯《雪山》）

柒　桃坪羌寨

桃坪羌寨号称"东方古堡"，在四川省阿坝藏族羌族自治州理县桃坪乡。它是当今世界上唯一保存完好的羌族古寨。寨始建于公元前111年，距今已有两千多年的历史。

桃坪羌寨堪称羌族建筑文化艺术的活化石，寨中古建筑是在不绘图、不吊线的情况下，用泥土和片石信手砌成的，却合乎力学原理。石堡墙面正中有一个从顶到底的棱角状曲线，楼房承受的压力正是通过这一曲线波纹分流扩散，使得建筑经历千百年的风霜雨雪和地震之类的自然灾害——包括"5·12"汶川大地震的考验，至今完好无损。

羌寨以古堡为中心，耸立着两座九层石块垒砌的土舍碉，与对岸山峰烽火台遥遥相望。八个出口以碉楼为中心呈八卦形布局，屋屋相连，户户相通，背山面水，面南背北。每个出口以甬道织成路网，所以本寨人进出自如，而外来者却如入迷宫。

堡内地下供水系统是中国古建筑中的一个奇迹。羌寨先民在建寨时，就规划了地下水网，以青石板砌成许多条暗沟，从五千多米高的大包山上引出泉水，经暗沟流入每家每户。平时保证生活取水和消防取水，战时还可以当作暗道使用。人行寨内，但闻水声淙淙，心境为之一清。此外，地下水网还能调节寨内温度，被人称为"绿色空调"。

山寨出土的石棺葬，陪葬品多为陶器，间有铜、铁、木制器具，是研究羌民族古老的历史、独特的风俗习惯和民族文化的宝贵资料。

【链接一】米亚罗

米亚罗地处阿坝藏族羌族自治州东南缘，犹如镶嵌在川西北高原上的一颗璀璨耀眼的明珠，这里的风光以米亚罗红叶、古尔沟温泉、浓郁的藏羌风情以及毕棚沟山水著称，吸引着四方来客。

❧ 相关诗词：

萧萧西风起，霭霭白云升。

天清喜雨霁，爽气拂衣襟。

红叶寄深意，温汤洗净明。

长天一极目，秋日胜春晴。

（现代·何郝炬《题米亚罗红叶温泉二首》）

【链接二】马尔康

马尔康城海拔三千米，是阿坝藏族羌族自治州州府所在地，是全州政治、文化、金融、信息中心。"马尔康"在藏语中意为"火苗旺盛的地方"，引申为"兴旺发达之地"。它是以原嘉绒十八土司中卓克基、松岗、党坝、梭磨四个土司属地为雏形建立起来的，故又称"四土地区"。

❧ **相关诗词：**

我爱谢灵川，披云卧石恣游赏；我爱阮嗣宗，临水登山独来往。一口岂容匙插双，此身能著屐几量。何为束缚红尘中，鸟在樊笼鱼在网。我马瘏矣出遐荒，我目豁然喜开朗。长江势卷碧天浮，远山气与新秋爽。

（清·陈克绳《四土诗文》）

捌 红军长征纪念碑

1989年10月落成的红军长征纪念碑位于松潘县川主寺，为省级文物保护单位（2001）。

川主寺在元宝山上，元宝山地处岷江上游，形如金字塔，后缘为脊状山梁，背靠雪山，面对草地，岷江在山脚下南流而去。

红军长征纪念碑碑园由主碑、大型花岗石群雕、陈列室三大部分组成。主碑耸立于元宝山顶，由红军战士铜像、碑体和基座组成，高达四十一点三米。红军战士铜像一手持步枪，一手执花束，双手高举成V字形，象征胜利。铜像高十四点八米，碑体高二十四米，汉白玉基座高二点五米。

每年夏季，夕阳西下时，红军长征纪念碑碑体在逆光中折射出金光万道，数里以外便可见到。雨夜雷电交加时，主碑在漆黑中会泛出金光，如星星之火，人称"瀑雨泛金"。而雨后初霁，或有彩虹出现，纪念碑映照其下，光彩照人，则又蔚为奇观。

❧　相关诗词：

手足情，同志心；飞捷报，传佳音。英勇的二、四方面军，转战数省久闻名。历尽千辛万般苦，胜利会聚甘孜城。全军痛斥张国焘，欢呼北上并肩行。边区军民喜若狂，红旗招展迎亲人。

（现代·萧华《长征组歌》录一）

玖　红原·若尔盖

红原、若尔盖草原在阿坝藏族羌族自治州东北部的红原县和若尔盖县境内。草原由草甸草原和沼泽组成，地势平坦，一望无际，面积近三万平方公里。绿草如茵的大草原上，黑白相间的帐篷以及星星点点的牛羊马群散布在草原上，风光美丽如画。

红原县地处青藏高原的东南缘，平均海拔三千六百米以上，地貌具有山原向丘状高原过渡的典型特征。查针梁子如一条绵延巨龙，横亘草地边缘，成为县境南北山原与丘状高原的天然分野。县境南部鹧鸪山巍然挺立，山顶积雪气势雄伟，梭磨河穿境而过；北部山丘浑圆，疏落有致，草地连绵，积水成沼，是候鸟栖息的家园。

若尔盖县境内地形复杂，黄河与长江流域的分水岭将全县划分为两个截然不同的地理单元和自然经济区。中西部和南部为典型丘状高原，平均海拔三千五百米，丘陵起伏，谷地开阔，河曲发达，水草丰茂，以饲养牦牛、绵羊和马为主，是该县的纯牧业区。北部和东南部山高谷深，地势陡峭，海拔二千四百米至四千二百米，是该县的半农半牧区，有农耕地八万亩，适宜种植一年生农作物。

若尔盖是境内动植物种类繁多，物产丰富，栖息着黑颈鹤、藏鸳鸯、白鹳、梅花鹿、小熊猫等珍禽异兽。盛产麝香、虫草、贝母、鹿茸、雪莲等名贵药材。

❤ 相关诗词：

牛羊万点散高原，黑白明珠碧玉盘。

天地苍茫人独立，裘衣盛夏朔风寒。

毡帐炊烟绕白幡，风高鹰疾任盘旋。

扬鞭跃马藏家女，不解挑花和种田。

剧中赛马战旗开，千顷牧场当戏台。

霜刃金盔炫日色，追风八骏绝尘埃。

宝帐辉煌白地毡，糌粑羊肉垒磁盘。

草原如海情如海，龙碗奶茶着意添。

（现代·李维嘉《若尔盖组诗》录四）

拾　蒙顶山

　　蒙顶山古名蒙山，坐落在四川盆地边缘的雅安市名山县境内，素有"仙茶之乡"的美誉。

　　蒙顶山由上清、玉女、井泉、甘露、菱角等五峰组成，诸峰相对，状似莲花，山势巍峨，峻峭挺拔，长年细雨绵绵。这种云雾弥漫的生态环境，能减弱太阳光直射，使散射光增多，利于茶树生长发育和芳香物质的合成。

　　蒙顶山是历史上有文字记载人工种植茶叶最早的地方，为蜀郡种茶的发源地，也是中国名茶的发祥地。唐朝时蒙顶茶曾作为贡茶，闻名遐迩，事见《元和郡县志》："蒙山在县南十里，今每岁贡茶，为蜀之最。"

　　蒙顶山产茶始于西汉，距今已有两千多年历史。西汉药农吴理真，在蒙顶山发现野生茶的药用功能，于是在蒙顶山五峰之间的一块凹地上移植栽种了七株茶树。这些茶树后被人称作"仙茶"，吴理真也被后人称为"茶祖"。

蒙顶茶是四川蒙山各类名茶的总称，主要品种有甘露、黄芽、石花、万春银叶、玉叶长春（以上五种为传统名茶），以及特级绿茶，各级烘青、炒青，各种茉莉花茶、沱茶等。

唐代以后，蒙顶山被封为圣山，专门种植贡茶，只有达官显贵才能饮到蒙顶茶。历代文人墨客盛赞蒙顶茶的诗文甚多，达数百篇以上。

❧ 相关诗词：

兀兀寄形群动内，陶陶任性一生间。

自抛官后春多醉，不读书来老更闲。

琴里知闻唯渌水，茶中故旧是蒙山。

穷通行止长相伴，谁道吾今无往还？

（唐·白居易《琴茶》）

闻道蒙山风味佳，洞天深处饱烟霞。

冰绡剪碎先春叶，石髓香黏绝品花。

蟹眼不须煎活水，酪奴何敢问新芽。

若教陆羽持公论，应是人间第一茶。

（唐·黎阳王《蒙山白云岩茶》）

蒙山顶上春先早，扬子江心水味高；陶家学士更风骚。应笑倒，销金帐，饮羊羔。

（元·李德载《中吕·喜春来·赠茶肆》）

色淡香长品自仙，露芽新掇手亲煎。

一瓯沁入诗脾后，梦醒甘回两颊涎。

（清·赵恒《试蒙山茶》）

【链接一】川茶

　　川茶亦称"蜀茗""蜀茶"，在西周时已属贡品，唐陆羽《茶经》有十七处写到蜀茶。宋代蜀州多产茶，范镇《东斋纪事》列出蜀地产茶区多达八处，成都府年产茶达一千六百一十七万斤。四川各地，无论城乡，均有茶馆，"四川茶馆甲天下"之说，诚非虚语。

❧　**相关诗词：**

越碗初盛蜀茗新，薄烟轻处搅来匀。

山僧问我将何比？欲道琼浆却畏嗔。

（唐·施肩吾《蜀茗词》）

瑟瑟香尘瑟瑟泉，惊风骤雨起炉烟。

一瓯解却山中醉，便觉身轻欲上天。

（唐·崔道融《谢朱韦侍寄蜀茶》）

少逢重九事豪华，南陌雕鞍拥钿车。

今日蜀州生白发，瓦炉独试雾中茶。

（宋·陆游《九日试雾中僧所赠茶》）

灌口沙坪摘小春，素馨茉莉荐香尘。要知贮月金波味，只有餐

199

霞玉洞人。　云叶嫩，乳花新，冰瓯雪碗却杯巡。清风两腋诗千
首，舌有悬河笔有神。

（明·杨慎《鹧鸪天·以茉莉沙坪茶送少岷》）

青城好，一绝洞天茶。别后余香留舌本，携归清味发心花。仙
茗自仙家。

（现代·赵朴初《忆江南》）

拾壹　碧峰峡

　　碧峰峡景区在雅安市北十六公里处，是国内第一个融自然
风景区与生态动物园为一体的景区，同时也是世界上最大的大
熊猫半散放式基地。景区有两条峡谷，左峡长七公里，右峡长
六公里，呈 V 字形，形成循环式游览路线。
　　碧峰峡景区的植被、峡景和瀑布堪称三绝。峡内林木葱郁，
苍翠欲滴，重峦叠嶂，奇峰耸峙，瀑布众多，溪流奔泻。沿石
板路在峡区内环绕旅游，可领略大自然险奇秀幽的原始风貌。
由于降雨丰富，温度适宜，负氧离子含量高，人们在此感觉十
分舒适，碧峰峡因此有"天然氧吧"的美誉。
　　景区内著名景点有黄龙峡、天仙桥、天然盆景、千层岩瀑
布、白龙潭瀑布、女娲池、滴水栈道等六十多处。黄龙峡与碧
峰峡相依，长四公里，最窄处仅三十米。陇西河盘旋于谷中，
蜿蜒湍急。峡内有龙女峰、虎啸峰、金猫峰、银鼠峰，皆以形

似之物命名。

碧峰峡有瀑布、溪潭五十余处，构成了景区一道独特风景线。千层岩瀑布从一百二十米多高的绝壁坠落，因千层岩石而分为三段，气势十分壮观。鸳鸯瀑布因岩石阻挡一分为二，形成左右两条大小不等的瀑布，成双而下。此外，著名的瀑布还有白龙潭瀑布、青龙潭瀑布等。

滴水栈道在右峡旅游栈道处，溪水从十余米高的裸岩上洒落，游人到此，无不驻足仰望，身心为之一爽。女娲池是白龙潭瀑布下经水流多年冲刷而形成的开阔潭池，好事者指为女娲沐浴之所。池水清澈见底，周围青山绿翠，花香鸟语，环境宜人。

碧峰峡野生动物园分三个园区，一是猛兽车行观赏区，二是温驯动物步行观光区，三是夜间动物园。园内共放养野生动物四百余种，一万一千余只。

❦ 相关诗词：

> 一剑峰寒出九霄，松涛万顷走盘雕。
>
> 鱼衔画毂冲云路，星落琼筵嵌柳腰。
>
> 明月猿怜鸿雁影，玉楼乐撼广陵潮。
>
> 旅游自是新鲜事，应谢陶朱拓内销。

（现代·汤霖《雅安碧峰峡》）

【链接一】芦山

雅安市芦山县在四川盆地西缘，属盆周山区县。北与汶川，东北与崇州、大邑，东南与邛崃，南与雨城区，西南与天全，西北与宝兴相连。芦山自秦时建县至今已两千多年历史，东汉石刻馆、樊敏碑、平襄楼、王晖石棺等为国家级或省级文物保护单位，芦山被四川省命名为"历史文化名城"。

2013年4月20日8时2分，芦山县发生七级地震。如今，经过数年灾后重建，芦山地震灾区走出一条科学重建、跨越式发展新路，曾经满目疮痍的家园，而今万象更新，欣欣向荣。

❤ **相关诗词：**

扰扰走人寰，争如占得闲。防愁心付酒，求静力登山。见药芳时采，逢花好处攀。望云开病眼，临涧洗愁颜。春色流岩下，秋声碎竹间。锦文苔点点，钱样菊斑斑。路远朝无客，门深夜不关。鹤飞高缥缈，莺语巧绵蛮。养拙甘沉默，忘怀绝险艰。更怜云外路，空去又空还。

（唐·雍陶《卢岳闲居十韵》）

一派嶙峋接地生，谁人不说是天成。

仙凡隔世无来往，故设慈航渡众生。

（明·竹密《灵鹫峰天生桥》）

芦山城南四五里，乡人发掘汉墓址。石棺有画复有铭，王晖伯昭上计史。建安十六岁辛卯，九月下旬秋已老。翌载林钟辰甲戌，长随落日入荒草。龙虎矫矫挟棺走，龟蛇纠缪尾与首。地底潜行二千年，忽尔飞来入我手。诚哉艺术足千秋，相逢幸有车瘦舟。能起死人肉白骨，作者之名尚未留。曾读雅州樊敏碑，碑乃建安十年造。石工堂堂列姓名，姓刘名盛字息燥。为时相隔仅七载，况与芦山同健在。相此当亦刘家龙，惘然对之增感慨。西蜀由来多名工，芦山僻地竞尔雄。奈何此日苍茫甚，山川萧条人物空。

（现代·郭沫若《咏王晖石棺》）

龟长于蛇古有说，只今思之意惘然。二物同心剧相爱，纠缪不解二千年。憎到极端爱到底，总以全力相周旋。曾见罗丹接吻像，男女相拥何缠绵。又见米克朗杰罗，壁画犹存刻世篇。视觉均觉力不逮，目目相向入神玄。龟如泰山镇大蛇，蛇如长虹扛九天。天地氤氲信如此，太极图像殊可怜。爬虫时代久寂寞，忽见飞龙今在田。谁氏之子象帝先，徒劳想象空云烟。

（现代·郭沫若《题王晖石棺玄武象》）

拾贰　泸定桥

泸定桥是一座铁索桥，是连接藏汉交通的纽带，建于清康熙年间。它是大渡河上的第一座桥梁，今为国家重点文物保护单位（1961）。"泸定桥"三字，出于康熙皇帝御笔——这块御碑如今还屹立在西桥头。泸定县因此得名。

泸定地处贡嘎山的东坡，二郎山西麓，大渡河中游，甘孜藏族自治州东南部，自古即是川藏交通、商贸、军事的要津，素有"康巴东大门"之称。泸定生态古朴，林木参天，芳草萋萋，风景如画。年平均气温为摄氏 17 度，冬无严寒，夏无酷暑，四季如春。境内平坝、谷地、山原、高原、冰川等俱全，从河谷到谷岭气候、植被、土壤等明显呈垂直递变趋势，属典型的立体气候，为世所罕见。

  1934年，红军勇士突破天险，强渡大渡河，粉碎了蒋介石要让朱、毛成为第二个石达开的美梦，泸定铁索桥因此也成为红军长征史上的一座里程碑，从此闻名天下。

❦ 相关诗词：

  泸水环遐域，天然界汉羌。

  通津横铁锁，抢险壮金汤。

  影落鱼潜遁，虹悬鸟避翔。

  丰碑留御笔，予右镇蛮荒。

（清·岳钟琪《咏铁索桥》）

  灵关沫水夹崔嵬，大小金川合更开。

  翦渡皮船侵浪去，横江铁锁步虚来。

  两崖瀑影千峰雪，百里滩声万古雷。

  此地艰难依虎兕，看君谈笑扫蛇虺。

（清·骆成骧《泸定桥》）

  乱山横叠嶂，一水卷奔涛。

  御笔痕犹在，安澜铁未销。

  烽烟怀往古，人物看今朝。

  西去高原路，银花遍地飘。

（现代·赵洪银《过泸定》）

红军不怕远征难，万水千山只等闲。

五岭逶迤腾细浪，乌蒙磅礴走泥丸。

金沙水拍云崖暖，大渡桥横铁索寒。

更喜岷山千里雪，三军过后尽开颜。

（现代·毛泽东《七律·长征》）

拾叁　康定

　　康定地处四川盆地到青藏高原与云贵高原之间的过渡地带，是甘孜藏族自治州州府所在地，是以藏族为主，兼包汉、回、羌等十七个民族聚居的地区。

　　康定在历史上是汉藏茶马互市的商品物资集散中心，是藏区三大文化中心之一，是内地通往西藏的交通要冲。康定城坐落在群山之间，折多河、雅拉河穿城而过，两岸峰峦夹峙。

　　城南有跑马山，山顶为草坪，有白塔掩映于密林中。山行二十五公里，可到五色海，水深不可测。登山顶西向，可见雪山万里，一览无余。城北郭达山，相传为诸葛亮与牦牛国王相约借一箭之地处。

　　康定是锅庄文化的发祥地，藏区特有的民族文化在这里与外来文化融合交流、相互渗透，产生了家喻户晓的《康定情歌》。

❖　相关诗词：

　　危峰峭壁插青天，一线中通鸟道悬。

马过溪头蹄带雪，断岩千尺挂龙泉。

（清·爱新觉罗·胤礼《瓦斯沟》）

练影何年开石窦，雷声终古响岩扉。

悠悠小憩空亭里，雪浪如花欲湿衣。

（清·惠龄《咏头道水》）

向晚客心悸，殷殷众壑号。

灵胥谁激怒，移得海门潮。

（现代·张大千《瓦斯沟》）

生小康娃爱踏歌，打柴日日上山岢。

风前不管无人听，唱彻新声子耳坡。

（现代·曾慎言《康娃》）

古道云山入画图，喧阗市井杂屠酤。

情歌唱得游人醉，跑马溜溜打箭炉。

（现代·滕伟明《跑马山上望康定》）

拾肆　木格措

　　木格措风景名胜区在康定城北雅拉乡境内，距康定县城二十六公里。

木格措的汉名是野人海，又名大海子，海拔三千七百米，水域面积近四平方公里，水深逾七十米，是川西北最大的高山湖泊之一。相传有青年男女私奔于此，化为云雾。

木格措在群山、森林、草原环抱之中，四围点缀着红海、黑海、白海等几十个小海子。景区内主要景点有七色海、药池沸泉、杜鹃峡及大海子。

七色海是冷泉与温泉交融的共生湖。月牙形的海子像一面五光十色的镜片，镶嵌在森林与草坪之间。丛林中鸟在飞，湖水里鱼在游，湖岸上是青青的草坪，湖对岸是骆峰山，左侧是莲花山，山影倒映湖中，水波荡漾，令人心旷神怡。

药池沸泉距七色海三公里，海拔三千五百米，其地有高温喷泉眼二十余处，水温可高达摄氏九十度，水中含有多种对人体有益的微量元素，对眼、胃及风湿等疾病有独特疗效，自古以来被称为"神水"。

杜鹃峡长六公里，东头是七色海，西头是野人海。峡谷中溪涧奔流，林木葱茏。峡以杜鹃花得名，野生杜鹃多达六十八种，花树高可数丈，矮不盈尺，花期长达四个月（4—7月）。杜鹃峡将温泉、湖泊、草坪、奇峰异石和激流飞瀑整合一体，呈现出浓郁的原始自然风光。

❧　相关诗词：

情天恨海忽遭逢，白石碧波凝望中。

品味孤寒凄美曲，行云行雨总朦胧。

（现代·滕伟明《木格措》）

拾伍　稻城·亚丁

　　稻城县属川西甘孜藏族自治州，亚丁自然保护区距县城八十三公里，面积五万六千公顷，今为国家级自然保护区（2001），被联合国教科文组织列入世界人与生物保护圈（2003）。

　　稻城既有终年积雪的高海拔山岭，又有幽深诡秘的低海拔河谷，还有宽阔的草场，溪流交错，森林一望无际。稻城高原是由横断山系的贡嘎雪山和海子山组成，两座大山南北对峙，山势雄秀。高原北高南低，西高东低。丘状、冰蚀岩盆和断岩盆地遍布于高原上，是中国最大的古冰体遗迹，称"稻城古冰帽"。

　　海子山草原辽阔，冰蚀地形充分发育，怪石林立，大小海子星罗棋布，多达一千一百四十五个，在国内独一无二。中部波瓦山山势雄秀，南部俄初山挺拔俊俏，如白衣仙子端坐云端。稻城河、赤土河、东义河流过县境，支流有巨龙河、俄初河等，均汇入木里县水洛河再注入金沙江。

　　仙乃日、央迈勇、夏诺多吉三座山峰呈品字形排列，向称"稻城三神山"，被评为中国最美十大名山之一。北峰仙乃日神山海拔六千零三十二米，是稻城第一高峰，传说中为观世音菩萨的化身；南峰央迈勇相传为文殊菩萨化身；东峰夏诺多吉相传为金刚手菩萨化身。当地传说，朝拜三次神山，便能实现今生之所愿。

　　"亚丁"在藏语中的意思是向阳之地。亚丁自然保护区地处横断山脉中段，紧靠金沙江、澜沧江、怒江，高山耸立，峡谷相间，地形复杂。该区域由于海拔相差较大，从河谷亚热带到高山寒带，横跨五个自然气候带，经长期演化，形成多种植被类型，国家级保护植物众多，其中铁杉、高山栎同根的情人树，堪称植物世界奇观。亚丁自然保护区是青藏高原东部一座重要的地质历史博物馆和基因库。

❖ 相关诗词：

戴雪青天外，神山近览初。

清心餐爽气，悦目对仙姝。

净土世间有，尘心何处无。

名标香格里，揽辔意踟蹰。

（现代·赵洪银《稻城亚丁览胜》）

【链接一】香格里拉

稻城的发现应归功于美国人洛克。1928年，美国《国家地理》杂志陆续刊登美国探险家洛克在中国滇、川、藏科考的文章和图片，其中部分内容涉及稻城。它们后来成为英国人希尔顿的小说《消失的地平线》（1933）的创作素材——小说描绘了一个远离战乱的、世外桃源般的香格里拉。这部小说的畅销，在西方世界掀起一股寻找香格里拉的热潮，稻城被认为是香格里拉的中心，或称"最后的香格里拉"。

❖ 相关诗词：

未践同游系远思，云天西望每痴痴。

沿途胜境羞相问，待诵盈囊画与诗。

（现代·陈本厚《遥寄稻城游诸友》）

【链接二】雅砻江

雅砻江是金沙江最大支流，也称"小金沙江"，源出青海省巴颜喀拉山南麓，东南流经甘孜、新龙、雅江等县，于攀枝花市三堆子附近汇入金沙江，流域面积约占整个金沙江的40%。两岸高山夹峙，江流湍急，是公认的水电开发的黄金水道。该河流在四川省境内将规划建设二十一级水电站，总装机容量近三千万千瓦。目前已建成的二滩水电站，是我国 20 世纪建成的最大水电站。

❧ **相关诗词：**

淘淘徼外水，桑径旧名若。浩波穿山来，浑沌谁开凿。源发西北垠，千里难束缚。流经三瞻对，到此逼山脚。再过宁远界，狂涛自惊弱。下注会理疆，汇入金沙壑。我昔趋盐源，曾向此江泊。今夏历中渡，骇浪势相搏。扁舟剪江过，晓风吹不恶。危矶喧浪花，陟险情亦乐。

（清·查礼《雅砻江》）

昨日穿云林，今朝过雪山。咫尺风土异，苍茫宇宙宽。火龙不到处，夏日应生寒。冻泉依石泻，凌水作镜看。松杉畏山岭，避风藏山湾。遂令重叠嶂，头秃空巑岏。饥马恨草短，仆夫苦衣单。悲歌猛虎行，惆怅行路难。

（清·李苞《过雅江西行》）

冰封江冻思鱼鲜，不畏晨风凛冽寒。
铁斧斫开冰一段，网罟布下一线牵。
待到朝阳照冰面，只见青黛银白翻。
摘下鱼儿堆冰上，花鱼土鱼一大滩。

（现代·秦刚《雅砻江打冰冻鱼》）

【链接三】雀儿山

　　雀儿山在青藏高原东南缘，主峰海拔六千一百六十八米，在四川甘孜藏族自治州德格县境内，山峰北坡和东南坡谷中躺卧着两条大型冰川，冰川舌部直伸到海拔四千五百米的森林边缘。雀儿山海拔五千米以上的雪峰有数十座之多，是康藏交通的要塞。雀儿山的雪线在四千七百米至五千二百米之间，冰川形式以冰斗冰川为主，冰面上布满了纵横的裂缝和奇丽的冰塔。丘状的高原上是呈块状分布的云杉等植物。森林中、草原上栖息着黑熊、林麝、白唇鹿、鬣羚、雪豹、岩羊等二十多种动物。

❧　相关诗词：

　　横空兀立雀儿山，长锷巍巍刺破天。

　　数峰长披万古雪，时搅玉龙镶银边。

　　一条大道通卫藏，蜿蜒跃上碧云间。

　　漫云蜀道古今难，壮士一越视等闲。

（现代·秦刚《雀儿山远眺》）

拾陆　西昌

　　西昌是凉山彝族自治州首府，也是一座有两千多年历史的古城，今为省级历史文化名城（1992）。西昌由于海拔、气温、日照、经纬度等原因，大气中悬浮物质少、空气透明度大，所以月亮看起来特别明亮，故有"月城"之誉；因为中国西昌卫星发射中心建在这里，故又有"航天城"的美称。

西昌自古便是中国西南边陲的重镇和南方丝绸之路上的一颗璀璨夺目的明珠。秦汉以来，历代政权均在此建立郡、州、司府，委派官吏。汉元鼎六年（前111）武帝遣司马相如为使，建邛都，辖十五县，治所即在西昌。

西昌境内山川秀丽，风光迷人，有省级风景名胜泸山、邛海、螺髻山、黄联土林奇观等，有以卫星发射基地为中心的航天高科技观光旅游，还有以彝族等少数民族的民风民俗为主的风情旅游，吸引了众多旅客前来旅游观光。

【链接一】攀枝花

攀枝花在四川凉山彝族自治州西南金沙江和雅砻江交汇处，是全国唯一以花命名的城市。1965年建市，是一座新兴的移民城。攀枝花拥有丰富的矿产、水能、旅游资源，是中国西部重要的钢铁、钒钛、能源基地。攀枝花全年阳光明媚、气候宜人，有溶洞、石林、瀑布、温泉、原始森林、高山草坪、地下海子等自然景观。

❧ 相关诗词：

天帐地床意志强，渡口无限好风光。

江水滔滔流不息，大山重重尽宝藏。

悬崖险绝通铁道，巍山恶水齐变样。

党给人民力无穷，众志成城心向党。

编者注：攀枝花市原名渡口市。

（现代·彭德怀《1966年视察攀枝花作》）

晨自泸山发，飞驰峡道中。忽见霸王鞭者，耸立一丛丛。车辆穿梭织锦，尘毂轻扬上树，公路宛如龙。仿佛琼州岛，赤日照当空。

蕉叶茂，桉树密，挺深棕。甸沙关上，漫饮清茶沐凯风。欲往攀枝花去，只为迟来一月，不见木棉红。别有奇花放，钢都基建雄。

（现代·郭沫若《水调歌头》）

多去西南峥嵘地，少去江南鱼米乡。
生身故乡非不爱，更爱三线炼人场。

（现代·华罗庚《赞渡口》）

焰焰烧天万丈红，向来此树号英雄。
今朝灯火山城见，昨日荒空沟壑中。

（现代·赵朴初《木棉花》）

拾柒　泸沽湖

泸沽湖海拔约二千七百米，面积近五十平方公里，是由断层陷落而成的高原深水湖泊，地处川滇交界的群山之中。由于处地偏僻，保持了良好的生态环境，水质特别纯净，风光具有近乎原始的朴素美。

泸沽湖由草海和亮海两部分组成，周围山峦起伏，亮海如明镜一般透亮，草海生长着绿色的、黄色的、紫红色的小草。

　　泸沽湖东北面有峭拔壁立的肖家火山，西北有状如雄狮蹲踞的格姆女神山，湖东有山梁蜿蜒伸入湖中成为一个美丽的半岛，几乎将广阔的湖面分成两半。

　　泸沽湖是川滇高原的鱼米之乡，田地丰饶，稻麦飘香，菱荷满塘。当地放牧都在水中进行，牧童赶着牲口行走在浅水里觅食小鱼、小虾和水草。湖内岛屿形如绿色的小船，漂浮在湖面上。清乾隆年间《永北府志》将泸沽三岛列为胜景之一。如今，湖畔没有楼台水榭，只有蓝天白云，点点轻鸥。

　　泸沽湖周围居住着蒙古、纳西、汉、藏、普米、傈僳、彝等多个民族。在四川境内以蒙古族为主。而纳西族摩梭人的社会形态和婚姻习俗至今还保留着母系社会的特征，更是使泸沽湖名扬天下的主要原因。

❖　相关诗词：

　　何处来三岛，苍茫翠色流。嶙峋吞海气，缥缈壮边陬。叠嶂临波动，连峰倒影浮。浦寒猿啸月，汀冷雁鸣秋。雨后烟鬟净，云中螺碧幽。乘槎如有约，即此是仙洲。

（清·谢秉肃《泸沽湖三岛》）

峨眉川江

卷四

我家江水初发源
宦游直送江入海
从峨眉山下的乐山
沿江直到盆地东南的内江一带
自古以来
人杰地灵

"蜀江水碧蜀山青"，这是白居易《长恨歌》中的名句，而诗人心目中的蜀山，首先是峨眉山。李白就说过："蜀国多仙山，峨眉邈难匹。"

　　峨眉山耸立在四川盆地西南边缘，山势巍峨，层峦叠翠，向有"峨眉天下秀"之称。峨眉山多佛寺古迹，是我国佛教四大名山之一。

　　在峨眉山的东北有一条青衣江，源出于四川芦山县，流至乐山汇入岷江。对岸就是举世闻名的乐山大佛，以及比大佛更大的由山体自然形成的卧佛。

　　岷江和乌江、沱江、嘉陵江是长江在四川盆地的四大支流，分别自南北两侧注入长江，形成盆地中不对称的向心状水系。

　　岷江西边的一条支流大渡河，发源于巴颜喀拉山，亦至乐山汇入岷江，全长一千零七十公里，大部分奔流在雪山峡谷之中，古称"天险"。著名的铁索桥——泸定桥，就在大渡河的中段。

　　"我家江水初发源，宦游直送江入海。"从峨眉山下的乐山，沿江直到盆地东南的内江一带，自古以来，人杰地灵。

　　宋代文豪苏轼及其父苏洵、其弟苏辙，现代文豪郭沫若，被徐悲鸿誉为"五百年来第一人"的国画大师张大千，兼资文武全才的中华人民共和国元帅陈毅，都诞生在这片土地上。

壹 峨眉山

峨眉山是中国四大佛教名山之一，为普贤菩萨道场，在四川中南部，是四川盆地向青藏高原的过渡地带。

主峰万佛顶海拔三千零九十九米，比五岳中最高的华山高一千多米，所以向称"高凌五岳"。

峨眉山形体高大，气势雄伟，又称"大光明山"，它以秀美的自然风光和佛国仙山的文化定位而驰名中外，美丽的自然景观与悠久的历史文化内涵完美结合，相得益彰，向有"峨眉天下秀"之誉。

峨眉山处于多种自然要素的交汇地区，特有物种繁多，是一座天然的动植物乐园，有植物五千多种，已知动物二千三百多种。古生常绿混交林带十七万多亩成垂直分布，拥有珙桐、桫椤等珍稀植物和苏门羚、大蚯蚓、枯叶蝶和峨眉灵猴等多种稀有动物。峨眉观猴已经成为游山必不可少的一项活动。

峨眉山集自然风光与佛教文化为一体。宗教文化特别是佛教文化，构成了峨眉山历史文化的主体，所有的建筑、造像、法器以及礼仪、音乐、绘画等无不展示佛教文化的博大精深。峨眉山上寺庙林立，其中以报国寺、万年寺等八大寺庙最为著名，吸引着无数的信众、香客游山礼佛，文人、学者赋诗作画、述文记游，高僧说法传经，共同创造了璀璨的峨眉山文化。

东汉时，药农蒲公在今金顶创建普光殿。公元3世纪，普贤信仰之说在山中传播，大小寺宇，莫不崇奉普贤菩萨，四方信士礼敬普贤者，亦莫不指归峨眉。宋太平兴国五年（980），内侍张仁赞赍黄金三千两，于成都铸造巨型普贤铜佛像供奉于今万年寺内，成为峨眉山佛像中的精品，文化艺术价值极高，今为全国重点文物。

浩然坐何慕，吾蜀有峨眉。念与楚狂子，悠悠白云期。时哉悲不会，涕泣久涟洏。梦登绥山穴，南采巫山芝。探元观群化，遗世从云螭。婉娈时永矣，感悟不见之。

（唐·陈子昂《感遇三十八首》录一）

蜀国多仙山，峨眉邈难匹。周流试登览，绝怪安可息。青冥倚天开，彩错疑画出。冷然紫霞赏，果得锦囊术。云间吟琼箫，石上弄宝瑟。平生有微尚，欢笑自此毕。烟容如在颜，尘累忽相失。倘逢骑羊子，携手凌白日。

（唐·李白《登峨眉山》）

峨眉山月半轮秋，影入平羌江水流。
夜发清溪向三峡，思君不见下渝州。

（唐·李白《峨眉山月歌》）

君不见峨眉山西雪千里，北望成都如井底。春风百日吹不消，五月行人如冻蚁。纷纷市人争夺中，谁信言公似赞公。人间热恼无处洗，故向西斋作雪峰。我梦扁舟适吴越，长廊静院灯如月。开门不见人与牛，惟见空庭满山雪。

（宋·苏轼《雪斋》）

峰顶四时入大冬，芳草芳花春自融。

台痕新晞六月雪，木势旧偃千年风。

云物为人布世界，日轮同我行虚空。

浮生元自有超脱，地上可怜悲擥蓬。

（宋·范成大《光相寺》）

万年山水有千年，石路阴深到缭垣。

几片闲云谁是主，一条流水不知源。

土栽芍药尤胜木，僧说猕猴极畏猿。

夜半空堂诸境寂，微闻钟梵亦成喧。

（宋·赵师秀《万年寺》）

峨眉楼阁现虚空，玉宇高寒上界同。

茶鼎夜烹千古雪，花幡晨动九天风。

云连太白开中夏，日绕重元宅大雄。

师去想无登陟远，只应飞锡验神通。

（元·黄镇成《用鹫峰师韵送涧泉上人游方十首》其九《峨眉》）

乌靴脱却换青鞋，踏遍名山惬素怀。

虎啸石头风万壑，鹤眠松顶月千岩。

云开面面峰如削，谷转行行树欲排。

湖海故交零落尽，烟霞清趣几人偕。

（明·方孝孺《山中对景书怀》）

峨眉春日斗婵娟，雷坪夜响空中泉。江南客子喜空翠，踏遍平羌江水边。归来梦寐绕虚壑，千花烂锦明嶂岷。起来如在峨眉巅，画史新图为君作。陇西太白云不还，浣花草堂苔石斑。西川风景世间少，令人长忆峨眉山。

（明·解缙《题峨山图》）

大峨两山相对开，小峨迤逦中峨来。三峨之秀甲天下，何须涉海寻蓬莱。昔我登临彩云表，独骑白鹤招青鸟。石龛古洞何参差，时遇仙人拾瑶草。丹崖瀑布连天河，大鹏图南不可过。昼昏雷雨起林麓，夜深星斗西岩阿。四时青黛如彩绘，岷幡蔡蒙实相对。梦生三苏草木枯，但愿再出三苏辈。

（明·周洪谟《峨眉天下秀》）

白帝昔禀鸿濛匠，错铸江山排罔象。赤髓熔成巴字流，清棱幻出峨眉状。峨眉两片翠浮空，日月跳转成双瞳。美人西倚映碧落，昆仑东向悬青铜。嘉陵黛色何窈窕，暮雨朝云青未了。力士空埋玉冶魂，王孙暗转琴心调。可怜烟霭下汀州，望望行人芳意留。香象渡河春泯泯，碧鸡啼晓思悠悠。归来惆怅高唐趾，不愿封侯愿游此。锦绣洪都羡画图，神明北宅嗟疑似。忆昨路绕犍为中，褰裳遥指白云峰。蟠霄拓落开南纪，鼍吼鲸嗁追巨踪。此山疑有真灵住，此地遥疑接铉圃。天上年年种白榆，人间岁岁飞红雨。白榆红雨异凡仙，放光台上一茫然。百千万劫只弹指，七十二君皆比肩。雪岭星桥殊小小，铜梁玉垒何渺渺。西拈优钵影团团，东钓珊瑚光杲杲。苍颜灏气有谁同，尽落襄王一梦中。尘心只会题红叶，素业先须访赤松。

白龙吐雾成海水，青鸟衔花供寸晷。踏破八十四盘旋，一洗灵山少年耻。长卿多病在临邛，倾心缥缈玉芙蓉。抽毫为作大人赋，折简应招无是公。

（明·赵贞吉《峨眉山歌》）

四海复四海，九州还九州。河伯海若更相笑，蟪蛄何足知春秋。今年辞帝蓬莱宫，乘风偶作西南游。中条姑射不足数，失喜太华扬高旒。河潼远圻巨灵跖，钩梯百丈临龙湫。终南太白幻云物，秦栈诘曲哀猿愁。锦城小住五十日，岷山秀色垂帘钩。青城玉垒尻首接，灌口屈注双江流。兴极欲踏大峨脊，却骑瘦马来龙游。嘉州罨画枕江上，孤峰缥缈东南浮。神霄玉清有遗迹，登临可以销烦忧。踏泥盘盘到绝顶，江山披豁开双眸。峰峦八面簇金碧，下瞰江海水浮沤。八十四盘在衣带，气凌五岳骄公侯。暮云早雪忽明灭，兜罗绵现无时休。岷江从东来，奔腾回万牛。沫水汇青衣，簸荡千斛舟。三江九峰倏然合，丹崖翠嶂穷雕镂。江山奇丽冠天下，何意绝景来蛮陬。天风蓬勃日西坠，搔首欲去仍淹留。荆吴万里自兹始，来朝起柁寻巴丘。

（清·王士禛《登高望山绝顶望峨眉三江作歌》）

忝与持衡古益州，锋车岩壑任狂搜。

酉山邛海天多暖，剑阁夔门气太秋。

使节三年圆一梦，奇峰万点洗双眸。

谪官愈识君恩重，许到峨眉顶上游。

（清·何绍基《游峨眉》）

朝气净东方，地衔鸡子黄。

微升万壑雾，静袅一钟凉。

呼吸余秋色，虚空荡水光。

摇摇日天子，红处认扶桑。

（清·赵熙《峨眉山绝顶观日出》）

峨眉如美人，可望不可及。江水如明镜，妆台露娬媚。一笑与目成，浓翠巧装饰。不信娲皇时，谁寻穴苍壁。玲珑璎珞胸，绰约跏趺膝。溟蒙花雨来，笑许展瑶席。嘉州多海棠，化作众香国。美人敛双蛾，爱比好颜色。相望神女峰，脉脉语不歇。俯瞰下濑船，柔情鬓欲白。

（清·刘曙《望峨眉》）

贰 乐山大佛

乐山大佛是就山而凿的、世界最大的一尊弥勒佛石刻像，今属全国重点文物保护单位（1982），联合国教科文组织批准其为世界自然与文化遗产（1996）。

大佛背靠在峨眉山东麓的凌云山栖鸾峰，面向岷江、大渡河、青衣江三江汇流处，古称"弥勒大像""嘉定大佛"。

大佛远眺峨眉，近瞰乐山，双目欲睁似闭，面容慈祥肃穆。大佛头与山齐，足踏江岸，双手抚膝，高七十余米，头高约十五米，宽十米，耳长七米，眼长三米有余，肩宽二十八米，脚背宽近九米，可围坐百余人。俗语说："山是一尊佛，佛是一座山。"

大佛为唐代佛教石刻造像。据唐韦皋《嘉州凌云大佛像记》及明彭汝实《重修凌云寺记》等文献记载，大佛始凿于唐玄宗开元元年（713），由贵州籍名僧海通和尚募款始建，海通圆寂后，由节度使韦皋主持继续修造，至唐德宗贞元十九年（803）得以完工，历时九十年。

大佛完工之初，全身彩绘，且覆以七层十三檐楼阁，时称"大佛像阁"，宋时称"天宁阁"，元末毁于兵火。

❖ **相关诗词：**

出郭幽寻一笑新，径呼艇子截烟津。

不辞疾步登重阁，聊欲今生识伟人。

泉镜正涵螺髻绿，浪花不犯宝趺尘。

始知神力无穷尽，丈六黄金果小身。

（宋·陆游《谒凌云大像》）

金身谁凿与云齐，传道韦皋镇蜀时。

绀殿千层零落尽，寺前惟有放生碑。

青衣江上水溶溶，隔岸遥闻戒夜钟。

暂借竹床听梵放，月华初到第三峰。

（明·安磐《凌云寺二首》）

江岷山水望中收，万顷风涛拍岸浮。

老佛何年身化石，凭他砥柱障中流。

俯瞰江流脚底穿，黄花翠竹髻螺旋。

禅心一任波涛险，自结岩前水月缘。

（现代·黄载元《大佛岩二首》）

头沐天风足濯波，灵山此地意如何。

三春锦绣云烟过，石佛襟怀水月多。

遍礼如来非大智，静观自在即维摩。

千年倚壁微微笑，事不磨人人自磨。

（现代·谢守清《乐山大佛前所思》）

【链接一】乐山隐形大佛

　　1990年，一名游客通过检视旅游中拍摄的照片，惊奇地在乐山大佛外围发现了一尊天造地设，全身长达四千余米，由数座山体组成的隐形大佛。佛头由乌尤山构成，山石、树木、亭阁、寺庙分别呈现为巨佛的发髻、睫毛、鼻梁、嘴唇和下颚；佛身由凌云山构成，连峰组成巨佛的胸膛、腰部和腿部；佛足则是龟城山的一部分。其体态匀称，面目清秀，仰面朝天卧在青衣江山脊线上，慈祥凝重。而乐山大佛则不偏不倚，端坐在隐形大佛心脏部位，令人称绝。

❖　**相关诗词：**

　　心中有佛佛自生，一体分明岭上横。

暮鼓晨钟敲不起，沉沉梦里听江声。

（现代·曾道吾《观乐山隐形大佛》）

【链接二】岑参与嘉州

　　岑参（715—770），唐荆州江陵（今湖北江陵）人，郡望南阳（今属河南）。玄宗天宝五年（746）登进士第，官至嘉州（今四川乐山）刺史。有《岑嘉州集》。

❧　**相关诗词：**

　　寺出飞鸟外，青峰戴朱楼。搏壁跻半空，喜得登上头。始知宇宙阔，下看三江流。天晴见峨眉，如向波上浮。迥旷烟景豁，阴森棕楠稠。愿割区中缘，永从尘外游。回风吹虎穴，片雨当龙湫。僧房云濛濛，夏月寒飕飕。回合俯近郭，寥落见远舟。胜概无端倪，天宫可淹留。一官讵足道，欲去令人愁。

（唐·岑参《登嘉州凌云寺作》）

　　青衣谁开凿，独在水中央。浮舟一跻攀，侧径缘穹苍。绝顶诣老僧，豁然登上方。诸岭一何小，三江奔茫茫。兰若向西开，峨眉正相当。猿鸟乐钟磬，松萝泛天香。江云入袈裟，山月吐绳床。早知清净理，久乃机心忘。尚以名宦拘，聿来夷獠乡。吾友不可见，郁为尚书郎。早岁爱丹经，留心向青囊。渺渺云智远，幽幽海怀长。胜赏欲与俱，引领遥相望。为政愧无术，分忧幸时康。君子满天朝，老夫忆沧浪。况值庐山远，抽簪归法王。

　　原诗序：青衣之山，在大江之中，屹然迥绝，崖壁苍峭，周广七里，长波四匝。有惠

226

净上人，庐于其颠，唯绳床竹杖而已。恒持《莲花经》，十年不下山。予自公浮舟，聊一登眺。友人夏官弘农杨侯，清谈之士也，素工为文，独立于世，与余有方外之约，每多独往之意。今者幽躅胜概，叹不得与此公俱。爰命小吏，刮磨石壁以识其事，乃诗以达杨友尔。

（唐·岑参《上嘉州青衣山中峰题惠净上人幽居寄兵部杨郎中》）

叁 沙湾·郭沫若

　　沙湾是郭沫若的故乡，其旧居在四川省乐山市沙湾区沙湾镇街上。沙湾前临大渡河，后依二峨山，风景十分秀丽。郭氏旧居建筑始建于清咸丰年间（1851—1861），经逐步扩建，形成现在的规模。这是一幢亦商亦居的四进木结构平房建筑，共有大小房间三十六间，建筑面积九百八十平方米。旧居宅院仍保留当年的面貌：前面是商号、家人起居处，后半部是花园和家塾。郭沫若四岁半便入家塾"绥山馆"，后在名师沈焕章的教诲下，直到十三岁考入嘉定（今乐山市）高等小学堂，才离开沙湾旧居。

　　郭沫若（1892—1978），原名郭开贞，字鼎堂。四川乐山人。早年就学于嘉定高等小学堂、嘉定中学堂、成都高等学堂的分设中学。1914年赴日本留学，先学医，后从文。1918年开始新诗创作。1921年夏与郁达夫等人组织创造社，同年出版诗集《女神》。1924年翻译了日本河上肇《社会组织与社会革命》一书，受到马克思主义影响。1926年北伐战争时出任国民革命军总政治部副主任等职。1928年旅居日本，从事中国古代史和古文字学的研究工作。抗日战争爆发后回国，任国民政府军事委员会政治部第三厅厅长、文化工作委员会主任等职。1941年皖南事变后，创作了《屈原》《棠棣之花》等历史剧和大量诗文。1945 年出版了《奴隶制时代》《十批判书》等史学著作。中华人民共和国成立后历任中央人民政府委员、政务院副总理兼文化教育委员会主任、中国科学院院长、中国科技大学校长、中国文联主席、全国人大常委会副委员长、全国政协副主席等职。

郭沫若一生在文学、艺术、哲学、社会科学的许多领域都有重要建树。在长期的历史研究中，他把古代史和古文字研究加以创造性的结合，论证了中国奴隶制社会的存在，并在甲骨文、金文的研究上取得重大突破，所著《中国古代社会研究》是中国第一部运用马克思主义观点解释中国历史的著作。所著《甲骨文字研究》《两周金文辞图录考释》《金文丛考》《卜辞通纂》《李白与杜甫》《奴隶制时代》《文史论集》等，曾在学术界引起震动。有《沫若文集》《郭沫若全集》行世。

❤ **相关诗词：**

乘风剪浪下嘉州，暮鼓声声出雉楼。

隐约云痕峨岭暗，浮沉天影沫江流。

两三渔火疑星落，千百帆樯载月收。

借此扁舟宜载酒，明朝当作凌云游。

(现代·郭沫若《夜泊嘉州》)

闲钓茶溪水，临风诵我书。

钓竿含了去，不识是何鱼。

(现代·郭沫若《茶溪》)

早起临轩满望愁，小园寒雀声啁啾。

无端一夜风和雪，忍使峨眉白了头。

（现代·郭沫若《早起》）

又当投笔请缨时，别妇抛雏断藕丝。

去国十年余泪血，登舟三宿见旌旗。

欣将残骨埋诸夏，哭吐精诚赋此诗。

四万万人齐蹈厉，同心同德一戎衣。

（现代·郭沫若《归国杂吟》步鲁迅韵）

陈迹煤山三百年，高文我佩鼎堂贤。

吠尧桀犬浑多事，喘月吴牛苦问天。

由检师心终覆国，自成失计遂捐燕。

昌言张李如能拜，破虏恢辽指顾间。

（现代·柳亚子《读郭沫若〈甲申三百年祭〉一文即题其后》）

擅尽风流一水滨，华堂松竹露泠泠。

月明灵宝清风袅，若有人兮诵女神。

一代文宗百世师，高山仰止共钦迟。

倚天巨笔凭挥洒，横扫人间几魅魑。

（现代·李伏枷《题乐山灵宝峰郭沫若纪念堂二首》）

肆 三苏祠·苏轼

三苏祠在四川眉山市，原为北宋著名文学家苏洵、苏轼、苏辙父子的故居。今为省级重点文物保护单位（1980）。苏氏父子三人俱登唐宋八大家之列，以苏轼文学成就尤高。

元代改三苏故宅为三苏祠，明洪武年间（1368—1398）扩建，明末毁于兵火。清康熙四年（1665）在原址按明代规模重建，以后又经多次扩建和维修。今为眉山三苏祠博物馆（1984）。

苏轼（1037—1101），字子瞻，号东坡居士，四川眉山人。在文艺创作上，苏东坡可谓全才：其诗冠代，与黄庭坚并称"苏黄"，与陆游并称"苏陆"；其文冠代，与欧阳修并称"欧苏"；其词开创豪放词风，与辛弃疾并称"苏辛"；书法为宋四家之一，称"苏黄米蔡"。此外，他还是一个大画家、艺术理论家。在中国古代，像苏东坡这样在诸多方面都做出创造性贡献、臻于一流的人物并不多见。著有《东坡七集》一百一十卷、《东坡乐府》《东坡志林》五卷。

苏轼之父苏洵（1009—1066），字明允，号老泉，宋代著名散文家，有《嘉祐集》二十卷。苏轼之弟苏辙（1039—1112），字子由，晚居许昌，自号颍滨遗老，著有《栾城集》五十卷、《后集》二十四卷、《三集》十卷。

三苏祠总建筑面积为一万一千五百平方米，其正殿、启贤堂、瑞莲亭为清康熙年间所建，近现代所建和修葺力求恢复清代康熙四年（1665）的建筑旧貌。殿堂由三进四合院组成。正殿有三苏塑像，东侧池水与绿洲亭、抱月亭、云屿楼构成园林。祠内收藏有《丰乐亭记》《醉翁亭记》《表忠观碑》和《罗池庙碑》的金石碑文或碑拓本。

❖ 相关诗词：

我家江水初发源，宦游直送江入海。闻道潮头一丈高，天寒尚
有沙痕在。中泠南畔石盘陀，古来出没随涛波。试登绝顶望乡国，
江南江北青山多。羁愁畏晚寻归楫，山僧苦留看落日。微风万顷靴
文细，断霞半空鱼尾赤。是时江月初生魄，二更月落天深黑。江心
似有炬火明，飞焰照山栖鸟惊。怅然归卧心莫识，非鬼非人竟何物。
江山如此不归山，江神见怪惊我顽。我谢江神岂得已，有田不归如
江水。

（宋·苏轼《游金山寺》）

胶西高处望西川，应在孤云落照边。

瓦屋寒堆春后雪，峨眉翠扫雨馀天。

治经方笑春秋学，好士今无六一贤。

且待渊明赋归去，共将诗酒趁流年。

（宋·苏轼《寄黎眉州》）

心似已灰之木，身如不系之舟。

问汝平生功业，黄州惠州儋州。

（宋·苏轼《自题金山画像》）

子瞻谪岭南，时宰欲杀之。

饱吃惠州饭，细和渊明诗。

彭泽千载人，东坡百世士。

出处虽不同，风味乃相似。

（宋·黄庭坚《跋子瞻和陶诗》）

万里桥边白版扉，三年高卧谢尘鞿。半窗竹影棋僧去，满棹苹风钓伴归。看镜已添新雪鬓，听鸡重拂旧朝衣。故人零落今无几，华表空悲老令威。蜿蜒回顾山有情，平铺十里江无声。孕奇蓄秀当此地，郁然千载诗书城。高台老仙谁所写，仰视眉宇寒峥嵘。百年醉魂吹不醒，飘飘风袖筇杖横。迩来逢迎厌俗子，龙章凤姿我眼明。北扉南海均梦耳，谪堕本自白玉京。惜哉画史未造极，不作散发骑长鲸。故乡归来要有时，安得春江变酒从公倾？

（宋·陆游《眉州披风榭拜东坡先生遗像》）

天生灵慧扬清光，奎垣有星寒吐芒。纷纷余子何足数，振发河岳为文章。苏家父子亦云盛，敬恭桑梓隆祠堂。远接眉山一痕绿，千秋俎豆犹留香。当年骨肉伤别离，雪泥鸿爪随所之。惠州风雨黄州雪，扁舟小笠留清姿。火鼠冰蚕任遭际，养生妙论清于诗。谪贬犹然西恋阙，此心惟有江湖知。老泉垂老犹著书，尧图禹篆探元初。子由隽才能竞美，新诗遥和兴不孤。自古多才天所忌，风波险阻无时无。错节盘根名愈著，醉生梦死非吾徒。天风万里挟飞仙，放怀何处无良缘？人生得失泡影耳，名高身后惟其贤。我来拜谒丛祠下，一门遗像分后先。灵风飘飘动群木，曙分林影初日圆。竹根稚笋露深浅，容我来参玉版禅。前哲有灵应笑我，营营俗虑徒拘牵。吟轻小诗意自适，假山对坐空悠然。

（现代·刘咸荣《谒三苏祠》）

千古高风今尚存，海南谁道未招魂。

寒林墨竹丰标远，野老苍头笑语温。

洛蜀党争传宋史，文章世誉重苏门。

嘉眉例是多才地，原与诸君煮酒论。

（现代·赵蕴玉《嘉州画院成立作东坡像寄赠并致诸画友》）

伍　安岳石刻

安岳石刻在四川安岳县，是当地摩崖造像的石窟艺术的总称，有国家级重点文物保护单位一处（卧佛院摩崖造像），省级文物保护单位八处。该县还被国家文化部授予"中国民间艺术之乡"的称号（2000）。

安岳石刻始于南朝梁代，经唐、宋、元、明、清，迄今已逾一千四百年。全县石刻分布达二百一十七处，造像总数达十万余躯，高逾三米者上百尊，五米以上的四十多尊，十五米以上的二尊。保存较为完好，具有一定规模和文物价值的石刻共计四十五处。

安岳石刻造像题材内容极为丰富，以佛教为主，兼有佛、道融合，三教会同等特点。佛教题材的造像有释迦说法、阿弥陀佛、药师佛、弥勒佛、地藏、观音、文殊、普贤、维摩诘、西方三圣、华严三圣、涅槃变、观经变、西方净土变、药师经变、观音经变等；道教题材的有元始天尊、老君、三清、四御、二天尊、救苦天尊乘九龙等。有显著的地方化和世俗化色彩，具有很高的艺术价值和研究价值。

安岳石刻造像无一雷同，在写实的基础上略富夸张，构思相当奇妙，以其规模宏大、技术精湛、内容丰富驰名中外。除少数造像风格古朴外，大多数造像或体态丰满、雍容华贵，体现了唐代艺术的风格；部分造像或精细华美、璎珞盖身，体现了宋代艺术的特征。安岳石刻上承广元、巴中石刻，下启大足石刻，堪称四川石刻造像艺术的代表，在我国古代石刻艺术史上占有举足轻重的地位。

❖ 相关诗词：

普州唐代，盛著摩崖。有释迦长卧，号称圆寂，安详面貌，如坐春台。是佛说人间生灭最高境界，弟子凄凄环侍胡为哉？况迎面石经列洞，法言数十万，想见拈花微笑、珠玑字字扫尘埃。慢疑猜。正联翩浮想，忽一霎镁光闪也，顿惊我影投翠壁，暗自开怀。一溪秋水如镜，恍明灭，半空云影，似有一个如来。斯须苍狗，三界万法我剪裁。寥廓宇宙，数科学第一，实践检验真理，空谈心性、香花雾里埋。小船开。谢苍崖睡佛，明朝又观音水月，好并赏斤风巨匠，艺术天才。

（现代·张秀熟《1984 年 9 月 19 日观安岳卧佛沟摩崖石刻试为长短句》）

陆　内江·张大千

内江地处巴蜀腹心地区，成、渝两市的中间地带，为川中水陆要冲。东汉建县，曾名汉安、中江，隋代改称内江至今，已有两千多年历史。沱江蜿蜒纵贯其间，直下泸州、重庆，东出夔门；陆路则为成、渝必经之道，古驿道至今犹存，故有"川中枢纽""川南咽喉"之称。

内江历史悠久，人文荟萃，因盛产甘蔗、白糖和蜜饯，素有"甜城"的美称。内江市资中县为成渝沿线唯一省级历史文化名城（1991），该县的铁佛镇、罗泉镇为省级历史文化名镇（1992）。

内江闻名遐迩的另一重原因，是因为它是国画大师张大千先生的故乡。

张大千（1899—1983）十九岁时与兄张泽留学日本，学习绘画、染织。回国后师从曾熙、李瑞清，学习书法绘画，潜心研究传统艺术，于石涛用功尤深。1940年赴敦煌临摹历代石窟壁画，出版《大风堂临摹敦煌壁画》。曾游印度大吉岭，临摹阿旃陀石窟壁画。20世纪50年代移居巴西，60年代末迁居美国，70年代末定居台北。曾在欧美及亚洲许多国家举办个人画展。

张大千擅长人物、山水、花卉等题材绘画。其人物工笔、写意兼长，前者线条圆润流畅，色彩富丽典雅，多写仕女、士人及佛教人物，亦长于白描。六十岁以前的山水画致力于学习传统和师法自然；六十岁后，经十年探索，融泼彩于泼墨，创造了雄奇壮丽的新风貌。

张大千的绘画艺术熔文人画、宫廷画与民间美术于一炉，包众体之长，兼南北二宗之富丽，被徐悲鸿誉为"五百年来第一人"。

❧ 相关诗词：

锦绣裹城忆旧游，昌州香梦接嘉州。

卅年家里关忧乐，画里应知我白头。

（现代·张大千《赠画友张采芹海棠图题句》）

寰海风光笔底春，看山还是故乡亲。

平生结梦青城笔，蜡屐苔痕画里情。

（现代·张大千《青城泼墨山水题诗》）

海角天涯鬓已霜，挥毫蘸泪写沧桑。

五洲行遍犹寻胜，万里归迟总恋乡。

（现代·张大千《恋乡》）

梅花落尽杏成围，二月春风燕子飞。

半世江南图画里，而今能画不能归。

（现代·张大千《花卉》）

　　板桥白石慕青藤，门下九原为走狗；汪生顶礼张大千，三向摩耶精舍走。传真自是有心人，资料抖落第一手；赚取大千下圣坛，人得引为先生友：先生甚有女人缘，百年缔结神仙偶；长善交游饱观姿，坐中画上一相守。先生颇嗜烟火食，煮鸡炖鱼佐美酒；不负风清月白夜，主人饕餮客长寿。先生玩票类发烧，美须飘萧胜髯口；寓形宇内复痴绝，笔冢寻常行处有。卜居精心治园林，广蓄花草亲禽兽。醉来自诩颇精鉴，法眼看低专家首；专家何如制赝人，爱我君子知其丑。本是内江一狂生，当年兀兀走风尘；莫高窟中来面壁，遂使季爰受重名。岁晚泼彩更变法，五百年间为画魂。时人休徒生羡艳，艳福元自修炼成；高山仰止从此始，学莫便乎近其人。

（现代·周啸天《题〈走近张大千〉》）

【链接一】刘师亮

刘师亮（1888—1939），名芹丰，号偕卢主人，内江椑木镇人，少好文学，喜作诗词联语，曾代写诉状，为商号记账。1919年，刘师亮撰写的春联以大题小作、浅出深含、庄谐兼施，为清进士刘豫波、骆成骧所赏识。1929年自办《师亮随刊》，所载诗词联语切中时弊，嬉笑怒骂皆成文章。后成《师亮谐稿》。因抨击时政，屡遭通缉，遂离蓉赴沪。1935年在上海办《笑刊》，刊出两期后被查封。后回乡，病逝成都。

❤ 相关诗词：

共和幸福几经秋，享到而今不自由。
刮地已无毛可附，吮民空有血长流。
未闻免税邀青眼，常见拉夫及白头。
凄绝北邙山下路，天阴鬼哭更啾啾。

礼重周婆是大同，推翻孔教说开通。
白头有约头谁白，红面许亲面不红。
姊妹花枝纷恋爱，公孙草泽亦英雄。
却怜我国真文化，竟付腥烟瘴雾中。

年年战祸起川中，十室居然九室空。
匝地荆榛难走马，满腔块垒付雕虫。
交于死后情方见，诗到穷时句始工。
却笑鲰生无事事，也将哀怨泣残红。

（现代·刘师亮《杂感三首》）

直笔从来说董狐，伤时如我亦何愚。

体成问答开新格，便作人间记事珠。

白话虽然语欠工，一篇一意不雷同。

吾川革命能修史，留待他年入采风。

（现代·刘师亮《二集谐稿附印有感二首》）

柒 乐至·陈毅

　　乐至属四川资阳市，是陈毅元帅的故乡。陈毅故居在县城北劳动乡正沟湾，这里山丘连绵，树木葱茏，始建于清代乾隆元年（1736）的三重堂式瓦房古色古香，院坝左侧安放着陈毅与夫人张茜的汉白玉雕像。

　　陈毅（1901—1972），字仲弘，中华人民共和国元帅。1919年赴法国勤工俭学。1923年到北京中法大学学习，加入中国共产党。1927年8月南昌起义失败后，与朱德等整顿余部，转战闽赣粤湘边。1928年参与领导湘南起义，同年4月与朱德率部到井冈山地区，与毛泽东领导的秋收起义部队会师，组成中国工农红军第四军，先后任师长、军委书记、政治部主任、前委书记等职。1934年红一军主力长征，他留在当地，坚持了三年极其艰苦的游击战争。1941年皖南事变后，任新四军代军长。抗日战争胜利后，任新四军军长兼山东军区司令员。1947年任华东军区司令员、华东野战军司令员兼政治委员。1947年秋，挺进豫皖苏与刘、邓野战军密切协同，在中原地区大量歼敌，对扭转全国战局起了决定性的作用。1948 年 11 月始，参与组织指挥了淮海战役和渡江战役。1949 年 5 月起兼任上海市市长。中华人民共和国成立后，于 1954 年任国务院副总理，1955 年被授予中华人民共和国元帅军衔，1958 年 2 月起兼任外交部部长，1966 年 1 月任中共中央军委副主席。"文化大革命"期间遭到严重迫害，卒于北京。陈毅兼资文武全才，有多种军事、政治论著和诗词，1977 年出版有《陈毅诗词选集》。

❦ **相关诗词：**

清海设帐启幼蒙，博文育韵坐春风。

出国归来先生逝，只忆音容难寻踪。

（现代·陈毅《悼玉堂师》）

年年难过啼饥寒，处处环境亦皆然。

待到一朝风雷震，谁说苦尽不生甜。

（现代·陈毅《除夕吟》）

大军西去气如虹，一局南天战又重。

半壁河山沉血海，几多知友化沙虫。

日搜夜剿人犹在，万死千伤鬼亦雄。

物到极时终必变，天翻地覆五洲红。

（现代·陈毅《三十五岁生日寄怀》）

断头今日意如何？创业艰难百战多。

此去泉台招旧部，旌旗十万斩阎罗。

南国烽烟正十年，此头须向国门悬。
后死诸君多努力，捷报飞来当纸钱。

投身革命即为家，血雨腥风应有涯。
取义成仁今日事，人间遍种自由花。

（现代·陈毅《梅岭三章》）

一柱天南百战身，将军本色是诗人。
凯歌淮海中原定，坐镇沪淞外患泯。
赢得光荣归党国，敷扬文教为人民。
修篁最爱莫干好，数曲新词猿鸟亲。

（现代·郭沫若《赠陈毅同志》）

闻君病重久，欲探未成行。
忆昔比邻往，曾为倒屣迎。
阊阖谈国事，了了述边情。
栋折吾忧压，伊谁继直声。

（现代·董必武《挽陈毅同志》）

寇公读书地，井络降英灵。北海鲲能化，西山凤早鸣。旅欧怀壮志，开国建殊勋。文采钦儒将，清廉驰美名。乡音犹在耳，遗貌总含情。雪压青松直，千秋仰典型。

（现代·刘友竹《过乐至县谒陈毅元帅铜像》）

捌　自贡

　　自贡在四川盆地南部釜溪河畔，是国家级历史文化名城
（1986），有"千年盐都""恐龙之乡""南国灯城"之称。

　　自贡被誉为"盐都"，已有一千七百年历史。

　　自贡市盐业历史博物馆是中国唯一收集、研究和陈列盐业
历史文物的科技史专业博物馆，也是中国博物馆发展历史上最
早建立的专业博物馆之一。博物馆以多媒体形式展示大量珍贵
的文物、实物和历史照片，反映了两千多年来钻井、采卤、天
然气开采、制盐等方面的技术及其发展历程。

　　自贡市大山铺出土了大量恐龙化石，各种恐龙及伴生物化
石组成了一个完整的恐龙动物群，中国第一个恐龙博物馆就坐
落在这里。

　　自唐代起，自贡即有新年燃灯的习俗，到 20 世纪初，则形成
灯节和灯会，如今更发展为集地区民风民俗之大成的自贡灯会。

❖　相关诗词：

　　火树银花不夜城，琼楼玉宇尽晶莹。

　　清音流韵彩龙舞，信手拈来都是春。

（现代·何郝炬《题自贡灯会》）

亿载恐龙出盐都，珍奇瑰宝五洲殊。

华灯荟萃歌盛世，喜看群英绘美图。

灯会名声誉九天，群龙簇跃舞翩跹。

霓虹争艳观湖水，疑是银河落世间。

（现代·危永谷《题灯会二首》）

【链接一】吴玉章

　　吴玉章（1878—1966），原名吴永珊，字树人，四川荣县人。早年留学日本，与孙中山等组织同盟会，参加辛亥革命。五四运动前，倡办留法勤工俭学会。1925年加入中国共产党。1927年参加南昌起义。后去苏联参加过共产国际的工作。1939年返延安，先后任鲁迅艺术学院院长、延安大学校长、中共四川省委书记、华北大学校长等职。他从1938年起，历任中国共产党第六至八届中央委员。中华人民共和国建立后，任中国人民大学校长、中国文字改革协会会长、中国文字改革委员会主任，组织领导了全国文字改革工作。

❧　相关诗词：

中原王气久消磨，四面军声逼楚歌。

仗剑纵横摧虏骑，不教荆棘没铜驼。

（现代·吴玉章《自题小像》）

东亚风云大陆沉，浮槎东渡起雄心。

为求富国强兵策，强忍抛妻别子情。

（现代·吴玉章《〈辛亥革命〉序诗》）

五老延安载誉久，几经荣县想风流。

长江北上亲承教，车站相迎深负羞。

每话不忘送主席，数翻执意步高楼。

追随三载无成就，每一回思一哽喉。

（现代·郭影秋《深切怀念吴老》）

【链接二】香宋诗

赵熙（1867—1948），字尧生，号香宋，四川荣县人。光绪十八年进士，授编修，转江西道监察御史，以抗直敢言闻名。诗宗唐宋，风格清俊。有《香宋诗前集》《香宋词》。陈衍称其"豪于诗者也，观其诗疑若锤甚力，而为之则乐且易"，"其诗之工可喜，其为诗之乐而易尤可喜也"。

❧ 相关诗词：

眼明花外旭阳耕，得老空山幸此生。

望里郊原尽春色，舆中江海算归程。

荒鸡瘴雨前朝梦，旅雁金河二月晴。

树影葱葱露城堞，幸无车骑汝南惊。

（清·赵熙《初归荣县》）

花满颓垣竹满扉，入门先见犬衔衣。

先庐一亩藏书地，只当山僧乞食归。

（清·赵熙《乡宅》）

一塔见嘉州，铜江水合流。

好山似神女，明镜照乌尤。

渡远人争市，天空雁入秋。

扁舟渔唱晚，黄叶夕阳楼。

（清·赵熙《嘉定舟中》）

玖　蜀南竹海

蜀南竹海位于宜宾市所辖长宁、江安两县相连的连天山余脉，为大面积天然竹林。今为国家级风景名胜区（1988），荣获中国自然风景区十佳、中国旅游胜地四十佳称号（1991）。

竹海原名万岭箐，数万亩楠竹林蔓延在万岭、万里两镇之间，一条盘山公路逶迤其间。如此大片的楠竹种植区，在国内外实属罕见，堪称一大奇观。相传宋代黄庭坚谪居此地时，曾到竹海游览，在石上题写"万岭箐"三个字，万岭镇亦因此得名。

景区内粗如碗口的楠竹，根连枝通，茂密苍翠，荫覆五百多座山丘，总面积达一百二十平方公里，登高眺望，犹如绿色的海洋。

蜀南竹海现有景点一百二十四个，分布在长十三公里，宽六公里的景区内，天皇寺、天宝寨、仙寓洞、青龙湖、七彩飞瀑、古战场、观云亭、翡翠长廊、茶花山、花溪十三桥等景观被称为"竹海十佳"。

蜀南竹海是川南有名的佛教胜地，古刹名寺遍布其中，有仙寓洞、龙吟寺、天皇寺、天后寺、回龙寺、罗汉洞、天上宫、龙君庙等，另有天宝寨等名胜古迹。竹海深处的景点有观云亭、翡翠长廊、翼王桥、忘忧谷、墨溪、七彩飞瀑、忘魂台、茶花岛、仙女湖、青龙湖、花竹湾、照影潭等，令游人流连忘返。

❖ 相关诗词：

岁行辛巳建中年，诸公起废自林泉。王师侧闻陛下圣，抱瑟欲奏南风弦。孤臣蒙恩已三命，望尧如月开金镜。但忧衰疾不敢前，眼前黑花耳闻磬。岂如道人山绕门，开轩友此岁寒君。能来作诗赏劲节，家有晓事扬子云。箨龙森森新间旧，父翁老苍子孙秀。但知战胜得道肥，莫问无竹令人瘦。是师胸中抱明月，醉翁不死起自说。竹影生凉利屋椽，此声可听不可传。

（宋·黄庭坚《葛氏竹林留别》）

此间大似旧聊斋，抱瓮先生亦怪才。
古冢深箐饶鬼趣，伶牙俐齿爱狐谐。
不闻尺铁穿囊去，有客中宵入壁来。
可惜荒陬无故事，箫声剑气只凭猜。

（现代·滕伟明《竹海夜宿，中宵又纳数人》）

人海迷茫竹海奇，寻真避俗叹来迟；四围风色翠琉璃。　　酒旆竹楼堪系马，涧溪磐石可围棋；幽篁夜月听蛙诗。

（现代·李亮伟《浣溪沙·蜀南竹海》）

所谓墨溪，是因为竹海林茂谷深，河床底部岩石表面长满了黑灰色地衣，看起来呈黑色，故以墨为名。墨溪门楼的门楣上，有黄庭坚留下的刚劲飘逸的"墨溪"二字。门柱上有一副对联写道："眼里无竹非君子，胸中无海不丈夫。"隐括了"竹海"二字。进入门楼，踏着曲折有致的石板路，进入茂密的慈竹林，越过竹栏竹桥，复进入苍翠的楠竹林，可以尽情感受大自然的幽深和清新。三泉坪是竹海鸣琴蛙分布集中之地，仲夏季节，这里的蛙声仿佛数部鼓吹，十分热闹。陡崖之上，一条瀑布坠落八十多米，水激岩石，化为烟雨，游人远远就能感觉雨雾的清凉，有青石因此名烟雨龙岩。

❧ **相关诗词：**

峨眉山里几回闻，竹海池塘又识君。

不愿随流争鼓噪，鸣琴铿细入高云。

（现代·马识途《竹海见鸣琴蛙》）

幽径气澄鲜，空谷琴蛙最可怜。修竹万竿晴带雨，微寒，翠滴涟漪意自闲。　时有野花妍，醉逸横斜浅濑边。一队竹荪如浣女，蹁跹，素帽罗裙落照间。

（现代·李亮伟《南乡子·蜀南竹海》）

【链接二】翠屏公园

翠屏公园在宜宾市市中区西北隅，由翠屏、真武两山组成，建于1958年，占地三千二百二十一亩，主峰海拔五百零三米，是我国第二大城市森林公园。真武山原名仙侣山、师来山，相传宋朝时一道人于此遇郁姑仙子，得食仙茅之法而升天，现山后仍有郁姑台。明万历元年（1573）建造真武祖师殿，此山也因此名为真武山。以后又陆续修建了多所道观庙宇，真武山庙群今属全国重点文物保护单位（1996）。

❧ 相关诗词：

灵旗自闪道场开，佳节登临气壮哉。

山走铜声诸葛鼓，石吞云气郁姑台。

时艰九日感难尽，江阔七星浮不来。

遗燹苍茫问残照，即今谁是出群才？

（清·刘光第《九日登真武山有感》）

古寺烟岚合，松门锁翠阴。

钟声流旷野，僧语隔遥岑。

静夜生虚籁，空山见道心。

碧云秋色暗，逸响听沉沉。

（清·车申田《翠屏晚钟》）

大江东去走瞿塘，名郡朱提据上方。

楼峙筹边人几换，轩寻味谏径全荒。

云开南召依稀见，花绕空王暗淡香。

尽道师来有深意，不知何处系慈航。

（清·张正珏《翠屏山》）

十载来幽静，童山树已葱。

登临千级石，俯仰万株松。

亭柳添池绿，园花映树红。

楼高天更阔，目送大江东。

（现代·朱野秋《游宜宾翠屏公园》）

【链接三】赵一曼烈士

赵一曼（1905—1936），原名李坤泰，又名李一超，人称"李姐"。四川宜宾人。1923年加入中国社会主义青年团，1926年夏加入中国共产党，该年冬到武汉中央军事政治学校学习。1927年9月去苏联莫斯科中山大学学习，次年回国。"九一八"事变后，被派往东北发动抗日斗争。1935年秋，在掩护大部队突围时，身负重伤。突围后，在一农舍养伤时被日军发现，战斗中再次负伤被俘。后于逃出途中再度被捕，受到更为残酷的刑讯。1936年8月2日被害于珠河。

❦ **相关诗词：**

革命潮声杂鼓鼙，宜宾静女动深闺。焉能照旧营生活？奋起从军弃易笄。北伐旗开胜未终，叛徒决策反工农。招来日寇山东阻，民族危机迫再逢。北去南来党命衔，不因负病卸仔肩。工农解放须参与，抗日矛头应在先。抗倭未胜竟成俘，不屈严刑骂寇仇。自是中华好儿女，珠河血迹史千秋。

（现代·董必武《纪念赵一曼烈士》）

生为人民干部，死为革命英雄。

临敌大节不辱，永记人民心中。

（现代·陈毅《纪念赵一曼烈士》）

蜀中巾帼富英雄，石柱犹存良玉踪。

四海今歌赵一曼，万民永忆女先锋。

青春换得江山壮，碧血染将天地红。

东北西南齐仰首，珠河亿载漾东风。

（现代·郭沫若《纪念赵一曼烈士》）

巾帼一英雄，诞生古戎州。

临危骂日寇，死亦作鬼雄。

（现代·阳翰笙《吊赵一曼烈士》）

拾　流杯池·黄庭坚

　　流杯池在四川宜宾，是宋代大诗人黄庭坚谪居戎州时留下的胜迹。今新建吊黄楼于其地，以供游人凭吊。

　　黄庭坚（1045—1105），字鲁直，号山谷道人，晚号涪翁，宋代大诗人、大书法家。宋洪州分宁（今江西修水）人。受知于苏轼，与秦观等并为苏门学士。元祐旧党执政，擢为国史编修官。绍圣元年（1094）新党执政，贬斥元祐党人，黄庭坚被贬涪州别驾、黔州安置，再徙戎州（今四川宜宾市），直到徽宗即位，始得出蜀。

❦ **相关诗词：**

王公权家荔枝绿，廖致平家绿荔枝。

试倾一杯重碧色，快剥千颗轻红肌。

拨醅葡萄未足数，堆盘马乳不同时。

谁能同此胜绝味，唯有老杜东楼诗。

（宋·黄庭坚《廖致平送绿荔枝为戎州第一王公权荔枝绿酒亦为戎州第一》）

一水飞空，揭起珠帘全幅。不须人卷，不须人轴。一点不容飞燕入，些儿未许游鱼宿。向山头款步听疏音，清如玉。　　山峡水，堪人掬；三汲浪，堪龙浴。更两边潇洒，数竿修竹。晚倩碧烟为绳束，夜凭新月为钩曲。问当年题品是何人？黄山谷。

原题序：按郡志，涪溪侧十里有瀑布，泻出两峰间，垂数十丈，号水帘洞。其侧有亭，山谷榜曰奇观。

（宋·何师心《满江红·水帘洞》）

嘉州一日至叙州，好似乘风列子游。

乌鹊南飞明月里，喜声先报蕊珠楼。

（明·杨慎《舟次叙州》）

中分危石夹清泉，岸水浮花自此旋。

满壁有香留姓字，丰碑全剥老风烟。

数茎芳草凄凄绿，千载流觞曲曲传。

宋代名臣多失意，高踪谁得似君贤。

（清·李畅《流杯池》）

节镇名藩播上游，元戎小队领诸侯。

省方不倦登临兴，出牧何妨碣石留。

楼对黄公云漠漠，江连白帝水悠悠。

松州雪岭烽烟静，天外寒光倚剑收。

（清·孔如芝《流杯池山亭诗》）

万里天南路，寻碑夕照收。

石从平地起，杯引曲池流。

宾集曾欢燕，官闲似冷鸥。

苏黄有轩轾，此论付千秋。

（现代·陈叔通《宜宾访黄山谷流杯池故迹》）

山谷流觞处，清泉曲折流。

仿古空杯饮，归看西山红。

（现代·阳翰笙《访流杯池》）

绝壁榕根垂百尺，年年曲水送花飞。

斯人久已扁舟去，留得清风浣客衣。

（现代·徐无闻《过宜宾流杯池》）

黄公耿介性刚遒，双绝诗书罕与俦。

不计安危能进谏，终遭谴责作迁囚。

遣怀寻胜多题咏，寄兴持杯每泛流。

父老千秋思俊哲，戎州今又建新楼。

（现代·吴丈蜀《游吊黄楼感赋》）

【链接一】五粮液

五粮液是中国名酒，产于四川宜宾。创始于明代。精选高粱、糯米、大米、玉米、小麦五种粮食，以小麦特制的包包曲为糖化发酵剂，使用岷江江心水酿造而成。酒液清澈，香气浓郁，入口柔和甘美，属浓香型大曲酒。1929 年起定名为五粮液。1963年以后连续被评为国家名酒，其商标被评为首批中国驰名商标（1991）。

❖ **相关诗词：**

名酒五粮液，优选味更醇。

节粮五百担，产量添五成。

豪饮李太白，雅酌陶渊明。

深恨生太早，只能享老春。

（现代·华罗庚《题五粮液》）

旧州遗址旧州塔，登上孜岩望水涯。

四海飘香无尽味，酒城文化放光华。

（现代·魏传统《酒乡赞》）

【链接二】川酒

四川酿酒历史悠久，技术优良，名酒甚多。古有青城乳酒、酴醾酒、郫筒酒、临邛酒、薛涛酒，今有五粮液、剑南春、全兴大曲、郎酒、文君酒、水井坊等，城乡各地都有酒家。文人对酒当歌，留下大量名篇杰作，酒文化内涵十分丰富。

❖ 相关诗词：

山瓶乳酒下青云，气味浓香幸见分。

鸣鞭走送怜渔父，洗盏开尝对马军。

原注：军州谓驱使骑为马军。

（唐·杜甫《谢严中丞送青城山道士乳酒一瓶》）

锦江近西烟水绿，新雨山头荔枝熟。

万里桥边多酒家，游人爱向谁家宿？

（唐·张籍《成都曲》）

剑峰重叠雪云漫，忆昨来时处处难。

大散岭头春足雨，褒斜谷里夏犹寒。

蜀门去国三千里，巴路登山八十盘。

自到成都烧酒熟，不思身更入长安。

（唐·雍陶《到蜀后记途中经历》）

园庐已卜锦城东，乘驿归来更得穷。

只道骅骝开道路，岂知鱼鸟困池笼。

石犀祠下春波绿，金雁桥边夜烛红。

未死旧游如可继，典衣犹拟醉郫筒。

（宋·陆游《思蜀三首》录一）

月中露下摘酴醾，泻酒银瓶花倒垂。

若要花香熏酒骨，莫教玉醴湿琼肌。

一杯随我无何有，百罚知君亦不辞。

敕赐深之能几许，野人时复一中之。

（宋·杨万里《尝酴醾酒》）

止知地下有，谁意在人间？

李白诗空好，刘伶去不还。

乱鸦啼柏树，老隶守柴关。

可似廉泉否？知君不赧颜。

（清·李调元《题郫筒池酒泉亭》）

浣溪何处薛涛笺？汲井烹泉亦悯然。

千古艳才难冷落，一杯名酒觖缠绵。

色香且领闲中味，泡影重开梦里缘。

我醉更怜唐节度，枇杷花底问西川。

（清·张问陶《咏薛涛酒》）

盏底清浮别有香，秋光酿出浅深黄。

室中有酒无人送，带月归来笑举觞。

（现代·刘咸荥《咏全兴大曲》）

闻说临邛有酒垆，源源新酿到京都。

举杯一饮文君酒，不数凌云马相如。

（现代·启功《竹枝词》）

拾壹　珙县僰人悬棺

　　僰人悬棺在宜宾市珙县境内，今为全国重点文物保护单位（1988）。

　　珙县与云南、贵州接壤，为古西南夷腹地。汉武帝开夜郎，置犍为郡，属僰道县。

　　僰人是我国古代西南的一个少数民族，史书谓其尚武，从造字来看，"僰"是披荆斩棘，与天奋斗的人。其葬俗较为独特，盛行悬棺葬。除四川以外，这种特殊的丧葬方式也散见于江西、广东等地。四川南部珙县境内的古僰人悬棺葬以分布集中、数量较多、岩壁高峻、难度巨大而闻名。

　　悬棺葬是僰人的一种特殊葬俗。现存最多、最集中的地方，是珙县洛表乡的麻塘坝和曹营乡的苏麻湾两处。麻塘坝亦称"僰人沟"，距珙县城六十公里，峭壁上现存有悬棺一百六十多具；苏麻湾距麻塘坝十多公里，在陡峭的石灰岩壁上分布着四十八具悬棺，可顺水泛舟观光。这些悬棺的时代未知上起何时，但知下迄明代。

　　麻塘坝、苏麻湾两处悬棺的制式相同，其悬置方式有三种：一是在峭壁凹入可避风处，凿孔插桩，架棺于上；二是凿岩为穴，置棺于内；三是利用岩壁天然缝隙或洞穴，置棺于内。棺

285

木头大尾小，多为整木，用子母扣和榫头固定。随葬品置棺主脚下两侧，以麻织品最多，有少量的丝织品。

置悬棺的岩壁上有许多彩绘壁画，内容丰富，线条粗犷，构图简练，形象逼真，具有浓郁的民族艺术风格。悬棺离地面高度二十六至五十米之间，高的可达一百米。僰人为何采用悬棺葬的方式安置死者，这些沉重的棺材又是如何安置到悬崖上去的，至今仍是未解之谜。

❧ 相关诗词：

悬尸峭壁自何年，几处遗存任我看。

未必高空无雷电，残棺零落石斑斓。

（现代·贾沛若《参观悬棺有感》）

川东夔门

卷五

中国现代史上的许多风云人物
都是从川东夔门走出盆地
走向外面更广阔的世界的
……

四川盆地以东是川东丘陵。这里有邓小平故里和朱德故里。

　　渠江、涪江从北向南至合川汇入嘉陵江，继续南流，至重庆汇入长江，浩浩荡荡，直奔夔门。

　　"在川一条虫，出川一条龙。"中国现代史上的许多风云人物，都是从这条水路走出盆地，走向外面更广阔的世界。

壹　古城阆中

阆中在四川盆地北部，城东属巴山山脉，城西属剑门山脉，四面山形如高门，因名阆山；嘉陵江纵贯南北，因名阆水；城在阆山阆水之中，因名阆中。该城是三国文化旅游的重要景点，今为全国历史文化名城（1986），与丽江、平遥、周庄并称"中国四大古城"。

阆中曾为巴子国国都，古称"保宁"。秦灭巴后，置阆中县，设县治于此，历代均为军事重镇。唐初鲁王灵夔、滕王元婴相继镇守阆中，按宫苑格局大兴土木，广建殿堂，提高阆中建筑格调，始有"阆苑"之称。迄今保存下来的古街巷达六十一条之多，而古院落更是数以千计，总面积达二点一平方公里。阆中古街巷是巴蜀古建筑的实物宝库，是我国古代建筑史上珍贵的文化遗产。

阆中的古院落融北方四合院和江南园林建筑的特点，形成半珠式、品字形、多字形等风格迥异的建筑群体，和而不同，相得益彰。玲珑剔透、变化万千的镂刻，是阆中古建筑的主要特征，多见于房屋吊檐、檐头、门窗、门楣，图案吉祥质朴，做工精细。四合院中的镂空窗花，使深宅大院显明亮剔透，融美学原理和实用价值于一体，是民间艺术中的瑰宝。

阆中贡院为国内仅存的两处贡院之一——另一处是南京的夫子庙即江南贡院。所谓贡院，就是科举时代士子应试的考场。清代有四科乡试是在阆中贡院进行的。据现有资料记载，阆中考棚明朝时就有，清顺治九年（1652），四川临时省会设于阆中，并在此举行乡试，提高了考棚的规格，于是改称"贡院"。

唐代大诗人杜甫寓居成都，于宝应元年（762）送归京的严武到达绵州，后因成都发生兵乱未能返回，只好奔走川北，于翌年到达阆中住了一段时间，并写下不少的诗篇。

❖ 相关诗词：

阆州城东灵山白，阆州城北玉台碧。

松浮欲尽不尽云，江动将崩未崩石。

那知根无鬼神会，已觉气与嵩华敌。

中原格斗且未归，应结茅斋看青壁。

（唐·杜甫《阆山歌》）

嘉陵江色何所似，石黛碧玉相因依。

正怜日破浪花出，更复春从沙际归。

巴童荡桨欹侧过，水鸡衔鱼来去飞。

阆中胜事可肠断，阆州城南天下稀。

（唐·杜甫《阆水歌》）

忆君无计写君诗，写尽千行说与谁？

题在阆州东寺壁，几时知是见君时？

（唐·元稹《阆州开元寺壁题乐天诗》）

嘉陵江水此东流，望喜楼中忆阆州。

若到阆州还赴海，阆州应更有高楼。

（唐·李商隐《望喜驿别嘉陵江水二绝》录一）

急趋长拜倦劳劳，自笑风埃满绿袍。

官味十年如水薄，归心一日共云高。

毫厘已悟蜗争角，文采须知凤得毛。

且喜还家收拾在，锦屏山下旧东皋。

（宋·文同《送蒲霖中舍致仕归阆中》）

二月莺花满阆中，城南搔首立衰翁。

数茎白发愁无那，万顷苍池事已空。

陂复岂惟民食足，渠成终助霸图雄。

眼前碌碌谁知此？漫走丛祠乞岁丰。

原诗题注：杜诗所谓"安知有苍池，万顷浸乾坤"者，今已尽废。

原诗"丛祠"注：池上有汉高帝庙。

（宋·陆游《南池》）

几年鹤发京华客，荣利关心未肯闲。

谁似翰林马检讨，黑头苦思恋家山。

（明·杨士奇《赠阆中马信》）

见说阆中好，轩窗临锦屏。

山川无仿佛，耆旧况凋零。

残垒浮兵气，寒江滞使星。

忽闻羌笛起，风雨昼冥冥。

（清·王士禛《阆中县》）

【链接一】锦屏山

　　锦屏山在阆中市城南嘉陵江对岸，海拔四百八十米，面积二十多平方公里，山势独特险峻，花木似锦，连山如屏，世称"锦屏"，素有"阆苑仙境"和"嘉陵第一江山"之美誉。西汉天文学家阆中人落下闳在城北蟠龙山建立观象台，在锦屏山修建了观星楼，是我国最早的天文观测站。

❖ 相关诗词：

山光绕座水明楼，曲院层栏花木稠。

六七月间无暑气，清渠活泼识源头。

（清·王应诏《锦屏书院》）

嘉陵一江胜处在阆州，阆州城南号称五城十二楼。明镜三面抱城郭，锦屏九叠临汀洲。江深石润树葱茜，帝子飞盖时来游。峭壁下瞰鼋鼍动，危磴上见猿猱休。山颠地势转逸旷，翘足卧看澄清流。当年丹梯碧瓦照山谷，今日石棱磊磊成荒丘。时见渔樵语烟霞，无复仕女嬉春秋。杜歌清壮犹可诵，冯夷荒渺谁能搜？唐代亲藩多典郡，曹皋最著他无俦。好治宫室恣游宴，尤胜虐下藏奸谋。吾闻洪州高阁亦是滕王建，飞云卷雨今仍留。我劝蜀人惜名胜，荒秽勿使山林羞。

（清·张之洞《锦屏山歌》）

沾衣柳絮逐风轻，雪里人如画里行。

处处琼林花影乱，茫茫天际瑞色明。

三千世界银装就，十二楼台玉簇成。

放眼乾坤登绝顶，尘氛顿去觉心清。

（现代·梁清芬《登锦屏山玩雪》）

【链接二】张飞庙

　　三国蜀汉名将张飞曾经镇守阆中七年，死后葬于阆中。历代有庙专祀张飞，庙虽屡遭兵火，但屡坏屡建，现存张飞庙是明清时修建的多重四合院式古建筑群。此外，阆中城中有一条主干道被命名为张飞大道。

❖　相关诗词：

　　敌万人偏与士伍，将才即此难比数。智勇功名震一时，英灵俎豆馨千古。吁嗟乎，孙曹割据成灰烬，何似将军一抔土！

（清·许槃《谒张桓侯祠墓》）

【链接三】阆中三陈

　　北宋阆州陈氏三兄弟，即陈尧叟（961—1017）字唐夫、陈尧佐（963—1044）字知余子、陈尧咨（？—？）字嘉谟的合称。三人俱为进士，官至显要，尧叟、尧咨并状元及第，俱工诗词。

❖　相关诗词：

　　甜于糖蜜软于酥，阆苑山头拥万株。

　　叶底深藏红玳瑁，枝边低缀碧珊瑚。

（宋·陈尧叟《果实》）

　　百首新诗百意精，不尤妃子即尤兵。

　　争如一句伤时话，只为明皇恃太平。

（宋·陈尧佐《华清宫绝句》）

不夸六印满腰悬，二顷仍寻负郭田。

当日弟兄皆刷羽，如今鸿雁尽摩天。

扶疏已问新栽竹，清浅犹寻旧漱泉。

大尹今来还又去，夕阳旌旗复翩翩。

（宋·陈尧咨《题三桂亭》）

　　三陈文藻耀巴西，榜样书岩有旧题。是处咿哦凭雪案，几人蹀躞步云梯。凤龙秀脉从今振，鹅鹿良规与古稽。顾我携囊浑不倦，壶中楼阁镜中提。满室云烟满架书，天开图画舞鳣鱼。文翁化衍千年后，朱守风贻十咏余。隔港溪声闻警枕，环窗花影上吟裾。多才雅得江山助，郭外喧停问字车。

（清·庄学和《锦屏书院落成》）

贰　万卷楼·陈寿

　　万卷楼在南充市顺庆区西郊玉屏山，是西晋著名史学家、《三国志》作者陈寿青少年时代读书治学的地方。万卷楼依山修建，占地一百多亩，二百八十四级石梯从山脚直达山腰，两边石狮石阙护卫，青松夹道，环境肃穆。

　　陈寿（233—297），字承祚，巴西郡安汉（今四川南充）人。幼而志学，博览群书。晋武帝时任著作郎，晋灭吴后，撰《三国志》六十五卷共三十六万余言，记述魏、蜀、吴三国六十年间兴亡大事，秉公执笔，取材严谨，文辞简洁，史料甚丰，在二十四史中，与《史记》《汉书》《后汉书》并称为"前四史"，是中国史学名著。

万卷楼始建于三国蜀汉建兴年间（222—237），楼倚岩而建，为三重檐式木石结构楼阁，飞檐斗拱，气势雄伟。陈寿曾在此读书。唐时楼前又建甘露寺，形成建筑群。如今的万卷楼，由读书楼、陈寿纪念堂、藏书楼构成主体，倚山而立，气势恢宏，建筑面积二千四百多平方米。今"万卷楼"三字，为赵朴初手迹。

纪念堂中陈列《三国志》各种版本及大量的文字、图画、表格、照片、实物等资料，详细地介绍了陈寿生平、思想和著述。墙上有十六幅彩墨巨画，从"黄巾大起义"到"三家归一统"，形象地展现了三国兴亡史。

❧ 相关诗词：

有国由来在得贤，莫言兴废是循环。

武侯星落周瑜死，平蜀降呈似等闲。

（唐·李九龄《读三国志》）

【链接一】张澜故居

张澜（1872—1955），字表方，四川南充人，爱国民主人士。清末秀才。辛亥革命前参加立宪派，曾领导四川保路运动。辛亥革命后，曾任四川省省长。抗日战争期间，拥护中国共产党团结抗日主张。1941年与黄炎培、沈钧儒等发起组织中国民主政团同盟（后易名中国民主同盟），任主席。1949年在中国人民政治协商会议第一届全体会议上被选为中央人民政府副主席。

党权官化气飞扬，民怨何堪遍四方。

谁见轩乘能使鹤，不知牢补任亡羊。

连年血战驱饥卒，万里陆沉痛旧疆。

且慢四强夸胜利，国家前路尚茫茫。

（现代·张澜《有感》）

蜡木常年花满枝，今年花发尚迟迟。

天寒远道春无寄，岁暮沉阴雨未离。

几度黄昏劳伫立，彼姝娴静渺难窥。

回头试向孤山问，故惜清芬待阿谁？

（现代·张澜《咏梅》）

立德立功在汝为，浮云富贵亦何奇。

山移志定无愚智，水落痕残识盛衰。

老大虚生常自警，忧患久处是良师。

蒲嬴未有黄金界，此语长书座右宜。

（现代·张澜《示子女》）

叁　宕渠汉阙

汉阙是我国现存时代最早、保存最为完整的古代地面建筑，为全国重点保护文物，被称为中国石质之"汉书"、古代建筑的"活化石"。目前全国现存汉阙三十处，渠县就有六处七尊，被命名为"中国汉阙之乡"。渠县汉阙以其久远的建造年代，绝妙高超的建筑手法，独到精湛的雕刻技艺，丰富精美的雕刻内容，独树一帜的书法艺术，在我国古代建筑艺术领域中占有重要地位，具有极高的历史价值、艺术价值和科学研究价值。

渠县汉阙中，以冯焕阙、沈府君阙最为著名。冯焕（？—121），东汉巴郡宕渠（今四川渠县）人，一生忠于汉室，骁勇多智，为统一和巩固东汉政权立下了汗马功劳。安帝时为幽州刺史，刚直疾恶，为奸人陷害，诈作玺书罪之，焕欲自杀，其子冯绲阻止道："大人在州，志欲去恶，实无它故，必是凶人妄诈。"焕从其言上书自讼，果诈者所为，未及申雪而病死狱中，帝愍之，赐钱十万，以其子冯绲为郎中。事见《后汉书》卷三十八《冯绲传》。渠县岩峰大石乡旧有冯公庙，建于清乾隆年间，现已毁圮。

冯焕阙建于冯焕死年，即建光元年（121），在距县城二十九公里的土溪乡赵家村。原为双阙，今存东阙之母阙。阙总高四点三三米。由阙基、阙身、阙顶三部分组成。阙基为整块青石凿成。正面铭文汉隶书"故尚书侍郎河南京令豫州幽州刺史冯使君神道"，铭文下为饕餮，浅浮雕，拱眼壁上正背两面雕有青龙、玄武。冯焕阙造型生动优雅，独具一格，阙上雕刻少而精细，书法也很特别。

沈府君阙是汉阙中唯一的双阙幸存者，在渠县城北三十四公里的汉碑乡燕家场。约建于东汉延光年间（122—125）。沈府君东阙正面铭文为"汉谒者北屯司马左都侯沈府君神道"，西阙为"汉新丰令交趾都尉沈府君神道"，为汉隶之精品。东阙之内侧有青龙浮雕，利吻紧咬玉环下之绶带，势欲奋飞，动感极强。西阙之内为白虎浮雕，隆准短身，四足五爪，尾长而刚健，口亦紧咬玉环绶带，蠢蠢欲动。阙周浮雕多反映汉代社会生产、人物与动物、作物与器物，备极生动。沈阙造型古朴，雕刻精巧，状物逼真，形态生动，是汉代造型艺术中的珍品。

❖ 相关诗词：

莫羡云台画伟人，冯公后起继忠纯。

亲冤讼破奸雄胆，君圣疏宽正直臣。

功建陇西从古颂，祚绵渠北迄今新。

更叨捍御无穷福，应为吾民庆泽臻。

（清·李良斋《谒冯公祠》）

峻岭腾骧势若龙，将军庙峙白云峰。

生前已建千秋业，殁后犹崇累代封。

珍重废园留断碣，庄严古殿仰清容。

祗今邑乘夸灵异，汉史先成范蔚宗。

（清·吴照《谒冯公祠》）

肆　南龛摩崖造像

南龛石窟在巴中市城南，巴中城因此有石窟之乡的美名。石窟有东龛、西龛、南龛、北龛之分，以南龛最为著称。南龛共有摩崖造像一百七十六龛，二千七百余座，规模宏大，雕嵌玲珑，是全国十大石窟之一，今为全国重点文物保护单位（1988）。

南龛摩崖造像始创于南北朝，唐肃宗乾元三年（760），巴州刺史严武奏请皇上赐名。南龛摩崖造像内容以佛经为主，造像有法身佛、三世佛、释迦佛、延古佛、阿弥陀佛、观音菩萨等，大部分是盛唐前后的作品，少数是南北朝以后的作品。造像精巧玲珑，姿态各异，端庄丰满，气质浑厚，分布在云屏石、山门石、千佛崖、神仙坡、大佛洞一带，尤以大佛洞为密集。

南龛山上还建有川陕苏区将帅碑林和由邓小平亲笔题写馆名的川陕革命根据地博物馆，馆藏文物两万余件和一千八百多万字的史料，再现了红四方面军的丰功伟绩，今为爱国主义教育基地（1995）。

❧ **相关诗词：**

孟冬积雪冰霜骄，茱萸已老黄花飘。书生顺候作游遨，飞霞亭边同人招。同人田叔及王乔，英姿卓越千人豪。咒杯持手剑插腰，捧觞各将磊魄消。大风比来忽漂骚，天柱地维欲动摇。奋声一啸东门坳，苍鹰为我下九霄。此时兴来不可挠，风紧月明麈论高。右据舆图左持鳌，忽喜忽怒忽悲号。祖宗神鼎定蓟辽，万岁金瓯德护牢。逆胡腥膻氛成妖，天诛幸不赦三苗。江南江北运通漕，两河战士富戈袍。只忧偏隅禾黍焦，预恐来岁人民憔。神龙何吝雨点抛，虎啸万壑空萧萧。英雄立功会有造，欲赠诸君大食刀，馋削乱领佐熙朝。

（清·冯鲁溪《立冬日同王田二君游南龛》）

巴山形胜，苏区省会，光辉历史名城。高塔入云，飞霞饰阁，群峰秀字水清。波底石龙横。路边树成荫，来往车鸣。华宇朱楹，楼层林立市繁荣。　　南龛石刻艺精，有千余古佛，栩栩如生。花苑彩亭，曲径丛林，云屏怪石峥嵘。听笑语欢声。看川博耸立，南麓华厅。战功业绩景仰，拴马树常青。

（现代·黄道忠《望海潮·巴中》）

【链接一】巴中探古

　　巴中历史悠久，早在原始社会就有人类活动。东汉永元年间（89—104）置汉昌县，建安六年（201）改属巴西郡，北魏年间（386—534）置巴州。汉高祖刘邦在南江大坝建牟阳城筑巴峪关，当年萧何月下追韩信至截贤岭便是在此地。巴人部族素以英勇善战，能歌善舞而著称。

　　在巴中这片古老而神奇的土地上，诞生了宋代天文学家张思训；孕育出早期无产阶级革命家刘伯坚、吴瑞林等中华人民共和国建国授衔将军共计二十八位；西晋成王李雄、前蜀开国皇帝王建、唐太子李贤、诗人李白、杜甫等名人学士先后游历巴中，留下不朽名篇佳话。

❖　相关诗词：

　　庙貌巍然壮，乾坤正气留。

　　头颅甘一割，血食总千秋。

　　蜀北关长在，巴西水急流。

　　君看行不义，降表送谯周。

（清·冯鲁溪《谒严将军祠》）

　　读书台上春风起，读书台畔灵旗止。寻花载酒听书声，不见章怀故太子。太子武皇后嫡出，属毛离里天爱足。一朝当作孽子看，庶人此地有歌哭。半榻琴书慰别离，空山日暮草虫悲。自怜失爱身

何早，诵到无声泪已滋。不才自合宜捐弃，祖宗箕裘何弗易！未报
劬劳母氏恩，敢辞待恩边荒地。惆怅我行已永久，长安西望几回首。
常从中使问起居，恐与郡人话诗酒。台上黄瓜凋复凋，慈帏风动应
寂寥。待传雁帛连番信，愿傍龙楼宿几宵。生长皇家骄贵旧，冰霜
异域时心疚。翼寒鹦鹉梦潜悲，毛落凤凰知不寿。月落荒台自凄惨，
书到此时读已晚。苍天未鉴历山号，平地难将翠华返。伤心空筑望
思楼，输与狐狸守故丘。魂魄归来定何日，苍山北向水东流。

（清·冯鲁溪《读书台怀古》）

　　昔显威灵古庙堂，今余荒址柏苍苍。

　　释颜旗纵插巴郡，击部郡曾称汉昌。

　　鏖战牧羊高垒固，载乘楠木谢碑详。

　　何关岭上旄悬否，信是长矛镇字江。

（清·刘瑞《访插旗山桓侯庙遗址》）

【链接二】红军碑林

　　红军碑林位于巴中市区南龛山顶，占地七万余平方米，共
嵌碑三千三百八十八块，刻有约十万红军将士的英名。现已建
有红四方面军主要将领徐向前、李先念、陈昌浩、王树声等纪
念像园，刘伯坚烈士纪念像园，碑林长廊，楹联长廊，红军将
士英名纪念碑，吴瑞林将军纪念碑，红军陵园等十大碑区。

❤　相关诗词：

　　将军神策挞强梁，拴马南龛树溢香。

游侣万千争颂仰，只缘贻爱胜甘棠。

有题为：游南龛题徐帅拴马树

将军石纪将军言，珍石名言万口传。

唤起工农千百万，迎来春色满人间。

有题为：题玉井徐帅讲话台将军石

（现代·苟廷一《怀徐帅二首》）

日听孤雁哀哀叫，野闻孀妇哭嚎啕。

唤起工农千百万，砸碎牢笼红旗飘。

穷人荒山采野草，富人华楼宴佳肴。

若不砸烂这社会，人民怎能得温饱。

（现代·陈其通《红军歌谣》）

瑰丽巴山石，雄踞万谷边。

红标千百句，嵌绣众心间。

大书全赤化，非是一虚言。

錾字宣传队，风高魏武篇。

（现代·汪小川《石刻标语赞》）

莽莽巴山，烈烈苏区，壮哉古城。据川秦冲要，红星闪烁；壶浆箪食，踊跃加盟。喋血开疆，艰难百战，劲旅偏师顽敌惊。南山柏，护燕然勒石，十万英名。　　重来姹紫争荣。华发侣、相期朝圣行。是幸存老将，归寻故垒；劫馀晚辈，欣认门庭。一代人豪，宝刀仍在，要挽英风涤性灵。增惭愧，恨几多不肖，污玷红旌。

（现代·李维嘉《沁园春·巴中吟》）

伍　金华山·陈子昂

金华山在射洪县西北，前山有金华道观，始建于梁天监初年（502），是四川道教四大名观之一，后山有开唐一代诗风的著名诗人陈子昂青年时代的读书台，今为省重点文物保护单位（1980）。

陈子昂（659—700），字伯玉，梓州射洪（今四川射洪）人。青年时代浪漫任侠，遍览经史百家。二十四岁进士及第，上书论政，受到武后的赏识，曾任右拾遗。二十六岁和三十六岁时，曾两次从军赴边，屡有建言。后一次从军因与主将武攸宜意见不合，遭受排斥。三十八岁后辞职还乡，为县令段简所害。陈子昂于诗文倡导风雅兴寄、汉魏风骨，与齐梁划清界限，以复古为革新，当时就被誉为"海内文宗"。著有《修竹篇序》《感遇三十八首》《登幽州台歌》等。

读书台原名读书堂，或称陈公学堂，旧址在金华山古观之后，今祖师殿一带，唐大历六年（771），东川节度使立"故拾遗陈公建德之碑"于读书处，历宋元明各代，屡有重修，名称也由陈公学堂改为读书台。清道光十年（1830）读书台移到后山，光绪六年（1880）又进一步修建，使读书台初具规模。

而今读书台古木参天，正门有碎瓷镶嵌的"古读书台"四字，穿甬道便是感遇厅。厅内正中为青年陈子昂的汉白玉雕像，雕像身后壁上刻陈子昂《感遇》诗三十八首，壁背面刻有唐人卢藏用的《陈伯玉先生别传》。感遇厅后为拾遗亭，出亭是庭园，庭园尽头为明远亭。此亭立于山的最高处，凭栏远眺，涪江尽收眼底。

❧ **相关诗词：**

世上无名子，人间岁月赊。纵横策已弃，寂寞道为家。卧病谁能问，闲居空物华。犹忆灵台友，栖真隐太霞。还丹奔日御，却老饵云芽。宁知白社客，不厌青门瓜。

（唐·陈子昂《卧病家园》）

涪右众山内，金华紫崔嵬。上有蔚蓝天，垂光抱琼台。系舟接绝壁，杖策穷萦回。四顾俯层巅，澹然川谷开。雪岭日色死，霜鸿有余哀。焚香玉女跪，雾里仙人来。陈公读书堂，石柱仄青苔。悲风为我起，激烈伤雄才。

<small>原诗题注：陈子昂，射洪人，少读书金华山，后节度使李叔明为立旌德碑于山之读书堂侧。</small>

（唐·杜甫《冬到金华山观，因得故拾遗陈公学堂遗迹》）

步出县西郊，攀萝登峭壁。行到蕊珠宫，暂喜抛火宅。羽帔清焚修，霜钟扣空寂。山影落中流，波声吞大泽。北厢引危槛，工部曾刻石。辞高谢康乐，吟久惊神魄。拾遗有书堂，荒榛堆瓦砾。二贤间世生，垂名空煊赫。逸足拟追风，祥鸾已铩翮。伊余诚未学，少被文章役。兴来挥兔毫，欲竞雕弧力。虽称含香吏，犹是飘蓬客。薄命值乱离，经年避矛戟。今来略倚柱，不觉冲暝色。袁安忧国心，谁怜鬓双白。

（前蜀·牛峤《登陈拾遗书台览杜工部留题慨然成咏》）

陈公读书处，立马怅临岐。

暝色来东蜀，江声走大瀰。

诗谁前辈好，山爱故乡奇。

望望金华远，虚名迥自疑。

（清·张问陶《射洪》）

悠悠天地著斯台，何事怆然泣下哉！

海内文宗金像在，唐初诗骨蜀山开。

牝朝真有则天帝，伯玉应生名士才。

借问梁公成相业，忠肝义胆岂殊胎？

（清·杨崇培《题陈拾遗读书台》）

来到金华第二峰，读书人渺野台空。

高才怅望无寻处，但听江声暮霭中。

（现代·张澜《访射洪陈拾遗读书台》）

正字功名薄，初唐雅颂沦。

高歌一狂客，独步几诗人。

江草吟边绿，山花劫后春。

凭公分片席，来结武东邻。

（现代·李雨生《登读书台》）

莫测苍天意，生才底忌才？

文章无达命，身世有余哀。

清秩麟台抑，奇冤狴狱埋。

长留读书处，樵牧唱歌来。

（现代·马天衢《登读书台》）

【链接一】《感遇》诗

陈子昂最重要的作品，当推其五古组诗《感遇三十八首》，这是一组以感慨身世及时政为主旨的诗，写法较为古朴，但内容非常充实，是陈子昂诗歌理论的实践。杜甫晚年居蜀时，曾杖策金华山，寻访陈子昂故居，并赞颂陈子昂"有才继骚雅，哲匠不比肩"，"终古立忠义，感遇有遗篇"。韩愈也写诗赞美道："国朝盛文章，子昂始高蹈。"可见其影响之大。

❖ 相关诗词：

兰若生春夏，芊蔚何青青！

幽独空林色，朱蕤冒紫茎。

迟迟白日晚，袅袅秋风生。

岁华尽摇落，芳意竟何成？

（唐·陈子昂《感遇三十八首》录一）

南登碣石馆，遥望黄金台。

丘陵尽乔木，昭王安在哉?

霸图今已矣，驱马复归来。

（唐·陈子昂《燕昭王》）

拾遗平昔居，大屋尚修椽。悠扬荒山日，惨澹故园烟。位下曷足伤，所贵者圣贤。有才继骚雅，哲匠不比肩。公生扬马后，名与日月悬。同游英俊人，多秉辅佐权。彦昭超玉价，郭振起通泉。到今素壁滑，洒翰银钩连。盛事会一时，此堂岂千年。终古立忠义，感遇有遗篇。

原题注：宅在射洪县东七里东武山下。

（唐·杜甫《陈拾遗故宅》）

沈宋横驰翰墨场，风流初不废齐梁。

论功若准平吴例，合著黄金铸子昂。

（金·元好问《论诗绝句》）

陆 真佛山

真佛山风景区在达州市七里峡山脉中段福善乡，面积约三十七平方公里，是佛、儒、道三教合一的宗教圣地。今为四川省风景名胜区。

德化寺为真佛山的核心景区，占地四百余亩，建筑面积一万五千平方米。规模宏大，结构精巧，庙门彩壁雕檐，金碧辉煌，掩映于苍松翠柏之中。寺庙系清嘉庆十五年（1810）真佛山关帝庙仿照佛寺改建而成，寺庙群依山取势，分前、中、后三殿，互不相连。

前殿为玉皇殿，是道教供奉的尊神之一，但大殿两侧四大天王却是佛教寺庙供奉的护法神。中殿匾额题着道教的"洞天福地"，但殿内供奉的却是地藏王、阎罗王等，分明为佛教道场。后殿前后小殿供奉着文昌帝君和关圣帝君，大雄宝殿内直立两座十八层宝塔，高三十米，庙宇中供奉的不是如来佛，而是德化寺的创建者蒋善人。所以整个德化寺是一座佛、道、儒三教合一的寺庙。

❖ 相关诗词：

一步一阶山渐低，翠拥殿宇与云齐。

此间必有如来到，今日能无德化施。

孝善即为真佛境，阳光便是好天梯。

归途不忍轻言别，夹道香樟铺鸟啼。

（现代·王海娜《自孝善阶入真佛山德化寺归行千步阶》）

【链接一】元稹与达州

元稹（779—831），唐代著名诗人，字微之，唐洛阳（今属河南）人，北魏鲜卑族拓跋部后裔。元和十年（815）贬谪通州（今达州）任司马，初到任时，通州"人稀地僻、蛇虫当道"，元稹励精图治，清正廉洁，政绩斐然，为当地百姓做了不少好事。

元稹在达州为官四年，写下了许多著名诗篇，其间与白居易多有诗歌唱和。而且他政绩卓著，深受人民拥戴。公元818年，元稹调任河南，在他离任当天——元月初九，全城父老登上城南翠屏山和城北凤凰山送别，依依不舍，达州从此留下了"元九"登高的传统习俗。每年元月初九这一天，达城万人空巷，男女老幼竞相往城外登山，登高远望，纪念元稹。时至今日，人们借此登高眺远，祭天祈福，期待一扫去岁颓势，迎来新年万事畅达。

❧ **相关诗词：**

通州到日日平西，江馆无人虎印泥。

忽向破檐残漏处，见君诗在柱心题。

（唐·元稹《见乐天诗》）

渠江明净峡逶迤，船到名滩拽纤迟。

橹曳动摇妨作梦，巴童指点笑吟诗。

畲余宿麦黄山腹，日背残花白水湄。

物色可怜心莫憾，此行都是独行时。

编者注：此诗一说为武元衡作。

（唐·元稹《题南昌滩》）

来书仔细说通州，州在山根峡岸头。

四面千重火云合，中心一道瘴江流。

虫蛇白昼拦官道，蚊蟆黄昏扑郡楼。

何罪遣君居此地？天高无处问来由。

通州海内栖惶地，司马人间冗长官。

伤鸟有弦惊不定，卧龙无水动应难。

剑埋狱底谁深掘？松偃霜中尽冷看。

举目争能不惆怅？高车大马满长安。

（唐·白居易《得微之到官后书备知通州之事怅然有感因成四章》录二）

达州原是古通州，山自青青水自流。

元九登高怀元九，诗魂常伴凤凰游。

（现代·梁上泉《元九登高》）

【链接二】张爱萍与达州

张爱萍（1910—2003），中国人民解放军高级将领，四川达县（今四川达州）人。1928 年入党，1934 年 10 月参加长征。中华人民共和国成立后担任过浙江军区司令员，1955 年被授予上将军衔。为"两弹一星"的成功研制做出过重大贡献。1980 年后历任国务院副总理、国务委员兼国防部部长等重要职务。

❤ **相关诗词：**

喜与同窗话当年，州河水不寒。

回首戛云塔影，浩浩龙爪滩。

达中校，南坝边，换人间。

京都聚首，诗书共妍，远望巴山。

（现代·张爱萍、魏传统、杨超《无题》）

黛瓦青砖宅，素壁山色里。门前高速路，煞此好风水。咄咄观光客，娓娓解说妹：张公一言决，地方慎请示。让道于建设，休倚将军势。还顾揭竿日，天地玄黄际。岂必失业徒，颇有富家子。宁为稻粱谋，信仰在主义。闻风默之久，我敬肃然起。复嗟煮鹤人，未解奉迎事！

（现代·周啸天《张将军故里》）

柒 八台山

八台山位于四川省东北部万源市八台乡的东部，因地貌成层状梯级递降，有八层之多，故名八台山。是国家级自然遗产，国家地质公园，国家 AAAA 级旅游景区。主峰新八台海拔约二千三百米，有"巴山第二峰"的美誉。八台山雨量充沛，日照充足，形成独具特色的八台山日出、佛光、云海、云瀑等气象景观，被人们称为"川东峨眉"，是四川最先看到太阳升起的地方。

❖ **相关诗词：**

巴山峰头逼天街，天街之上有八台，八台四万八千丈，雨雾霰雪常不开。双河谷口风夜吼，八台直向云中走，长冰结岩牙参差，古栈石磴压雪厚。锦江青灯庞眉客，风雪独上八台北，气蒸眉睫旋作冰，两耳欲堕指脱节。八台冻云何崔嵬，雪山万重扑面来。千年老鳌凝江底，山君战栗鹧鸪死。山中松柏直如桴，琼枝玉叶银珊瑚，天帝猎罢赏骑射，轻撒八台万斛珠。我登八台望四面，前江后江皆如线，我家应在西南隅，雪云迷茫看不见。正是八台飞雪时，千里赴任多佳思，如此江山如此景，大笑痴儿来何迟。

（现代·滕伟明《八台雪歌》）

巴山绵亘，八叠为峰。几千转、跃上葱茏。气违寒暑，服易秋冬。竟霎时雾，霎时雨，霎时风。　　雀呼起早，目极川东。浑疑是、开物天工。阴阳一线，炉水通红。看欲流钢，欲流铁，欲流铜。

（现代·周啸天《八台山日出》）

捌　广安·邓小平

广安市协兴镇是邓小平故里，景区主要包括邓小平故居、翰林院子、蚕房院子、北山小学堂等多处邓小平童年及青少年时期的活动场所。今为全国爱国主义教育基地（1997），全国重点文物保护单位（2001），全国爱国主义教育示范基地先进单位（2004），国家AAAA级旅游风景区。

邓小平（1904—1997），初名先圣，上学后改为希贤，生于四川广安。在国民革命期间，邓小平领导了百色起义，创立了左右江革命根据地。经过艰苦卓绝的长征后，他又与刘伯承率领刘邓大军建立了广大的晋冀鲁豫解放区。在解放战争中，刘邓大军又千里挺进大别山，进军大西南，为解放全中国建立了不可磨灭的功勋。十年"文化大革命"中，邓小平始终坚持了正确的革命方向，这使他受到错误打击。"文化大革命"后，邓小平成为改革开放的总设计师、中国特色社会主义理论的创立者，使中国迅速走上改革发展的道路。

邓小平故居陈列馆建筑面积三千八百平方米，由序厅、三个陈列展厅、电影厅、珍藏厅等组成。共展出文物一百七十件、档案文献资料两百余件、图片四百零八幅，复原场景四个，运用多媒体展示系统，共同组成鲜活的立体空间，生动、全面、形象地展示了邓小平伟大辉煌又富有传奇色彩的人生历程，再现了一个又一个重大历史场面，体现了主题鲜明、特点突出、内容丰富、设计新颖的总体思路。

❧ 相关诗词：

二十年间行路难，登高引领望重关。

一生两度长征路，不亚当年铁索寒。

（现代·杨析综《缅怀邓小平同志》）

会抓老鼠即为高，不管白猫同黑猫。

思到骊黄牝牡外，古来惟有九方皋。

峨眉自古路朝天，最是公来不禁山。

半边容我与君走，尚与路人留半边。

（现代·周啸天《邓小平与四川竹枝词》录二）

【链接一】华蓥山

　　华蓥山又名华银山，在四川广安华蓥市境内，素有"川东小峨眉"之誉。整个景区面积二十平方公里，以苍翠茂密的山林为环境基调，以秀丽的喀斯特石林、溶洞为典型的景观代表，集秀峰怪石、佛教文化、天坑溶洞、茂林修竹、华蓥山游击队遗迹于一体。华蓥山是与许多英雄儿女的名字联系在一起的，20世纪三四十年代，中共川东临委领导和发动的华蓥山武装斗争起义使华蓥山声名远播，江姐和双枪老太婆在中国家喻户晓，景区今为四川省爱国主义教育基地。

❧　**相关诗词：**

　　华银高峙宕渠东，千峰崔巍气象雄。凉秋八月开障翳，山头青与青天同。壶山远揖百余里，薄暮时见雨溟濛。秋山斗道净如洗，一幅云林列窗中。人言兹山派自远，自秦入蜀多玲珑。儿孙列罗知几许，欲霁常垂万丈虹。名山灵秀自不朽，年年对面攒青葱。夕阳衔山得返照，惟有兹山立半空。我将簪笔游五岳，骑鲸瀛海乘长风。

（清·冯镇峦《壶山望华蓥歌》）

　　峨峨万仞山，皑皑千年雪。
　　霜飞古殿寒，冻逼石纹裂。
　　世有热中人，来此应不热。

（清·孙桐生《华蓥积雪》）

　　山色晴逾好，邀朋陟上方。
　　林峦腾紫气，涧壑吐青光。

铁瓦连云丽，松风带菊香。

醉归饶逸兴，石镜照斜阳。

（清·简昌璘《登华银山》）

欧刀削就，孤峰笔立，居然帝座相通。几辈遨游，谁家题咏，一年又是秋风。万古卧云中。把众星摘下，颗颗珠红。长啸一声，百千万虎气腾空。 谁云芥蒂在胸，吞云梦，八九冰化雪融。把酒问天，携诗搔首，青莲不算英雄。眼前日生东。但双拳拜着，便胜芙蓉。唱罢新歌，满身月影桂香浓。

（清·陈钱龄《望海潮·登华银绝顶放歌》）

玖　仪陇·朱德

南充市仪陇县马鞍镇是朱德的出生地。

朱德（1886—1976），字玉阶，中国人民解放军创始人和领导者，共和国元帅。1922年加入中国共产党。1927年参加领导了南昌起义。红军时期，历任军长、总司令等职。抗日战争时期任八路军总司令。解放战争时期任人民解放军总司令。中华人民共和国成立后任国防委员会副主席，全国人大常委会委员长等职。

朱德故里距仪陇县城三十余公里，主要由三部分组成，分别为朱德旧居、朱德故居纪念馆和朱德纪念园。旧居坐南向北，面积约两百平方米，始建于清嘉庆末年，为三合院农舍，正面有堂屋、厨房，均为版筑土墙。东厢蚕房、煮酒房和客房均为穿斗式结构。今为全国重点文物保护单位（1988）。

朱德旧居陈列有少年朱德读书时用过的条桌、桐油灯盏、装书的背篮、算盘、砚台等历史遗物。室外还保存有少年朱德在劳动中使用过的石碾、石磨和他与小兄弟们淘的琳琅井。

朱德故居纪念馆由邓小平题写馆名。纪念馆由五个展厅组成，陈列主要内容有：佃农子弟、投笔从戎、护国讨袁、寻求真理、旅欧求学、回击英舰、南昌起义、井冈会师、万里长征、抗战八年、解放战争、国务活动等。图片丰富，史料翔实，藏品珍贵。纪念馆右侧有"怀念朱德同志字画陈列厅"。

今日朱德故里正发生着翻天覆地的变化。2004 年 8 月 15 日，胡锦涛同志亲临仪陇，说："朱德故居是全国爱国主义教育示范基地，一定要把朱德故居保护好，把朱德故里建设好。"朱德故里必将以更加崭新的面貌，展现在世人面前。

❧ **相关诗词：**

> 仗马太行侧，十月雪飞白。
>
> 战士仍衣单，夜夜杀倭贼。

（现代·朱德《寄语蜀中父老》）

> 群峰壁立太行头，天险黄河一望收。
>
> 两岸烽烟红似火，此行当可慰同仇。

（现代·朱德《出太行》）

> 北华收复赖群雄，猛士如云唱大风。
>
> 自信挥戈能退日，河山依旧战旗红。

（现代·朱德《赠友人》）

【链接一】朱德纪念园

　　朱德纪念园在仪陇县城中心，由中央军委拨款修建，占地七千平方米，1991 年 11 月落成竣工，呈南低北高台阶状。第一层为朱德生平简介，第二层为功勋坊，第三层为朱德元帅铜像广场，第四层是陈列室。

　　这座具有独特风格的建筑，与周围的绿化带，西侧的兰苑和附近的其他建筑交相辉映，构成一幅气势磅礴、宏伟壮观的画图。1996 年，中宣部等六部委命名朱德纪念园为全国百个爱国主义教育示范基地之一，是人们瞻仰朱德元帅铜像，学习朱德思想，接受革命传统教育的圣地。

❦　相关诗词：

只有人心能救世，西南半壁赖扶持。

读书已过五千卷，一剑曾当百万师。

（现代·赵熙《赠朱玉阶将军》）

真个巴山百丈松，开天辟地仰元戎。

伟人风范谁堪比，走入民间若老农。

（现代·杨析综《缅怀朱德元帅》）

旧居仍是老农家，馆列行藏轻世华。

此乃元戎真本色，乐同邻里话桑麻。

（现代·李维嘉《瞻仰朱总旧居及纪念馆》）

拾 三峡·夔门

我国的第一大河流——长江横贯四川盆地东缘时，冲开崇山峻岭，形成了雄伟壮丽的、号称长达七百里的大峡谷——长江三峡。

三峡入口处的夔门，如今虽在行政区划上归属重庆，但它是长江从四川盆地进入三峡的大门，所以习惯上仍然被视为蜀人出川的大门，也理所当然地成为本书结穴之所在。

三峡是中国十大风景名胜之一，西起奉节的白帝城，东到湖北宜昌的南津关，是瞿塘峡、巫峡和西陵峡三段峡谷的总称，是万里长江最为奇秀壮丽的山水画廊。

夔门在白帝城下、瞿塘峡口，南岸白盐山，北岸赤甲山，断崖壁立，夹江对峙，相距不足百米，俨若门户——古称"瞿塘门"，所谓"众水会涪万，瞿塘争一门"、所谓"西控巴蜀收万壑"，也就是说，瞿塘峡有锁全川之水的险要气势。

雄奇险峻的夔门，从古以来便激发着文人墨客的情思，在两岸绝壁上，历代诗人曾留下了十余幅石壁题刻，有的题刻距今有上千年的历史。在三峡工程蓄水（2003）以后，夔门石刻已沉入水面以下，而"夔门天下雄"五个大字，仍被完整地复制到水位线上，供过往的游客瞻仰。

早在 1918 年，孙中山在《建国方略》中就曾提出开发三峡水力资源的设想。1956 年毛泽东从武昌游过长江，写下了脍炙人口的《水调歌头·游泳》，在他的想象中，长江上流筑起大坝，出现一个大三峡水库，那将会更多地造福于国人。

2009 年，三峡水利枢纽工程全部完工，作为当今世界上最大的水利工程，它把"高峡出平湖"的理想，从蓝图变为了现实。

遥遥去巫峡，望望下章台。

巴国山川尽，荆门烟雾开。

城分苍夜外，树断白云限。

今日狂歌客，谁知入楚来。

（唐·陈子昂《度荆门望楚》）

渡远荆门外，来从楚国游。

山随平野尽，江入大荒流。

月下飞天镜，云生结海楼。

仍连故乡水，万里送行舟。

（唐·李白《渡荆门送别》）

朝辞白帝彩云间，千里江陵一日还。

两岸猿声啼不住，轻舟已过万重山。

（唐·李白《早发白帝城》）

岁暮阴阳催短景，天涯霜雪霁寒宵。

五更鼓角声悲壮，三峡星河影动摇。

野哭几家闻战伐，夷歌数处起渔樵。

卧龙跃马终黄土，人事依依漫寂寥。

（唐·杜甫《阁夜》）

风急天高猿啸哀，渚清沙白鸟飞回。

无边落木萧萧下，不尽长江滚滚来。

万里悲秋常作客，百年多病独登台。

艰难苦恨繁霜鬓，潦倒新亭浊酒杯。

（唐·杜甫《登高》）

瞿塘嘈嘈十二滩，此中道路古来难。

长恨人心不如水，等闲平地起波澜。

（唐·刘禹锡《竹枝词》）

巫峡迢迢旧楚宫，至今云雨暗丹枫。

微生尽恋人间乐，只有襄王忆梦中。

（唐·李商隐《过楚宫》）

十二巫山见九峰，船头彩翠满秋空。

朝云暮雨浑虚语，一夜猿啼明月中。

（宋·陆游《三峡歌九首》录一）

月出赤甲如金盆，蹲龙呀口吐复吞。

长风浩浩挟之出，影落半江沉复翻。

天高夜静四山寂，惟有滩声喧水门。

高斋诗翁不可作，我亦不眠终夕看。

（宋·范成大《鱼复浦泊舟，望月出赤甲山，山形断缺如鼍龙》）

我家岷山更西住，正见岷江发源处。

三巴春霁雪初消，百折千回向东去。

江水东流万里长，人今漂泊尚他乡。

烟波草色时牵恨，风雨猿声欲断肠。

（明·杨基《长江万里图》）

峡雨濛濛竟日闲，扁舟真落画图间。

纵将万管玲珑笔，难写瞿塘两岸山。

（清·张问陶《瞿塘峡》）

滟滪已无堆，瞿塘仍可危。

岸崖双壁立，峡道九肠回。

云彩留军帽，江声隐雾帷。

若言风景异，三峡此为魁。

（现代·郭沫若《过瞿塘峡》）

蜀道真如天，江行万山间。

每到狭窄处，总破一重关。

（现代·陈毅《咏三峡》）

才饮长沙水，又食武昌鱼。万里长江横渡，寂寞楚天舒。不管风吹浪打，胜似闲庭信步，今日得宽余。子在川上曰：逝者如斯夫。

风樯动，龟蛇静，起宏图。一桥飞架南北，天堑变通途。更立西江石壁，截断巫山云雨，高峡出平湖。神女应无恙，当惊世界殊。

（现代·毛泽东《水调歌头·游泳》）

毛泽东题为"游泳"的这首词，并不是在巴蜀大地上写的，然而诗人视通万里，他从武汉长江大桥一下联想到未来的三峡大坝。

　　在浮想联翩中，诗人穿越时间隧道，似乎亲眼见到三峡工程所引起的惊天动地的、历史性的巨变。最后诗人幽默地向神女拉话道：你是不是为此而感到不安呢？对于眼前发生的这一切，你当然会感到很惊讶的。

　　在新的世纪开始不久，伟人心中宏伟的蓝图，已经变成壮丽的现实。巴山蜀水月异日新，四川大地已经发生并正在继续发生历史性的变化。

　　神女应无恙，当惊世界殊！

参考引用书目
（以拼音为序）

《阿坝县志》　阿坝县志编纂委员会编　民族出版社 1993

《阿坝州志》（汉）　阿坝藏族羌族自治州志编纂委员会编　民族出版社 1994

《安县志》　安县志编纂委员会编　巴蜀书社 1991

《安岳县志》　安岳县志编纂委员会编　四川人民出版社 1993

《巴蜀诗词》　四川文史馆、四川省人民政府参事室编印 2003

《巴塘县志》　巴塘县志编纂委员会编　四川民族出版社 1993

《巴中县志》　巴中县志编纂委员会编　巴蜀书社 1994

《白玉县志》　白玉县志编纂委员会编　四川大学出版社 1996

《宝兴县志》　宝兴县志编纂委员会编　方志出版社 2000

《北川县志》　北川县志编纂委员会编　方志出版社 1996

《布拖县志》　布拖县志编纂委员会编　中国建材工业出版社 1993

《苍溪县志》　苍溪县志编纂委员会编　四川人民出版社 1993

《岑参集校注》　陈铁民等校注　上海古籍出版社 1981

《长宁县志》　长宁县志编纂委员会编　巴蜀书社 1994

《陈毅诗稿》　文物出版社 1979

《成都掠影》　成都市对外文化交流协会、亚祥国际文化交流中心编　成都出版社 1992

《崇庆县志》　崇庆县志编纂委员会编　四川人民出版社 1991

《船山诗草》　张问陶撰　中华书局 1986

《达县市志》　达川市地方志工作委员会编　四川人民出版社 1994

《达县志》　达县志编纂委员会编　四川辞书出版社 1994

《大邑县志》　大邑县志编纂委员会编　四川人民出版社 1992

《大竹县志》　大竹县志编纂委员会编　重庆出版社 1992

《丹巴县志》　丹巴县志编纂委员会编　民族出版社 1996

《丹棱县志》　丹棱县志编纂委员会编印 2000

《道孚县志》 道孚县志编纂委员会编 四川人民出版社 1998

《稻城县志》 稻城县志编纂委员会编 四川人民出版社 1997

《得荣县志》 得荣县志编纂委员会编 四川人民出版社 2000

《德昌县志》 德昌县志编纂委员会编 四川人民出版社 1998

《德格县志》 德格县志编纂委员会编 四川人民出版社 1995

《德阳历代风景名胜诗选》 闻元馨选注 四川民族出版社 2001

《德阳县志》 德阳县志编纂委员会编 四川人民出版社 1994

《窦圌山志》 肖定沛编著 四川人民出版社 1991

《杜甫在四川》 曾枣庄著 四川人民出版社 1980

《杜诗详注》 仇兆鳌集注 中华书局 1979

《峨边彝族自治县志》 峨边彝族自治县志编纂委员会编 四川辞书出版社 2000

《峨眉县志》 峨眉县志编纂委员会编 四川人民出版社 1991

《二十世纪名家诗词钞》 毛谷风编 华东师范大学出版社 1993

《富顺县志》 富顺县志编纂委员会编 四川大学出版社 1993

《甘洛县志》 甘洛县志编纂委员会编 四川民族出版社 1996

《甘孜县志》 甘孜县志编纂委员会编 四川人民出版社 1999

《甘孜州志》 甘孜州志编纂委员会编 四川人民出版社 1997

《高适诗集编年笺注》 刘开扬笺注 中华书局 1981

《高县志》 高县志编纂委员会 方志出版社 1998

《珙县志》 珙县志编纂委员会 四川人民出版社 1995

《古蔺县志》 古蔺县志编纂委员会编 四川科学技术出版社 1993

《古蜀文明：璀璨的四川古代文化》 段渝、邹一清编著 四川人民出版社 2004

《灌县志》 灌县志编纂委员会编 四川人民出版社 1991

《广安县志》 广安县志编纂委员会编 四川人民出版社 1994

《广汉县志》 广汉县志编纂委员会编 四川人民出版社 1992

《广元县志》 广元市志编纂委员会编 四川辞书出版社 1994

《郭沫若全集（文学编）》 人民文学出版社 1982

《国朝全蜀诗钞》 孙桐生 巴蜀书社 1985

《汉源县志》 汉源县志编纂委员会编 四川科学技术出版社 1994

《合江县志》 合江县志编纂委员会编 四川科学技术出版社 1993

《黑水县志》 黑水县志编纂委员会编 民族出版社 1993

《红原县志》 红原县志编纂委员会编 四川人民出版社 1996

《洪雅县志》 洪雅县志编纂委员会编 成都科技大学出版社 1997

《花间集校》 赵崇祚编，李一氓校 人民文学出版社 1958

《华蓥市志》 华蓥市志编纂委员会编 四川人民出版社 1995

《话说成都》 成都市对外文化交流协会、亚祥国际文化交流中心编 成都出版社 1993

《浣花集》 韦庄撰人民文学出版社 1958

《会东县志》 会东县志编纂委员会编 四川人民出版社 1996

《会理县志》 会理县志编纂委员会编 四川辞书出版社 1994

《夹江县志》 夹江县志编纂委员会编 四川人民出版社 1989

《犍为县志》 犍为县志编纂委员会编 四川人民出版社 1991

《简阳县志》 简阳县志编纂委员会编 巴蜀书社 1996

《剑阁县志》 剑阁县志编纂委员会编 巴蜀书社 1992

《剑门蜀道古今楹联选》 李金河、何兴明整理 巴蜀书社 1992

《剑南诗稿校注》 陆游撰,钱仲联校注 上海古籍出版社 1985

《江安县志》 江安县志编纂委员会编 方志出版社 1998

《江油县志》 江油市志编纂委员会编 四川人民出版社 2000

《金川县志》 金川县志编纂委员会编 民族出版社 1994

《金河口区志》 金河口区志编纂委员会编 巴蜀书社 1999

《金堂县志》 金堂县志编纂委员会编 四川人民出版社 1994

《金阳县志》 金阳县志编纂委员会编 方志出版社 2000

《近代巴蜀诗钞(上下)》 近代巴蜀诗钞编委会编 四川出版集团、巴蜀书社 2005

《井研县志》 井研县志编纂委员会编 四川人民出版社 1990

《九龙县志》 九龙县志编纂委员会编 四川人民出版社 1997

《筠连县志》 筠连县志编纂委员会编 四川科学技术出版社 1998

《开江县志》 开江县志编纂委员会编 四川人民出版社 1989

《康定县志》 康定县志编纂委员会编 四川辞书出版社 1995

《阆中县志》 阆中县志编纂委员会编 四川人民出版社 1993

《乐至县志》 乐至县志编纂委员会编 四川人民出版社 1995

《雷波县志》 雷波县志编纂委员会编 四川人民出版社 1997

《李白与四川》 吴明贤著 成都科技大学出版社 1992

《李商隐诗歌集解》 刘学锴、余恕诚集解 中华书局 1988

《李太白全集》 王琦注 中华书局 1977

《理塘县志》 理塘县志编纂委员会编 四川人民出版社 1996

《理县志》 理县志编纂委员会编 四川民族出版社 1997

《历代三峡诗歌选注》 谷莺选注 社会科学研究丛刊 1982

《历代诗人咏成都(上下)》 成都诗词学会编 四川文艺出版社 1999

《历代咏崇州诗选》 黄道义主编,施权新选注 四川崇州市政协编印 1999

《凉山彝族自治州志(上中下)》 凉山彝族自治州志编纂委员会编 方志出版社 2002

《邻水县志》 邻水县志编纂委员会编 四川科学技术出版社 1991

《隆昌县志》　隆昌县志编纂委员会编　巴蜀书社 1995

《芦山县志》　芦山县志编纂委员会编　方志出版社 2000

《泸定县志》　泸定县志编纂委员会编　四川科学技术出版社 1999

《泸县志》　泸县志编纂委员会编　四川科学技术出版社 1993

《泸州市志》　泸州市志编纂委员会编　方志出版社 1998

《炉霍县志》　炉霍县志编纂委员会编　四川人民出版社 2000

《马边彝族自治县志》　马边彝族自治县志编纂委员会编　成都科技大学出版社 1996

《马尔康县志》　马尔康县志编纂委员会编　四川人民出版社 1995

《毛泽东诗词集》　中央文献出版社 1996

《茂汶羌族自治县志》　茂汶羌族自治县志编纂委员会编　四川辞书出版社 1997

《眉山县志》　眉山县志编纂委员会编　四川人民出版社 1992

《美姑县志》　美姑县志编纂委员会编　四川人民出版社 1997

《米易县志》　米易县志办公室编　四川辞书出版社 1999

《绵阳（县级）市志》　绵阳市志编纂委员会编　四川辞书出版社 1999

《绵竹县志》　绵竹县志编委会编　四川科学技术出版社 1992

《冕宁县志》　冕宁县志编纂委员会编　四川人民出版社 1994

《岷峨诗丛》　《岷峨诗稿》编委会编　天地出版社 2000

《名山县志》　名山县志编纂委员会编　四川科学技术出版社 1992

《木里藏族自治县志》　木里藏族自治县志编纂委员会编　四川人民出版社 1995

《沐川县志》　沐川县志编纂委员会编　巴蜀书社 1993

《内江市志》　内江市中区编史修志办公室编　巴蜀书社 1987

《内江县志》　内江县东兴区志编纂委员会编　巴蜀书社 1994

《纳溪县志》　纳溪县志编纂委员会编　四川科学技术出版社 1992

《南部县志》　南部县志编纂委员会编　四川人民出版社 1994

《南充市志》　南充市志编纂委员会编　四川科学技术出版社 1994

《南充县志》　南充县志编纂委员会编　四川人民出版社 1993

《南江县志》　南江县志编纂委员会编　成都出版社 1992

《南坪县志》　南坪县志编纂委员会编　民族出版社 1994

《南溪县志》　南溪县志编纂委员会编　四川人民出版社 1992

《宁南县志》　宁南县志编纂委员会编　成都科技大学出版社 1994

《攀枝花市志》　攀枝花市志编纂委员会编　四川科学技术出版社 1994

《彭山县志》　彭山县志编纂委员会编　巴蜀书社 1991

《彭县志》　彭县志编纂委员会编　四川人民出版社 1989

《蓬安县志》　蓬安县志编纂委员会编　四川辞书出版社 1994

《蓬溪县志》　蓬溪县志编纂委员会编　四川辞书出版社 1995

《郫县志》　郫县志编纂委员会编　四川人民出版社 1984

《平昌县志》　平昌县志编纂委员会编　四川科学技术出版社 1990

《平武县志》　平武县志编纂委员会编　四川科学技术出版社 1997

《屏山县志》　屏山县志编纂委员会编　四川人民出版社 1998

《蒲江县志》　蒲江县志编纂委员会编　四川人民出版社 1992

《青城山志》　青城山志编纂委员会编　四川人民出版社 1994

《青川县志》　青川县志编纂委员会编　成都科技大学出版社 1992

《青神县志》　青神县志编纂委员会编　成都科技大学出版社 1996

《邛崃县志》　邛崃县志编纂委员会编　四川人民出版社 1993

《渠县志》　四川省渠县志编辑室校印 1984

《壤塘县志》　壤塘县志编纂委员会编　民族出版社 1997

《仁寿县志》　仁寿县志编纂委员会编　四川人民出版社 1990

《荣县志》　荣县志编纂委员会编　四川大学出版社 1993

《若尔盖县志》　若尔盖县志编纂委员会编　民族出版社 1996

《三苏祠楹联简析》　四川眉山三苏祠博物馆编印 1996

《三台县志》　大邑县志编纂委员会编　四川人民出版社 1992

《色达县志》　色达县志编纂委员会编　四川人民出版社 1997

《沙湾区志》　沙湾区志编纂委员会编　四川人民出版社 2001

《山谷诗注》　黄庭坚撰，任渊等编注　四部备要本

《射洪县志》　射洪县志编纂委员会编　四川大学出版社 1990

《升庵集》　杨慎撰　影印四库全书本

《什邡县志》　什邡县志编纂委员会编　四川大学出版社 1988

《石棉县志》　石棉县志编纂委员会编　四川辞书出版社 1999

《石渠县志》　石渠县志编纂委员会编　四川人民出版社 2000

《世界文化遗产青城山·都江堰》　大众文艺出版社 2001

《蜀诗总集》　廖永祥编纂　天地出版社 2002

《双流县志》　双流县志办公室编　四川人民出版社 1992

《四川》　金旅雅途编著　中国铁道出版社 2003

《四川》　庄方编著　中国轻工出版社 2002

《四川百科全书》　四川百科全书编纂委员会编　四川辞书出版社 1997

《四川导游词精选》　四川省旅游局、四川省旅游协会编　中国旅游出版社 2002

《四川简史》　陈世松主编　四川社会科学院出版社 1986

《四川历代文化名人辞典》　傅平骧等著四川文艺出版社 1992

《四川旅游景点与文化》　朱华编著　中国旅游出版社 2005

《松潘县志》　松潘县志编纂委员会编　民族出版社 1999

《苏轼诗集》　　王文诰辑注，孔凡礼点校　中华书局 1982

《遂宁县志》　　遂宁县志编纂委员会编　巴蜀书社 1993

《天府旅游大观》　杜伊路、刘节存编著　重庆大学出版社 1988

《天全县志》　　天全县志编纂委员会编　四川科学技术出版社 1997

《通江县志》　　通江县志编纂委员会编　四川人民出版社 1998

《万源县志》　　万源县志编纂委员会编　四川人民出版社 1996

《旺苍县志》　　旺苍县志编纂委员会编　四川人民出版社 1996

《望江楼志》　　彭芸荪　四川人民出版社 1980

《威远县志》　　威远县志编纂委员会编　巴蜀书社 1994

《温江县志》　　温江县志办公室编　四川人民出版社 1990

《汶川县志》　　汶川县志编纂委员会编　民族出版社 1992

《五通桥区志》　五通桥区志编纂委员会编　巴蜀书社 1992

《武胜县志》　　武胜县志编纂委员会编　重庆出版社 1994

《西昌市志》　　西昌市志编纂委员会编　四川人民出版社 1996

《西充县志》　　西充县志编纂委员会编　重庆出版社 1993

《喜德县志》　　喜德县志编纂委员会编　电子科技大学出版社 1992

《乡城县志》　　乡城县志编纂委员会编　四川大学出版社 1997

《香宋诗钞》　　赵熙撰　四川人民出版社 1988

《小金县志》　　小金县志编纂委员会编　四川辞书出版社 1995

《欣托居歌诗》　周啸天撰　四川出版集团、四川文艺出版社 2005

《新都县志》　　新都县志编纂委员会编　四川人民出版社 1994

《新津县志》　　新津县志办公室编　四川人民出版社 1989

《新龙县志》　　新龙县志编纂委员会编　四川人民出版社 1992

《兴文县志》　　兴文县志编纂委员会编　四川辞书出版社 1994

《叙永县志》　　叙永县志编纂委员会编　方志出版社 1998

《宣汉县志》　　宣汉县志编纂委员会编　西南财经大学出版社 1994

《雅安市志》　　雅安市志编纂委员会编　四川人民出版社 1996

《雅江县志》　　雅江县志编纂委员会编　巴蜀书社 2000

《盐边县志》　　盐边县志办公室编　四川科学技术出版社 1999

《盐亭县志》　　大邑县志编纂委员会编　四川文艺出版社 2000

《盐源县志》　　盐源县志编纂委员会编　四川民族出版社 1999

《仪陇县志》　　仪陇县志编纂委员会编　四川科学技术出版社 1994

《宜宾市志》　　宜宾市地方志办公室编　新华出版社 1992

《宜宾县志》　　宜宾县志编纂委员会编　巴蜀书社 1991

《荥经县志》　　荥经县志编纂委员会编　西南师范大学出版社 1998

《营山县志》 营山县志编纂委员会编 四川辞书出版社 1989

《渔洋山人诗集》 王士禛撰 清康熙刻本

《元氏长庆集》 元稹撰 文学古籍刊行社影印本 1956

《岳池县志》 岳池县志编纂委员会编 电子科技大学出版社 1993

《越西县志》 越西县志编纂委员会编 四川辞书出版社 1994

《张大千诗词集（上下）》 李永翘编 花城出版社 1998

《昭觉县志》 昭觉县志编纂委员会编 四川辞书出版社 1999

《中国导游十万个为什么·四川（二）》 张承隆编著 中国旅游出版社 2004

《中国导游十万个为什么·四川（一）》 张承隆编著 中国旅游出版社 2003

《中国名联辞典》 荣斌主编 山东大学出版社 1990

《中国优秀导游词精选：山水风光篇》 国家旅游局编 中国旅游出版社 2000

《中江历代诗歌选》 中江县地方志办公室编印 2003

《中江县志》 中江县志编纂委员会编 四川人民出版社 1994

《朱德诗选》 人民文学出版社 1977

《资阳县志》 资阳县志编纂委员会编 巴蜀书社 1993

《资中县志》 资中县志编纂委员会编 巴蜀书社 1997

《梓里旧闻》 李调元著 德阳市地方志办公室校注重刊 2002

《梓潼县志》 梓潼县志编纂委员会编 方志出版社 1999

《自贡市文化艺术志》 自贡市文化局编 四川人民出版社 1998

《自贡市志》 自贡市志编纂委员会编 方志出版社 1997